U0109521

古典詩歌研究彙刊

第二六輯

龔鵬程 主編

第 7 冊

沈德潛「詩教」觀研究——
以詩歌評選為論述文本（上）

吳 珮 文 著

國家圖書館出版品預行編目資料

沈德潛「詩教」觀研究——以詩歌評選為論述文本（上）／
吳珮文 著 — 初版 — 新北市：花木蘭文化事業有限公司，2019
〔民 108〕
目 4+168 面：17×24 公分
（古典詩歌研究彙刊 第二六輯；第 7 冊）
ISBN 978-986-485-842-2（精裝）
1.（清）沈德潛 2.清代詩 3.詩評
820.91   108011616

ISBN-978-986-485-842-2

9 789864 858422

古典詩歌研究彙刊
第二六輯　第七冊
ISBN：978-986-485-842-2

沈德潛「詩教」觀研究——以詩歌評選為論述文本（上）

作　　者　吳珮文
主　　編　龔鵬程
總 編 輯　杜潔祥
副總編輯　楊嘉樂
編　　輯　許郁翎、王筑、張雅淋　美術編輯　陳逸婷
出　　版　花木蘭文化事業有限公司
發 行 人　高小娟
聯絡地址　235 新北市中和區中安街七二號十三樓
　　　　　電話：02-2923-1455／傳眞：02-2923-1452
網　　址　http://www.huamulan.tw 信箱 hml 810518@gmail.com
印　　刷　普羅文化出版廣告事業
初　　版　2019 年 9 月
全書字數　264266 字
定　　價　第二六輯共 8 冊（精裝）新台幣 13,500 元　版權所有・請勿翻印

沈德潛「詩教」觀研究——以詩歌評選為論述文本（上）

吳珮文　著

作者簡介

　　吳珮文，成功大學中國文學所碩士，目前就讀中正大學語言學研究所博士班。曾於成功大學、上海華東師範大學、環球科技大學、高雄醫學大學等華語中心擔任華語教師。現任長榮大學、崑山科技大學華語講師、高雄師範大學與「說吧」語言工作室師資培訓講師。研究興趣爲對外華語教學、第二語言習得、語用學。

　　她認爲無論是中國文學還是華語教學，都是「人」的學問，都要從「人」出發。觀察人與自我及他者的互動，體會人與自然和時空的映照，因爲語言和文學都是承載「人」之情與思的載體。希望透過對「人」的觀照，從不同的角度解讀文學和語言的命題。

提　　要

　　本論文係以沈德潛「詩教」觀爲主要研究對象，在論述文本的選擇上，則以沈德潛詩歌評選爲主。從沈德潛論「詩教」觀的基礎，到「詩教」觀在個人生命、詩歌學習、社會現實上的關注面向與內容，以及沈德潛「詩教」觀所對應的表現方式與詮釋策略幾方面進行論述，企圖呈現沈德潛「詩教」觀的全貌。全文共分六章：

　　第一章爲「緒論」，在於說明論文研究動機的產生，並分別對沈德潛相關研究成果，及「詩教」議題相關研究成果進行文獻回顧，同時說明論文的論述策略。

　　第二章爲「沈德潛論『詩教』的基礎──『性情』概念的內涵與發展」，主要歸納沈德潛以前的「性情」內容，並且指出「性情」爲論「詩教」的基礎，同時檢閱沈德潛不同時期詩歌評選中的「性情」概念。

　　第三章爲「沈德潛『詩教』觀對個人生命的關注面向與內容」，這部分主要有兩個重點：一是「溫柔敦厚」所映現的理想人格；二是由「詩教」論個人出處的衡量。從這兩者來探討「詩教」對個人內在理想人格養成的影響，以及對「道」與「仕」的觀察與衡量。

　　第四章爲「沈德潛『詩教』觀對詩歌學習、社會現實的關注面向與內容」，這部分主要有三個重點：一是以「詩教」爲學詩指導原則的策略；二是「詩教」在社會、政治上的展現；三是「史筆爲詩」的內容與意義。從詩學教育到「詩教」現實作用，以及「詩」、「史」間關係的探討，呈現「詩教」作用於社會現實的部分。

　　第五章爲「『詩教』所對應的表現方式與詮釋策略」，主要討論「詩教」藉由何種表現方式與詮釋策略，落實到詩歌創作、鑑賞與批評中。

　　第六章爲「結論」，概論本論文之研究心得。

誌　謝

　　我永遠記得我的指導教授廖美玉老師對我說過的一句話：「研究，是一條寂寞的道路。」而今，我覺得這句話是對，也是不對。誠然，在論文撰寫的過程裡，有大部分的時間，我都必須自己面對。但是，這一路走來，身邊那些曾經支持我、幫助我、鼓勵我的聲音，著實讓我感受到自己並不孤獨。如果這本論文有任何可取之處，都應該感謝這些曾經幫助過我的人，尤其是我的老師！廖老師嚴謹的治學態度和圓融的處事方式，總是令我傾慕不已。每當我感到徬徨、退卻、困惑時，老師也總是以無比的愛心與耐心，和豐富的學術知識與生命智慧，開導我、鼓勵我，為我指出一個光明的方向。我對老師的感激，已經遠超過我已知的語言所能承載與表達的了。對於廖老師，我只能說：「老師，謝謝您為我付出的一切！我永遠感謝您！」

　　另外，我還要把這本論文獻給我的家人，他們是我生命中的另一個重要支柱。他們總是鼓勵我追求自我的理想，是我精神上、情感上最堅強的後盾。沒有他們，也就沒有今天的我。對於他們的付出與陪伴，我深深感激。當然，初審時廖國棟老師、陳昌明老師的分析與建議，對我的論文的思索方向以及寫作的完整性，提供了相當大的幫助。而口試時，陳昌明老師與龔顯宗老師所提供的精闢見解，除使我的論文更臻完備外，也提供了未來繼續研究的方向。在此，我要對這

幾位老師表達我誠摯的謝意。

　　這一路上，除了師長、家人外，朋友們對我的關懷也是不容抹滅的。親愛的老公，謝謝你陪伴我、容忍我，給我空間的同時，也不忘督促我完成學業；我最可敬的同門：叔珍，你是我一直想效法的對象，因為你，讓我有動力繼續向前；欣倫、文僑、郁禎，我最愛的朋友們，我們的小酌會是我放鬆心靈的港灣，我會永遠記得；嘉良、文科，感謝你們，或許因為出身理工的關係，你們那不同的角度與眼光，總能給我一些新的思考方向；宇蕙還有我的學妹們，謝謝你們，不論是在論文上、還是在生活上，你們都提供了我很大的幫助。還有語言中心的學姊們，謝謝你們在我寫論文的這段時間，支持我、鼓勵我。行文至此，讓我不禁體悟到，一本論文的完成，背後所蘊藏的竟是那麼多的時間、人力、知識和情感的累積！

　　完成這本論文，也等於結束了一個人生的階段。我將帶著滿滿的回憶與感謝，朝向下一個階段邁進。在此，謹以這本論文，獻給所有幫助我、陪伴我、支持我、關心我的人！並容我再說一聲：謝謝你們！

目 次

第一章　緒　論

第一節　文獻回顧與研究動機

　　沈德潛（字碻士，號歸愚，生於康熙十二年，卒於乾隆三十四年，1673～1769，享年九十七歲）〔註1〕，江南蘇州府長洲縣人。他是乾隆時期詩壇的領袖，徐珂《清稗類鈔・文學類》中說：「乾嘉之際，海內詩人相望。其標宗旨，樹壇坫，爭雄於一時者，有沈德潛、袁枚、翁方綱三家。……故其時大宗，不能不推沈德潛。」〔註2〕沈德潛一生晚達，受知於清高宗，自乾隆七年（1742）散館廷試之後，仕途一帆風順。累官至內閣學士、禮部侍郎，乾隆對他賞譽有加，可說是集榮寵於一身。卒諡文愨，贈太子太師。沈德潛卒後十年（乾隆四十四年），因東台已故舉人徐述夔詩詞有悖逆語，沈德潛曾爲他作傳，且稱其品行文章可法，致使高宗極爲不悅，磨其碑文，牽連追奪。即使如此，同年御製懷舊詩，仍列沈德潛爲五詞臣末。〔註3〕

〔註1〕　關於沈德潛之生平事跡，請參考《沈德潛自訂年譜》（收於《沈歸愚詩文全集》，乾隆教忠堂刊本國家圖書館典藏本。

〔註2〕　徐珂著《清稗類鈔》〈詩學名家之類聚〉，（第八冊，台北：台灣商務，1983年，台二版），頁50。

〔註3〕　《清史列傳八十卷》卷十九有云：「四十四年，御製懷舊詩，列德潛五詞臣末。」（國史館原編，台北：明文，1985），頁296。

　　近代關於沈德潛的研究，大量散見在文學史、文學批評史、詩歌史、詩學批評史等相關著作中，例如朱東潤《中國文學批評史大綱》說：「歸愚論詩，主張最力者，則爲其溫柔敦厚之說，以此復引起袁枚之爭論。……歸愚之論，謂詩貴溫柔，不可說盡，又必關係人倫日用。」〔註4〕；郭紹虞《中國批評史》指出：「他既講格調，又講溫柔敦厚，故不致如格調說之空廓，同時也不致如專主性靈者之浮華與俚俗。」〔註5〕另外，敏澤《中國文學理論批評史》、王運熙《中國文學批評史》、陳良運《中國詩學批評史》、黃保眞《中國文學理論使》、蕭榮華《中國詩學思想史》等書，也記載了許多前人研究者對沈德潛詩論的意見，值得我們參考。除了這些資料之外，近人專以沈德潛爲研究對象所進行的研究，大致可分爲以下幾個面向。首先是沈德潛整體詩論的研究；其次，沈德潛與薛雪同樣師承葉燮，他與葉燮、薛雪三人詩論間的關係，常是研究者關注的焦點；此外，他論詩重「詩教」、主「格調」，並且有許多詩歌評選作品流傳於世，是學者研究沈德潛詩時的另一個重點所在。以下筆者分別說明這幾個面向的研究成果〔註6〕：

　　首先是以沈德潛詩論整體爲研究對象，計有：

1. 專書：胡幼峰《沈德潛討論探研》（台北：學海，1986年3月）
2. 學位論文：林秀蓉《沈德潛及其弟子詩論之研究》（高雄師範大學中文所碩士論文，1985年）

胡書先介紹沈德潛的生平傳略、詩論產生的動機、沈德潛的重要著作等背景，再論沈德潛論詩宗旨，分爲「倡詩教、明詩道」與「主含蓄、反浮豔」兩點，接著將沈德潛詩論分爲：詩體論、創作論、風格論三方面來說明，結論有三：第一、沈德潛對詩體的源起、發展，以及各

〔註4〕　朱田潤撰《中國文學批評史大綱》，（台北：台灣開明，1970年，台三版），頁360。

〔註5〕　郭紹虞著《中國批評史》，（台北：文史哲，1990年），頁1017。

〔註6〕　由於關於沈德潛詩論的意見，常散見於詩歌史、文學史、文學批評史等類的著作中，筆者此處所列舉的，乃以沈德潛爲論文主要研究對象者，或是沈德潛爲論文主要研究對象之一者。至於散見於其他著作的意見，則以引文的方式列出。

體的風格特色，都有正確的認識，並且歸納整理出一套完整的系統；第二、沈德潛對創作時應注意的事項，例如章法、起結、造句、鍊字、用韻、用事、模擬、題材、詩病等均有獨到見解，這是他詩論的重心，也是格調說的精華；第三、沈德潛對詩歌的批評可以顯示其有充分的史識。〔註7〕胡幼峰指出：「沈德潛論詩以儒家之詩教、詩道觀爲依歸，重比興、主含蓄，目的乃在於發揮詩歌的政教作用，這是他一再重申的論詩宗旨。」〔註8〕；林秀蓉的論文有三個重點：第一是沈德潛的詩論，第二是沈德潛之弟子（恒仁、王旭、趙文哲、錢大昕）四人的詩論，第三是綜言沈德潛與及弟子詩論之特色。林秀蓉認爲沈氏論詩要旨在於正義、正格、正調，形式與內容並重，識取格調之長，修正明七子贋古之弊：在詩論特色方面，首言其結合「表現理論」與「實用理論」之意向，次言其以學爲創作之必備條件，三言其主格調復取神韻、性靈之長。透過對沈氏師徒詩論的介紹與比較，呈現出沈氏詩派於詩論史上的成就。

　　再來，關於沈德潛與其師葉燮與同門薛雪間詩論關係，近人的研究成果計有：

1. 學位論文：吳曉佩《薛雪詩學研究──兼論與葉燮、沈德潛詩學理論之關係》（台灣大學中文所碩士論文，2000 年）

2. 期刊論文：刑永革〈略評葉燮、薛雪、沈德潛師生三人的詩話〉（《菏澤師專學報》，第二十四卷，第三期，2002 年 8 月）、周偉業、陳玉洁〈沈德潛對葉燮詩學批評思想的繼承與發展〉（《江蘇教育學院學報》，第二十卷，第二期 2004 年 3 月）

沈德潛對葉燮詩論的繼承、發展與背離，凡是論及沈德潛詩論者，多少都有所觸及。此處所舉，乃專以三人間師承、影響關係爲研究對象的論文。吳曉佩的論文以薛雪爲主要研究對象，兼論他與沈德潛詩論

〔註7〕　胡幼峰著《沈德潛詩論探研》，（台北：學海，1986 年 3 月，初版），頁 235。

〔註8〕　胡幼峰著《沈德潛詩論探研》，頁 236。

間的關係。吳曉佩採取兩人的詩話進行比較，他歸納沈德潛《說詩晬語》之理論重點有三：重詩教、標格調、倡比興。薛雪《一瓢詩話》與沈德潛《說詩晬語》在論詩觀點上的雷同之處有二：一是對詩歌發展趨勢的看法，二是主張溫柔敦厚的詩教觀。而歧異之處亦有二：一是對學古的態度，二是對元、白詩的評鑑。〔註9〕其結論認爲：「我們以《一瓢詩話》作爲核心，將之與《原詩》和《說詩晬語》合讀，則能讓讀者更清楚從葉燮到沈德潛『格調說』的潮流趨勢，想見沈德潛在當代具有龐大的影響力，足以影響同門好友偏離了橫山之教。」〔註10〕在單篇論文部分，刑文主要以分論三人詩話爲進行方式，對於三人間的比較則較少觸及。周偉業、陳玉洁之文則緊扣住沈德潛對葉燮詩學批評思想的繼承與發展論述，他們認爲：「沈德潛繼承並發展了《原詩》的批評思想，綜合了性情、格調、神韻諸說，提出了兼重內容與形式的批評標準體系，在詩學批評的總體實績上超越了葉燮。」〔註11〕以上的研究最後都有一個共識，那就是沈德潛雖然師承葉燮，但是並不拘泥師說，反而站在葉燮的肩膀上，繼承並發揮了葉燮的某些詩學觀點，提出了自己的見解，形成了一套更具體的詩歌評論系統。

第三，沈德潛「格調說」相關研究的部分，近人的研究成果計有：

1. 學位論文：吳瑞泉《沈德潛及其格調說》（東吳大學中文所碩士論文，1980 年，5 月）

2. 期刊論文：吳宏一〈沈德潛的格調說〉（《幼獅月刊》第四十四卷，第三期，1987 年）、吳兆路、李受玹〈沈德潛的審美理想新探〉（《復旦學報》，1999 年，第一期）、余淑瑛〈清代沈德潛及其「格調說」〉（《嘉義技術學院學報》，（第六十四期，1999 年 6 月）、李世英〈論

〔註 9〕 吳曉佩《薛雪詩學研究——兼論與葉燮、沈德潛詩學理論之關係》，（台灣大學中文所碩士論文，2000 年），頁 101～118。
〔註10〕 吳曉佩《薛雪詩學研究——兼論與葉燮、沈德潛詩學理論之關係》，頁 125。
〔註11〕 周偉業、陳玉洁〈沈德潛對葉燮詩學批評思想的繼承與發展〉，（《江蘇教育學院學報》，第二卷，第二期，2004 年 3 月），頁 91。

沈德潛的詩歌審美理想〉(《攀登》，第二十卷，總第一百十一期，
2001 年 1 月)、章繼光〈沈德潛的格調說以及對「四唐」詩流變的
考察〉(《五邑大學學報》第四卷，第二期，2002 年)、章繼光〈沈
德潛格調說與對唐詩的評價問題〉(《湘潭大學科會科學學報》，第
二十六卷，第四期，2002 年 7 月)、徐國能〈沈德潛格調說論杜評
議〉(淡江大學《中文學報》，第十一期，2004 年 12 月)

吳瑞泉與吳宏一的研究，專以沈德潛「格調說」爲研究對象。檢閱之
後發現，他們兩人對沈德潛「格調說」的內容都從三方面來理解；第
一是詩以載道的詩旨，第二是詩法，第三是以才濟學，以胸襟承載學
識的修養論；吳兆路、李受玹之文與李世英之文則是全面論述沈德潛
的審美理想，而「格調說」即爲其中重點所在；章繼光論文的進行方
式，是檢擇並歸納出沈德潛對唐詩的看法，並且由「格調說」的角度
切入進行解釋。在文學史、文學批評史中也有對沈德潛「格調說」的
研究，例如鄔國平、王鎮遠著《清代文學批評史》中說：「沈德潛崇
尚李白、杜甫爲代表的雄放剛健詩風，欲提倡開闊豪邁的盛世氣象，
故上追唐人，下接七子，追求高格，被視爲接續七子的格調說之代表。」
〔註 12〕；陳良運在《中國詩歌批評史》中則說：「明代從李東陽開始，
又經前後七子各述已見，『格調』說始終沒有一個確切的說法。……
沈德潛終於把諸種說法統一起來，將『法式古人』上升到以儒家詩教
爲本；將『才』、『思』統納爲詩人之『第一等襟抱，第一等學識』；
再將復古派所特別重視的『法』強調爲『活法』。於是合『宗旨』、『風
格』、『神韻』於一體，成爲乾隆盛世一大詩說。」〔註 13〕

　　接著，有關沈德潛詩歌評選方面的研究成果，計有：

1. 學位論文：鄭佳倫《沈德潛「唐詩別裁集」之詩觀研究》(中央大
　　學中文所碩士論文，1999 年)、鄭莉芳《沈德潛「古詩源」研究》

〔註 12〕鄔國平、王鎮遠著《清代文學批評史》，(上海：上海古籍，1995 年
　　　　11 月，第一版)，頁 447。
〔註 13〕陳良運著《中國詩歌批評史》，(江西：江西人民，1995 年 7 月，第
　　　　一版)，頁 536、537。

（高雄師範大學國文系在職進修碩士學位班碩士論文，2002 年）

2. 期刊論文：吳宏一〈沈德潛《說詩晬語》研究〉（《國立編譯館館刊》，第十九卷，第一期，1987 年 6 月）、呂光華〈沈德潛《古詩源》論評〉（《第三屆中國詩學會議論文集》，1996 年 5 月）、陳岸峰〈《唐詩別裁集》與《古今詩刪》中「唐詩選」的比較研究——兼論沈德潛對李樊龍詩學理念的傳承與批判〉（《漢學研究》第十九卷，第二期，2001 年 12 月）

這類研究，是先選定一本沈德潛的詩歌評選作品，然後分析、歸納其中所呈現的沈德潛詩論內容，再對內容進行解釋。其中又以對沈德潛《唐詩別裁集》的研究爲多。由於有大量詩歌作品以爲實證，因此這類的研究在具體呈現沈德潛詩論這一點上，比較佔優勢。

最後是沈德潛「詩教」觀的部分，這部分的研究有兩種進行方式：第一、概論性的敘述，例如劉若愚〈清代詩說論要〉中，以「道學主義」稱呼沈德潛詩論，他說：「道學主義之論詩者，可以沈歸愚爲代表。其對『詩爲何物』之答案，倘吾人以現代名詞出之，則爲：『詩乃宣揚道德、批評政治之工具。』」〔註 14〕關於這部分的論述，也可以在以沈德潛詩論整體爲研究對象的著作中看到。第二、提出沈德潛「詩教」觀中的的某一部份進行論述。例如吳兆路〈沈德潛「溫柔敦厚」說新解〉（《文學遺產》，1997 年，第四期）以這種論述方式進行的研究並不多，筆者以爲主要的原因是，「詩教」是一個整體的概念，雖說「溫柔敦厚」是其中一個重要的部分，但是論述「溫柔敦厚」並不能脫離「詩教」的其他內容。因此，研究者仍傾向將沈德潛「詩教」觀視爲一整體來說明。雖然「詩教」與「格調說」都是沈德潛詩論中的重點，但是從研究成果上來看，「格調說」無疑多於「詩教」。研究者對於沈德潛「詩教」觀的論述，多傾向放置在沈德潛詩論的研究下，以致於並沒有專門論述沈德潛「詩教」觀的學位論文出現。筆者以爲，

〔註14〕劉若愚〈清代詩說論要〉，（參見陳國球編《香港地區中國文學批評研究》，台北：台灣學生，1991 年），頁 532。

「詩教」與「格調」同是沈氏詩論中的重點，但是，以現有的研究成果來看，沈德潛「詩教」觀的整體研究較缺乏。研究者無法忽視「詩教」在沈德潛詩論中的重要性，因此筆者擬以沈德潛「詩教」觀爲研究對象，希望能對沈德潛「詩教」觀做一次全面性的討論，爲沈德潛詩論研究中這部分的缺略，進行補充，並爲影響深遠的「詩教」說作一總結。

再來，乾隆與沈德潛間的互動密切，常有詩歌往來，加上乾隆對沈德潛的優禮，使得後世研究者對沈德潛的評論，常籠罩在一種依附皇權的陰影下。〔註15〕然而，沈德潛之與乾隆相遇合，已經是他生命後三分之一的時間了，在遇合之前的三分之二的歲月裡，沈德潛早已在詩壇擁有一席之地，且其論詩宗旨也多成於這段時間中，若只以沈德潛生命的後三分之一爲其人之定論，對沈德潛來說是極爲不公平的。而這些對沈德潛的評價，又與其「詩教」有很大關係。因爲沈德潛論詩主「詩教」，自古「詩教」理論又與政治的關係密不可分，因此，後人往往以此爲依據，視沈德潛「詩教」爲替政治服務、爲統治者發言的工具，沈德潛所受到的批評也由此而來。然而，沈德潛重「詩教」乃其論詩之初就已經提倡，如果眞如研究者所言，只是爲了替政治和皇權服務，實是太過簡單化，不足以說明沈德潛在詩壇上的領導

〔註15〕例如劉大杰在《中國文學發展史》說：「他所強調的內容，實際是聖道倫常道德，因而得到清廷的欣賞。……他的詩是一面寫民生疾苦，一面總是歌頌皇帝，把希望寄託在皇帝的身上，因而削弱了詩歌的積極意義。」（台北：華正，1996年七月版），頁1226、1228；嚴迪昌在《清詩史》中說：「沈德潛『晚遇』隆眷的事實很像一個標本似地存在著，表明詩不一定『窮而後工』，更不『窮』人；詩人的窮通與否，全看你自己是否『背而今』了！這樣的示恩示威的認識意義在當時無疑是不小的。」（台北：五南，1998年，初版），頁659；周劭《清詩的春夏》甚至說：「他（沈德潛）的不次遷擢，並不是因他有特殊卓異的政績，而是替乾隆作了捉刀詩人。……對詩的格調聲律極有研究的沈德潛卻心運意會，完全能湊合乾隆的意志，加上鄉愿的性格，自然一拍即合，成爲君臣詩的魚水之歡。」（北京：中華：2004年1月，第一版），頁173。

地位，也無法說明「詩教」爲何成爲他一生標舉的價值。因此，有必
要將沈德潛之「詩教」觀作一次全面的總檢，探討其在不同時期中的
內容與意義爲何，藉以釐清沈德潛「詩教」觀的眞正面目。

　　關於文本選擇的部分，沈德潛有許多詩歌評選傳世，其詩文創作
亦多，筆者將文本限定在其詩歌評選，是因爲這是沈德潛詩論最有系
統，也最具體的呈現，雖然要探討的是沈德潛的「詩教」觀，但是有
幾個部分必須先釐清。首先就是傳統「詩教」的內容爲何。因爲沈德
潛「詩教」觀乃承自儒家「詩教」的悠久傳統，因此，對這個傳統的
內容進行理解是絕對必要的。然而，儒家「詩教」傳統淵遠流長，如
果要逐代說明，以本論文之篇幅，必然無法容受。筆者在閱讀相關資
料之後，採取歸納出「詩教」基礎的方式，先進行論述。在瞭解了傳
統儒家「詩教」之後，就可以對「詩教」所涉及的面向與內容進行劃
分，作爲討論沈德潛「詩教」觀的基礎。經歸納之後，筆者將由四個
方面來討論沈德潛「詩教」觀：

第一、沈德潛「詩教」觀的基礎。這部分是論文立論成立的基石，瞭
　　　解沈德潛「詩教」觀的基礎所在，才能對其所主張的內容進行
　　　正確的判讀。

第二、沈德潛「詩教」觀對個人生命的關注面向與內容。基本上，「詩
　　　教」就是一種以詩進行的教化。其面向可以有內、外兩部分。
　　　對內是要處理個人對生命的關注問題，也就是如何成爲一個擁
　　　有整全人格的人。儒家認爲，修身而後能治國、平天下，可見
　　　個人生命是一切的基礎。因此，這部分的討論是不可或缺的。

第三、沈德潛「詩教」觀對詩歌學習、社會現實的關注面向與內容。
　　　這是對外的部分，所包涵的內容應該有社會教育的部分，以及
　　　個人與社會、政治、國家間的互動。人是群居的動物，擁有複
　　　雜而細密的人際關係與社會結構，此部分要討論的就是沈德潛
　　　所提倡的「詩教」觀，如何在這社會組織中運作，以及所關注
　　　的內容是什麼。

第四、「詩教」所對應的表現方式與詮釋策略。「詩教」的內容必須透
　　　過詩歌來傳達，因此，其所對應的表現方式，就與「詩教」的
　　　發揮有很大關係。這部分要具體分析沈德潛透過詩歌評選所呈
　　　現的「詩教」觀，是由哪些表現方式呈現，所採取的詮釋策略
　　　為何，以及與「詩教」間的關係為何。
透過從以上的步驟，由內而外，一步一步建構出沈德潛詩歌評選中所
呈現的「詩教」觀，藉此對沈德潛「詩教」觀作一次全面性的檢視。

第二節　　「詩教」議題的研究成果

　　「詩教」可說是中國詩歌史上流傳最廣遠、影響最大的詩論主張
之一。從孔子明確以《詩經》當作教育範本開始，一直到沈德潛所處
的清代，幾千年間，對它的討論都不曾間斷過。關於「詩教」議題，
可先分為「《詩》教」與「詩教」兩大類。前者指的是先秦時代以《詩
經》為基礎，所形成的「《詩》教」相關論述；後者嚴格說來則應指
由「《詩》教」所開展、擴充出的以廣義詩歌為基礎的論述。
　　在「《詩》教」方面，大致有兩種研究方式：
■以「人」為主的研究，主要是以展現不同人的「《詩》教」觀為內
　容。例如：
康曉城：《先秦儒家詩教思想研究》（臺北：文史哲，1988 年）
林耀潾：《先秦儒家詩教研究》（臺北：天工，1990 年）
洪龍秋：《詩、禮、樂教釋論──孔子對於生命實踐在客觀層面開展
之規模》（東海大學哲學研究所碩士論文，1991 年）
李蹊：〈《詩經》在孔子仁學建構中的作用〉（《孔子研究》，1997 年 4
月）
　　這部分的研究，將重點放在「人」的身上，以康曉城與林耀潾兩
位的研究來說，他們是以孔子、孟子、荀子為分章，進行「《詩》教」
內容的探討。在探討同時，也進行交叉比對，企圖整理出「《詩》教」

發展的脈絡；李蹊則以大量的歷史文獻爲佐證，企圖論證《詩經》是孔子建構仁學的基礎，並且把《詩經》作爲傳播仁的載體，而「興於詩，立於禮，成於樂」則是孔子提煉、昇華仁學和傳播仁學的過程。

■綜論「《詩》教」相關議題。例如：

曾勤良：《左傳引詩賦詩之詩教研究》（臺北：文津，1993 年）

張寶三：〈《詩經》詮釋傳統中「風雅正變」說研究〉（《文史哲學報》第五十二期，2000 年 6 月）

朱自清：《詩言志辨》（台北：頂淵，2001 年）

陳桐生：〈論《詩》教——經學與中國文論範疇系列研究之三〉（趙敏俐主編《中國詩歌研究》第一輯），北京：中華，2002 年 6 月。

胡楚生：〈詩序與詩教—從《詩序》內容看《詩經》之教化理想〉（《龍宇純先生七秩晉五壽慶論文集》，2002 年 11 月）

朱自清主要關注的是從「樂教」到「《詩》教」的轉變過程，以及「《詩》教」最原本的內容；曾勤良討論的是先秦典籍中引詩賦詩內容中的「《詩》教」；陳桐生關注的則是從「《詩》教」演變到「詩教」的過程與意義，陳桐生說：「《詩》教範疇最初指的是《詩經》教育作用，屬於美育理論，後來逐步擴大到詩歌創作領域，成爲儒家文學創作論的靈魂。」〔註16〕；張寶三討論的是後世詮釋《詩經》所形成的「風雅傳統」；胡楚生則認爲：「《詩序》的作者，並不追求詩中的本意，而是另外有其教化的理想。……《詩序》的作者，實際上已是針對民歌性質的詩三百篇，從根本上，改變其體質，納入了教化的理想，從而希望藉著詩篇的流傳誦讀，而達至其教化功能。在此前提下，《詩序》的教化理想，已經可以稱之爲《詩經》的教化理想了。」〔註17〕以上研究旨在說明《詩經》所具有的教化功能，以及所關注的

〔註16〕陳桐生：〈論《詩》教——經學與中國文論範疇系列研究之三〉（趙敏俐主編《中國詩歌研究》第一輯，北京：中華，2002 年 6 月），頁85。

〔註17〕胡楚生：〈詩序與詩教—從《詩序》內容看《詩經》之教化理想〉，（《龍宇純先生七秩晉五壽慶論文集》，2002 年 11 月），頁14。

面向為何，為後來「詩教」之成立，進行了探源與析流的工作。

　　在「詩教」方面，依主題可分為以下幾項：

■ 「詩言志」。「詩言志」從《尚書‧堯典》提出，經過〈詩大序〉的解釋之後，成為了理解「詩教」的基礎。雖然不直接歸屬於「詩教」，但是與「詩教」有密切關係。因此，許多研究「詩言志」的論文，實際上多少都觸及了「詩教」。

　　例如：

王文生：〈「詩言志」——中國文學思想的最早綱領〉（《中國文哲研究集刊》第三期，1993 年 3 月）

張嘉慧：〈詩大序的「詩言志」說〉（《雲漢學刊》第四期，1997 年 5 月）

曾守正：〈孔孟說詩活動中的言志思想〉（《鵝湖月刊》第二十五卷，第六期，總號第二九四，1999 年 12 月）

鄭毓瑜：〈詮釋的界域——從〈詩大序〉再探「抒情傳統」的建構〉（《中國文哲研究集刊》第二十三期，2003 年 9 月）

　　這類研究主要的重點在於如何詮釋「詩言志」之「志」的意涵。王文生的說法則代表了其中一種看法，他說：「作為精神活動綜合的『詩言志』的『志』，不是以『知』和『意』為中心的理性活動，而是以『情』為主的感情活動。」[註18] 而張嘉慧則認為：「這裡的『志』是指一切理性規範下的思想，要求符合政治社會上的目的，著重團體的『現實需求』，發而為詩，即是關乎內聖外王、移風易俗之類的題材。」[註19] 會有這樣的差異，是因為前者是將「志」當作一個普遍性術語（如可分為知、情、意）加以解析。而後者則是從〈詩大序〉中注重詩歌現實社會政治作用一面立論。鄭毓瑜認為這兩者都有不足

　　　　　　　　　　　　　　　　　　　　

[註18] 王文生：〈「詩言志」——中國文學思想的最早綱領〉，（《中國文哲研究集刊》第三期，1993 年 3 月），頁 60。

[註19] 張嘉慧：〈詩大序的「詩言志」說〉，（《雲漢學刊》第四期，1997 年 5 月），頁 230。

之處〔註20〕，他採取的處理方式是以〈詩大序〉爲主，針對其中所牽
涉「言志」、「比興」這些議題的文字段落，提出相關的背景資料，
並探討彼此歧異，而尋索合宜的解釋範圍，也就是希望呈現出〈詩
大序〉得以如此論述的存在空間。以政治社會角度說「志」，可以作
爲「詩教」之現實作用的依據，而鄭毓瑜的研究已經將「比興」納
入了討論的範圍內，則可以作爲我們探討「詩教」中「比興」的參
考。

■「思無邪」。「思無邪」是《論語》中孔子用以說明《詩經》的一句
　話。〔註21〕由於太過簡略，因此後人乃從詩歌內容、選詩標準、
　作詩典範、學詩功用等面向來進行詮解。例如：

黃永武：〈釋「思無邪」〉（《中國詩學——思想篇》，台北：巨流，1976
年）

李蹊：〈「思無邪」別解及孔子的論《詩》系統〉（《太原師範學院學報》，
社會科學版，2002 年第 2 期）

　　黃永武直接採取子夏對「思無邪」的體會來解釋，他認爲：「『思
無邪』三字經孔子拈出，實則是周代人正統的詩觀。……然而思無
邪的積極意義是『發乎情，合乎禮義』，表現爲詩，就是正風正雅；
思無邪的消極意義是『發乎情，止乎禮義』，表現爲詩，就是變風

〔註20〕鄭毓瑜〈詮釋的界域——從〈詩大序〉再探「抒情傳統」的建構〉
　　　　說：「過度急切地讓三百篇成爲維持社會秩序的教條，難免令人不
　　　　耐。……〈詩大序〉是研究抒情傳統必須參考的一篇重要文獻，然
　　　　而徵引者或是用來顯現詩歌創作的原動力在於『個人情感的激發』，
　　　　或是用來解釋詩人的『個性』如何與天下之性情相感通而同時具有
　　　　『社會性』，或是認爲〈詩大序〉已把『志之所之』解釋爲『情動於
　　　　中』，正可以證明『詩言志』的命題根本就是強調以『情』爲主的精
　　　　神活動等等；這些說法，一方面太急於擺脫〈詩大序〉中明顯強調
　　　　的政教效應，……以致於就抽離了每一次出現的『志』其實都應該
　　　　還有其前後文脈與文獻出現時代的詮釋範圍。」（《中國文哲研究集
　　　　刊》第二十三期，2003 年 9 月），頁 2、3。
〔註21〕《論語・爲政篇》云：「詩三百，一言以蔽之，曰：思無邪。」（參
　　　　見阮元《十三經注疏》，板橋：藝文，1989 年 1 月，11 版），頁 16。

變雅。」〔註22〕黃永武的說法是從詩歌內容與詩歌審美的角度來說明「思無邪」，他指出「思無邪」就是「發乎情，合乎禮義」與「發乎情，止乎禮義」，同時也是「詩教」討論的內容；李躍則認爲應從三方面來考慮「思無邪」的意義。第一是「思無邪」在《詩》中的原義；第二是《論語》的編者爲何要把「思無邪」一語放在〈爲政篇〉中；第三是孔子說《詩》與春秋時代說《詩》在系統上，即時代思維方式上的一致性。經過耙梳之後，他認爲「思」字根據《詩》的寫作方式，當作虛詞解釋。而「無邪」並不是指正邪之邪，而是「極言其多之意」，他說：「原來這句話，並不是對《詩經》內容的評價，也不是要求學生閱讀《詩經》時，要以無邪的思想對待它，而是說《詩經》三百篇給我們在政治活動中提供了無比廣闊的應用手段。或者說，《詩經》在現實生活中的應用是不可窮盡的。」〔註23〕李躍扣住了先秦時期引《詩》、用《詩》的特點，並且考量了《詩》及《論語》本身在內容上與編排上的因素，整理分析了歷來對於「思無邪」解釋或討論的意見，對於「思無邪」提供另一種理解。

■「溫柔敦厚」。以「溫柔敦厚」的意義與涵蓋的面向，與其在後世的發展狀況爲討論重點，例如：

楊松年：〈溫柔敦厚，詩教也──試論詩情的本質與表達〉（《中外文學》，1983 年 3 月）

游子宜：〈「溫柔敦厚」詩教義的探討〉（《孔孟月刊》，第二十九卷，第二期，1990 年 10 月）

彭維杰：《毛詩序傳箋「溫柔敦厚」義之探討》（文化大學中文所碩士論文，1992 年 6 月）

廖宏昌：〈「溫柔敦厚」說在清代詩論中的重整與發展〉（《第二屆國際清代學術研究會論文集》，1999 年 11 月）

〔註22〕黃永武〈釋「思無邪」〉，（《中國詩學──思想篇》，台北：巨流，1976年），頁 111。

〔註23〕李躍〈「思無邪」別解及孔子的論《詩》系統〉，（參見《太原師範學院學報》，社會科學版，2002 年第 2 期），頁 39～42。

梁葆莉：〈試論「溫柔敦厚」之詩教〉（《零陵學院學報》，第一卷第二期，2003 年 5 月）

　　「溫柔敦厚」一詞從《禮記·經解》提出之後，對歷代評詩的標準影響甚深。後世學者或以其指詩人創作的情感，或言詩歌之表現，或說詩歌教化的功效。彭維杰則認爲：「蓋『溫柔敦厚』乃詩教之目的、結果，而非手段、亦非方法，論者不明於此，乃就作詩之意、創作原則等強解『溫柔敦厚』之義而發其宏論，此亦不知『思無邪』與『溫柔敦厚』二者之別也。」〔註24〕將「溫柔敦厚」視爲「詩教」的目的與理想，是後來研究者的共識。然而，更多的研究者在詮釋「溫柔敦厚」時，仍採取從詩人創作情感、詩歌表現手法兩方面來說的方式來進行，楊松年之文就是例子。他認爲從詩情的本質來說，「溫柔敦厚」要求的是「正」的詩情；從表現手法上來看，則是要求柔緩含蓄。〔註25〕

　　廖宏昌的研究以時代爲斷限，研究「溫柔敦厚」在某個時代中的變化與意義。他選擇的是清代，他認爲明末清初是「溫柔敦厚」說的重整時期，他舉了陳子龍、錢謙益、黃宗羲、王夫之四人之說，說明當代知識份子對「溫柔敦厚」的突破與發展。例如黃宗羲對「溫柔敦厚」作了全新的詮釋，他以「萬古之性情」與「一時之性情」來詮釋人類情感中的大我與小我，要求詩歌必須充滿社會關懷的現實意義，以取代一己當下榮辱憂喜的個體之情。〔註26〕經過明末清初的重整之後，到了沈德潛的手上總結其大成之論。這是他對清代「溫柔敦厚」說發展脈絡與內容重整的分析。

■「興、觀、群、怨」。這部分可以分爲三大類：第一種是由「興觀群怨」論孔子詩教的美學義涵；第二是「興觀群怨」在後人論著

〔註24〕彭維杰：《毛詩序傳箋「溫柔敦厚」義之探討》，（文化大學中文所碩士論文，1992 年 6 月），頁 64。

〔註25〕楊松年〈溫柔敦厚，詩教也——試論詩情的本質與表達〉，（《中外文學》，1983 年 3 月），頁 14。

〔註26〕廖宏昌：〈「溫柔敦厚」說在清代詩論中的重整與發展〉（《第二屆國際清代學術研究會論文集》，1999 年 11 月），頁 551。

中的意義；第三則是「興觀群怨」個別的討論。例如：

錢鍾書：〈詩可以怨〉（《錢鍾書論學文選》，第六卷，廣州：花城，1990年）

謝大寧：〈「興觀群怨」的美學意涵——試論孔子詩教的用心〉（《國立中正大學學報》，第二卷，第一期，1991年）

張淑香：〈論「詩可以怨」〉（張淑香著《抒情傳統的省思與探索》，台北：大安，1992年3月）

李錫鎮：〈試論王船山詩論中「興觀群怨」說的涵意〉（《第二屆國際清代學術研究會論文集》，1999年11月）

彭鋒：《詩可以興——古代宗教倫理、哲學與藝術的美學闡釋》（合肥：安徽教育，2002年12月）

朱孟庭：〈孔子論《詩》可以興的義涵與後世論興的義界述微〉（《東吳中文學報》，第九期，2003年5月）

許育嘉：〈孔子「興、觀、群、怨」美學範疇論〉（《人文及社會學科教學通訊》，第十四卷，第三期，2003年10月）

李凱：〈「詩可以怨」及「怨而不怒」的再解讀〉（《文史哲》，2004年第一期）

　　「興觀群怨」語出《論語・陽貨篇》〔註27〕，漢代鄭玄與唐代的孔穎達都對這四字發表過看法〔註28〕，宋代理學家朱熹則進一步闡發了「興觀群怨」的意義。他認爲，「興」者，乃託物興詞、感發志意；「觀」是考見得失；「群」爲和而不流；「怨」是怨而不怒〔註29〕。朱熹的說法被認爲是較鄭、孔兩人之說爲佳的。然清代王船山之說提出

〔註27〕《論語・陽貨篇》：「子曰：『小子何莫學夫詩？詩可以興、可以觀、可以群、可以怨；邇之事父，遠之事君，多識於鳥獸草木之名。』」（參見阮元《十三經注疏》，板橋：藝文，1989年1月，11版），頁156。

〔註28〕「詩可以興」，孔穎達曰：「興，引譬連類。」；「詩可以觀」，鄭玄曰：「觀風俗之盛衰。」；「詩可以群」，孔曰：「群居相切磋。」；「詩可以怨」，鄭云：「怨刺上政。」（參見《論語何氏等集解》卷十七，台北：台灣中華，1966年3月，台一版），頁5。

〔註29〕參見《四書章句集注》，（朱熹注，上海：商務），頁130。

後，以往「興觀群怨」分別解說的情形就此打破，此四者轉而被視爲具有關連性的不同面向的呈現。他認爲：「於所興而可觀，其興也深；於所觀而可興，其觀也審。以其群者而怨，怨愈不忘；以其怨者而群，群乃益摯。」〔註30〕戴鴻森指出：「以興、觀、群、怨四者的聯系、轉化論詩，乃船山詩論的特色和要點。」〔註31〕船山這種視四者爲關連體的看法被後代研究者視爲研究時的重要參考之一；張健在《中國文學批評》中綜合了古人、今人以及自己的看法，對「興觀群怨」做了個別的解釋〔註32〕，對「興觀群怨」四者的內在關連性則著墨不多。許育嘉在〈孔子「興、觀、群、怨」美學範疇論〉一文中指出李澤厚、葉朗及敏澤等人曾以美學的觀點來闡發「興觀群怨」，但因爲他們對於「興」的理解不同，影響了他們對孔子「興觀群怨」美學思想的觀點〔註33〕。另外，謝大寧以康德《判斷力批判》所建構的「道德美」的四種型態，分別代表「興觀群怨」四者，並且勾聯審美與道德爲一組創造性的詮釋概念，提出了道德與審美間關係的思考空間〔註34〕。

〔註30〕 王夫之著、戴鴻森注《薑齋詩話箋注・詩譯》卷一，（台北：木鐸，1982 年 4 月，初版），頁 4。

〔註31〕 王夫之著、戴鴻森注《薑齋詩話箋注・詩譯》卷一，頁 8。

〔註32〕 張健書中指出，「興」的意義有五：一、引起上進心，二、引發生命的美感。三、引發詩意。四、引起興味。五、引發悲天憫人、民胞物與的胸懷。「觀」的意義有三：一、觀時政之得失。二、觀察萬事萬物。三、由小我思及大我，擴大生命境界。「怨」的意義有四：一、適度發洩幽怨。二、一切自我情、志之表露。三、情感之滌清、淨化。四、諷諭。另外，又羅列了鍾嶸、李攀龍、顏之推、黃宗羲與王夫之等人對孔子此言的看法。（參見張健《中國文學批評》第三章〈孔子的詩論：興觀群怨〉，台北：五南，1984 年 5 月，初版），頁 72～74。

〔註33〕 許育嘉認爲：「李澤厚以個人和社會的動態聯繫，肯定『興、觀、群、怨』的美學價值；葉朗則偏向對美感活動的心理特點作靜態的描述，認爲：『藝術作品對人的精神從總體上產生一種感發、激勵、淨化、昇華的作用』；敏澤對『興、觀、群、怨』的分析，尚停留在分別說明，未以審美分析的角度，聯繫四者的作用。」（參見《人文及社會學科教學通訊》十四卷三期，2003 年 10 月），頁 167。

〔註34〕 參考謝大寧〈「興觀群怨」的美學意涵——試論孔子詩教的用心〉，（參見《國立中正大學學報》，第二卷，第一期）頁 50～58。

　　從此一研究歷程中可以發現,「興觀群怨」最初先被視為孔子對
於詩的作用性的描述,此作用性又著重在政治、社會的面向上。再來,
經過朱熹的闡發,「興觀群怨」的意涵,屬於個人內在道德發揚一面
的比重增加了。也就是說,朱子開始注意到在孔子哲學前提下,「興
觀群怨」對於「成德」的影響。到了船山,進一步勾勒出「興觀群怨」
的內在關連性,使這四者不再是獨立的論述,進而成為一個相互影
響、發明的群組。這時論述中,個人道德修養、群體情感聯繫,乃至
社會政治等,都是「興觀群怨」的作用範圍,這樣的敘述基本上已經
包含近人所謂的審美觀點在內了。也就是說,「興觀群怨」從原本的
詩歌作用性的解釋,發展成為孔子美學的內容。近人在研究上對於做
為孔子美學的「興觀群怨」更為重視,並且更能將「興觀群怨」置放
在孔子哲學與當時社會背景下來考慮、修正了前人只片面的認定「興
觀群怨」是詩對於社會政治的作用性的說法。

■「賦、比、興」。這部分的討論內容有二:其一是「賦比興」的原
　始定義與內容;其二是「賦比興」在後世所衍生出的內容與相關
　論述。例如:

王念恩:〈賦、比、興新論〉(《古文典文學》,第十一集,台北:台灣
學生,1990 年)

廖美雲:〈由漢至唐以來「比興」觀之探索,兼談白居易諷諭詩論〉
(《台中商專學報,1993 年 6 月》)

李健:《比興思維研究——對中國古代一種藝術思維方式的美學考察》
(合肥:安徽教育,2003 年 8 月)

　　在這個主題中,又以「比興」的討論最多。王念恩認為,這是因
為歷代文學家與批評家站在各自的歷史背景之下,使用新的材料與新
的視角,給這些批評概念增添了新的內容。〔註35〕研究「賦比興」者,
多先說明「賦比興」的本義,再敘述「賦比興」在後代被賦予、發展

〔註35〕王念恩:〈賦、比、興新論〉(《古文典文學》,第十一集,台北:台
　　　　灣學生,1990 年),頁 1。

出的新意。尤其是魏晉南北朝對「比興」的發展，得到很大的重視。「比興」後來幾乎被當作一個獨立用語對待，從表現方式、藝術思維方式，到解讀方式，都可以作爲「比興」的解釋之一。後人對「比興」的發展，已經超越了「六詩」中原始「賦比興」的意義，而是以此爲基礎，發展出一套美學系統。

■ 其他。這部分除了有對朱子「詩教」思想的研究外，還有藉著對孔子與朱子兩人的比較，梳理朱子對孔子詩教的繼承與發展。另外，還有以時代爲斷限的研究，例如：

彭維杰：《朱子詩教思想研究》（文化大學中文所博士論文，1998 年）

顏淑華：《漢代詩教理論之重新探討》（南華大學文學所碩士論文，2000年）

易存國：〈詩教與中國藝術精神〉（《古今藝文》，第二十七卷，第二期，2001 年 2 月）

彭維杰：〈孔子與朱子的詩教思想比較——兼及對現代詩歌教育的啓示〉（《國文學誌》第六期，彰化師範大學國文系，2002 年 12 月）

　　前人對「《詩》教」的研究成果，指出了「詩教」的源頭，以及一些基本概念的說明。他們對於「詩教」的研究成果，則提示了「詩教」可能的討論面向與方式。站在他們的肩膀上，可以幫助我們更全面、更深入的瞭解、討論沈德潛詩歌評選中所呈現的「詩教」觀。

第三節　沈德潛標舉「詩教」的背景與原因

　　明、清詩壇在詩論議題的討論上可說是相當的豐富與活躍，從前後七子、公安派、竟陵派到錢謙益、王士禎等人，都有精彩的詩論流傳於世。從另一方面來看，每個論述的產生，都與其所處的時空背景有密切關係，身處康乾之世的沈德潛，在前人光環下重新舉起了「詩教」的大旗，其背景與原因值得我們去探討。沈德潛標舉「詩教」的背景與原因，可以從以下四個方面來看：

一、回復詩歌地位與價值

　　詩在孔子的時代是很受重視的,孔子說:「不學《詩》,無以言。」
〔註36〕《詩經》曾被當作外交辭令的重要引用文本,也被孔子視爲教
育的重要教材,其地位可說十分重要。經過漢、唐的發展,詩在唐代
成了深具代表性的文學指標,唐高宗、玄宗年間,詩甚至成爲了進士
科考試的項目之一。〔註37〕詩歌本身的繁榮與發展,加上國家考試的
幫助,使得其地位與價值較先秦時期更上層樓。唐代之後,古文、詞、
曲的發展雖然分散了詩歌的光芒,但是,在文學領域中,詩歌仍然佔
有著一席重要地位。到了明代以後,情形有了轉變。清初吳喬在《圍
爐詩話》中說:

> 唐人重詩,方袍、狹邪有能詩者,士大夫拭目待之。
> 北宋猶然,以功名在詩賦也。既改爲經義,南宋遂無知詩
> 僧妓,況今日乎?〔註38〕

唐代與北宋,因爲詩歌可以帶給人實際的功名利益,因此受到重視。
但到了南宋以後,詩歌失去了這個舞台,也因此逐漸失去社會大眾的
關注。明代以八股文取士,於是八股文便取而代之,成爲功名的保證,
相對的,詩歌就失去原有的社會功能。年輕人學習八股文被視爲正
業,學習詩歌則被當作歧途,常常受到家人的反對。施閏章〈汪舟次

〔註36〕參見《論語・季氏》第十六,(參見阮元《十三經注疏》,台北:藝
　　　　文,1989 年 1 月,11 版),頁 150。
〔註37〕傅璇琮在《唐代科舉與文學》中,曾清楚的討論過唐代進士科考試
　　　　與文學發展的關係。他指出:「以詩賦作爲進士科考試的固定格局,
　　　　是在唐代立國一百餘年以後。而在這以前,唐詩已經經歷了婉麗清
　　　　新、婀娜多姿的初唐階段,正以璀璨奪目的光彩,步入盛唐的康莊
　　　　大道。在這一百餘年中,傑出的詩人已絡繹出現在詩壇上,寫出了
　　　　歷世經久、傳誦不息的名篇。這都是文學史上的常識,不需要多講
　　　　的。因此,那種片面地強調唐代進士以討取士促進了詩歌創作的繁
　　　　榮,在歷史發展的客觀事實面前,是站不住腳的。應當說,進士科
　　　　在八世紀初開始採用考試詩賦的方式,到天寶時以詩賦取士成爲固
　　　　定的格局,正是詩歌的發展繁榮對當時社會生活廣泛影響的結果。」
　　　　(台北:文史哲,1994 年,初版),頁 418。
〔註38〕吳喬《圍爐詩話》卷一,(台北:廣文,1973 年),頁 22。

詩序〉說：「嘗見前輩言，隆、萬之間，學者窟穴帖括，捨是而及它文辭，則以為廢業。」〔註39〕這裡說的是明代隆慶、萬曆年間的事情，在考取舉業以前，若學習詩歌就會被認為是浪費生命，甚至被視為是親痛仇快的事情。〔註40〕

　　從另一方面來說，當詩歌從實際的政治架構中脫離出來以後，儒家詩學的政教傳統就失去了制度上的保證。如果遇到了重視詩歌現實作用的統治者，詩歌的政教功能才有表現的舞台。反之，詩歌則多半成為詩人抒情的載體。這種政治上的不確定性，加上科舉考試的因素，使得世人對詩歌的地位與價值產生了質疑。這種情形延續到了康熙年間。沈德潛《年譜》中記載了康熙二十九年（1690）的一件事：

　　　　閱讀曾詠絕句四章，師止之曰：「勿荒正業，俟時藝工，
　　以博風雅之趣可也。」〔註41〕

沈德潛時年十八歲，施星羽是他的老師，由於當時科舉乃以文為主，〔註42〕作詩當然為致力舉業的人所忽略，所以，他的老師才會要他「勿荒正業」。這段話雖然簡短，但是可以看出當時知識份子對詩歌的態度。詩歌在士人心目中的排序是在八股文之後的，因此，應當先求八股文之精進，待文章學成之後，行有餘力，再顧及詩歌也不遲。且詩歌創作被視為一種「博風雅之趣」的行為，明顯的失去了政教功能，詩歌的地位與價值在此可見一斑。

　　明代知識份子有重時文輕詩歌的傾向，然而，歷經明末衰頹的國

〔註39〕參見施閏章《施愚山文集》卷五，（安徽：安徽古籍，1992 年 11 月，第一版），頁 92。

〔註40〕陳維崧《陳迦陵文集》卷一有〈徐唐山詩序〉，中引徐唐山之言說：「昔予之為詩也，里中父老輒譙讓之，其見仇者則大喜曰：『夫詩者，因能貧人賤人者也。若人而詩，吾知其長貧且賤矣。』及遇親者厚者，則又痛惜之。」（台北：商務，1979 年，台一版），頁 18。

〔註41〕參見附表一，沈德潛自製年譜。

〔註42〕王德昭在《清代科舉制度研究》中說：「明代試士、四書義和經義用時文（八股），二、三場兼用論、表、詔、誥、判、策。清初仍之，論題用《孝經》、性理，或兩者兼用。」（香港：香港中文大學，1982年，初版），頁 38。

勢，使有志之士注意到了八股文所帶給知識份子的影響，顧炎武〈生員論〉曾說：

> 國家之所以取生員，而考之以經義策論表判者，欲其明六經之旨，通當世之務也。今以書坊所刻之義，謂之時文，舍聖人之經典，先儒之註述與前代之史不讀，而讀其所謂時文。時文之書，每科一變，五尺童子能誦數十篇而小變其文，即可以取功名；而鈍者至白首不得遇。老成之士既以有用之歲月消磨於場屋之中，而少年捷得之者又易視天下國家之事，以爲人生之所以爲功名者，惟此而已。故敗壞天下之人才，而至於士不成士，官不成官，兵不成兵，將不成將。〔註43〕

顧炎武認爲，國家以文取士，本來是爲了篩選出眞正能做事，而不是讀死書的人。但是自從以八股文取士之後，文人爲了考取功名，貪圖富貴，因此背離了這初衷。於是坊間出現了考試用的文章參考範本，就成了所謂的「時文」。這種參考書的出現，說穿了只是爲了應付考試之用。學子爲了應考，無不埋首背誦這些文章，而其結果就是人才的埋沒與流失，甚至影響到國家大計。事實上，早在前後七子時就已經意識到八股文的弊病，並且嘗試採取一些解決的對策。龔顯宗認爲明代七子派詩論的產生背景之一，即是對八股文的反動。〔註44〕這裡必須要說明的是，知識份子對詩歌的重視程度降低，並不代表他們不再創作、不再閱讀。因此，在這一期間的問題，不是詩歌的消失，而是其現實作用的削弱，以及因其附加價值的消失，而導致所受到的關

〔註43〕參見顧炎武《亭林詩文集》卷一，（台北：商務，1967，台二版），頁83。

〔註44〕龔顯宗在〈明代七子派詩論之研究〉與〈明代七子派詩文論產生之背景〉兩篇文章中都提到這一點，茲引後者之文如下：「古文不振，詩又如何？科目雖有試帖詩，然限五言八韻，形式、內容兩俱空洞，於風雅之道無所裨益。…李、何輩思有以救之，倡言『文必秦漢、詩必盛唐』，使天下復知有古書，用意至善，七子派形成之一因，即爲對八股文之反響也。」（參見《靜宜學報》第四期，1981年6月），頁95。

注減少。由這兩者反映出來的，就是詩歌地位與價值的滑落。

到了清初，學術界興起了一股「經世致用」之學的風潮。張健在《清代詩學研究》中說：「晚明以來空前的社會政治危機喚起了士人們的強烈的社會責任感。這一時期士人的一個突出特點，就是具有強烈的經世精神。這種精神既表現在政治方面，也表現在文化方面。」〔註45〕這一時期的文人普遍認爲文學應該反映現實，具有「經世致用」的作用。在這樣的背景之下，儒家詩學的政教傳統便復興了起來。張健指出：「明代詩歌在世人心目中地位甚低，作之者多爲應酬之用。但這種情況在明清之際發生了變化。明末以來，先是內憂外患，繼之國破家亡，士人們的憂時憫亂之意，傷親弔友之情，家國興亡之感，哀怨激憤，郁焉於中，長歌當哭，詩歌乃成了一種最合適的形式。」〔註46〕配合當時的政治社會情勢以及學術思潮，詩歌內容的改變了，現實作用也加強了，從而使其地位與價值跟著提升不少。

清代沿襲明制，仍以八股制藝取士，清代科舉不考詩的情況，一直到乾隆二十二年（1757）才改變，〔註47〕也就是說，沈德潛應舉的那段時間中，詩歌仍然沒有納入科舉內。因此，以八股文的學習爲正事，以詩歌創作爲附庸風雅的想法仍然存在。《年譜》中的記載就是一例。然而，經過清初以來許多詩人的努力，藉由對詩學理論的彙整與探討，知識份子的關注眼光又回到了詩歌身上。同時，康熙、乾隆兩帝都有御製詩選傳世，〔註48〕這代表了君主對於詩歌的好尚。康熙甚至在《御選唐詩》序中，說明他以「溫柔敦厚」的「詩教」爲評選的標準，他說：

〔註45〕 張健《清代詩學研究》，（北京：北京大學，1999 年 11 月，第一版），頁 8。

〔註46〕 張健《清代詩學研究》，頁 24。

〔註47〕 王德昭說：「乾隆二十二年罷論、表與判、增五言八韻詩一首。五十二年定鄉、會試首場四書文三篇，五言八韻詩一首：二場經文五篇：三場策問五道，問經史、時務、政治。自是遂爲定制。」（同註 40 書），頁 38。

〔註48〕 例如聖祖康熙有《御選唐詩》，而高宗乾隆則有《唐宋詩醇》。

孔子曰：「溫柔敦厚，詩教也。」是編所取，雖風格不
一，而皆以溫柔敦厚爲宗。其憂思感憤、倩麗纖巧之作，
雖工不錄。使覽者得宣志達情，以范於和平。蓋亦用古人
以正聲感人之義。〔註49〕

康熙希望藉由這一選本，達到古人以正聲感人之義，使讀者能趨於「溫
柔敦厚」。皇帝對於「詩教」的提倡，無形中抬高了詩歌的地位與價
值。另外，作爲清初詩壇的前後兩大巨擘，錢謙益、王士禛對於前代
與當代詩論的繼承、批評、修正與開拓，不只開拓了清代以總檢歷代
詩歌理論爲特色的詩論，使得詩人對於不同詩論的思考空間大大增
加，也爲詩歌的活躍挹注了更多動力。沈德潛身處這樣的時空背景之
下，加上師友的影響，〔註50〕使他對於詩歌有著更嚴肅的態度和更遠
大的期許。他在〈湖北鄉試策問〉中說：

詩者，用以厚人倫、美教化、移風俗，非如後世所云
緣情綺靡巳也。賦者，古詩之流，將以抒下情而通諷諭，

〔註49〕參見清聖祖《御選唐詩》，（台北：台灣商務，1978年），頁1、2。
〔註50〕葉燮對於詩是站在一個很高的角度來審視的，與他同時的沈珩序其
《原詩》說：「非以詩言詩也，凡天地間日月雲霧、山川類族之所以
動蕩，虬龍杳幻、鼪鼯悲嘯之所以神奇，皇帝王霸、忠賢節俠之所以
明其尚，神鬼感通、愛惡好毀之所以彰其機，莫不條引夫端倪，
摹畫夫毫芒，而以之權衡乎詩之正變與諸家持論之得失。」（北京：
人民文學，1998年5月，第一版），頁85。沈珩指出，葉燮不是就
詩學本身立論，而是把詩學道理與天地間各種事物的道理貫通起
來，是在一個大的理論框架中透視詩學問題。使得他具有比其他人
更開闊的眼界。沈德潛〈王直夫詩序〉體現了葉燮論詩對他的詩觀
影響，文曰：「王子直夫以詩鳴於漳浦之間，不背前人，不摹前人，
脫口而出，滂濞鴻肆，凡天下事理物情之所有者，一一見之於詩，
蓋其本乎姿性之高明以爲其質，探乎典冊之博奧以老其學，歷乎境
遇之常變以堅其識，而後以無所不足之才，達其中之所不能言，
大可籠萬有，小可析毫末，金銀鉛銅熔之皆成器也，正聲么絃調之
皆成樂也。」（參見《歸愚文鈔餘集》卷一）而〈陳恥庵遺詩序〉則
說明了沈德潛的交友情形，他說：「予生平交友，往往以詩作合，故
歷數朋好，詩人獨多。」（參見《歸愚文鈔》卷十二）沈德潛的朋友
多是詩人，從這裡可以看出他選擇朋友的喜好，也暗示了朋友影響
他在詩學論題與對詩歌的態度上的可能性。

宣上德以盡忠孝，非如後世所云體物瀏亮已也。詩賦二者，
固殊體同歸者與。風騷以後，詩人代興，上下藝林，四言
何以獨推韋、孟，五言何以獨推蘇、李，阮籍何以擅長於
魏代，陶潛何以卓絕於六朝，陳子昂、元結、李白、杜甫、
韓愈何以高出於唐，蘇軾、陸游何以高出於兩宋，元好問
何以高出於金、元，豈其語言之工與？抑詩外別有事在也。
（《歸愚文鈔》卷七）

由引文可知，沈德潛對詩歌的態度乃承自〈詩大序〉以來的「詩教」
傳統。他並且引了許多作者爲例，說明他們之所以能高出同時代他
人，就是因爲「詩外有別事」，而「別事」就是「詩教」。這裡必須說
明一點，王士禛是康熙詩壇的領袖，在他的影響下，詩歌走向了藝術
美感的追求，對於儒家「詩教」傳統的助力並不大。沈德潛在王士禛
龐大的影響壓力下，自覺地拈出「別事」，他認爲「詩教」的重要性
高於詩歌藝術美感的追求，因此說「詩外有別事」。正是這一點，使
他對詩歌的要求從個人層面提高到了社會層面，作詩要講求「詩教」
不是只片面的要求詩歌的美刺諷諭，而是要重振「詩教」的政教意義
與現實作用，使「詩教」落實在知識份子的教育之中，不再是帝王用
以點綴太平之物，也就是將詩作爲一個「人」的教育的教材，從「詩
教」中去建構，去瞭解人與天地萬物、人與政治、人與他人、乃至於
人與自我間的溝通與互動機制。如此一來，詩歌的地位與價值才能算
是眞正回復了。

二、詩壇「尊唐」、「宗宋」的路線之爭

清代詩壇一直存在著「尊唐」與「宗宋」的論辯。這兩股勢力在
不同時期中互有消長，也左右了清詩的發展。納蘭性德〈原詩〉曾云：

世道江河，動成積習，風雅之道，而有高譽廣額之憂。
十年前之詩人，皆唐之詩人也，必嗤點夫宋；近年來之詩
人，皆宋之詩人也，必嗤點夫唐。萬戶同聲，千車一轍。
其始亦因一二聰明才智之士，深惡積習，另闢新機，意見

孤行，排眾獨出者，而一時附和之家，吠聲四起。善者為
新豐之雞犬，不善者為鮑來之衣冠，向之意見孤行，排眾
獨出者，又成積習矣！蓋俗學無基，迎風欲仆，隨踵而立，
故其於詩也，如矮子觀場，隨人喜怒而不知自有面目，寧
不悲哉！〔註51〕

納蘭性德是康熙時內閣大臣明珠之子，他的這段話清楚說明了當時詩壇情況。「尊唐」、「宗宋」門派各立，流風所及，以致知識份子人云亦云、黨同伐異。每一個意見在剛提出之時，都是為了矯正先前的弊病，然而在提出之後，天下即翕然從之，遂又成一派。跟隨風氣者如能得其道則善，若不能，則流於剽竊模擬之流，而失去自我本來面目。事實上，「尊唐」或「宗宋」並不是明代、清代才開始的，錢鍾書就說：「唐宋詩之爭，南宋已然，不自明起。」〔註52〕而所謂的「唐詩」、「宋詩」也不應只是狹義的以時代作為劃分，錢鍾書說：「唐詩、宋詩，亦非僅朝代之別，乃體格性分之殊。唐詩多以風神情韻擅長，宋詩多以筋骨思理見勝。」〔註53〕錢鍾書此言當比一般只就朝帶來分唐、宋詩者來的客觀許多，同時也指出了唐、宋詩在根本上的不同。準此，以下筆者行文中言及「唐詩」或「宋詩」，除特別說明外，其餘均以詩歌風格為劃分，而不單以時代為準。

　　清代詩壇的「尊唐」、「宗宋」之爭，乃延續明代而來。戴文和在《「唐詩」、「宋詩」之爭研究》中，將明代大致分為四期，並且認為在這段時間中，以崇「唐」抑「宋」之風為時最久，影響也最廣遠。其間雖然有公安派對此提出批評，但是整體來說，明代仍可稱為盛唐詩主導期。〔註54〕公安派雖然在當時不能與七子、竟陵兩

〔註51〕參見納蘭性德《通志堂集》卷十四，雜文〈原詩〉，（台南：莊嚴文化，1997，初版），頁360。

〔註52〕參見錢鍾書〈詩分唐宋〉，（引自錢鍾書《談藝錄》，北京：中華，1999年11月，第八刷），頁4。

〔註53〕錢鍾書〈詩分唐宋〉，引自錢鍾書《談藝錄》，頁2。

〔註54〕戴文和所說「盛唐詩主導期」主要是由元初到明末清初，他將這三百年左右的時間分為五個段落，由於本論文鎖定的時間是清初到中

派相抗衡，〔註55〕但是它對清代的影響卻是大大超越竟陵派的，戴文和就說：「袁氏為『宋詩』辯護，對清初詩壇崇『宋』之風具有先導作用。」〔註56〕從審美的角度來看，七子派主張詩歌應全面回歸漢魏盛唐的傳統，走的是復古的路線，因此喊出了「古體宗漢魏，近體宗盛唐」的口號，尤其希望藉著對唐詩的藝術形式的學習，能

葉時期，而對此時影響最直接的還是明代，因此筆者此處只引出屬於明代的四個段落：（一）、明初～成化初：林鴻、高棅開始標舉盛唐；後來三楊「臺閣體」之風盛行，繼續推尊盛唐。林、高、三楊雖未詆斥「宋詩」，然崇「唐」抑「宋」之風已漸起。（二）、成化～萬曆中期：此又有兩個時期。成化至弘治間，李東陽主持文柄，品鑑上崇「唐」抑「宋」，創作上則出唐入宋，不拘一家。弘治至萬曆中期，前後七子最盛，不管是品鑑或創作，皆主「詩必盛唐」，盛唐以下之中、晚唐，「宋詩」、元詩，俱在擯斥之列。且主導模擬為學詩之途徑。（三）、萬曆中期～萬曆末：抨擊前後七子，極力為「宋詩」辯護的公安派興起。（四）、萬曆末～明末：矯公安與七子之弊的竟陵派興起，論詩以推尊「唐詩」與古詩為主，兼肯定蘇軾之詩；其所謂「唐詩」兼初、盛、中、晚唐而言。詩壇呈現竟陵與七子爭雄的局面。（參見戴文和《「唐詩」、「宋詩」之爭研究》，台北：文史哲，1997 年，初版），頁 148、149。戴文和將明代「尊唐」、「宗宋」的論爭以時代做一大略劃分，有助於替讀者從歷史脈絡中建立一個對「唐宋之爭」的大概認識。但是，他這樣的分法仍然有討論的空間，例如明代的第一個段落：「明初到成化初」，他以林鴻與高棅作為標舉盛唐之始，然而，在林、高兩人之前的宋濂，已經開始將注意力轉移到唐詩身上了。郭紹虞在《中國文學批評史》中說：「由宋濂之詩論言之，其師古可以唐為宗主，明初詩人與七子理論即如此。」（同註五書），頁 592；第二段落：「成化至萬曆中期」，戴文和將這一期中又分為兩小期。他認為弘治至萬曆中期，前後七子最盛。然而事實上，前七子擅場於明孝宗弘治到明武宗正德年間（1488～1521），而後七子則活躍於明世宗嘉靖至穆宗隆慶年間（1522～1572），故至萬曆中期，已非前後七子之時，而是七子派的末流的影響了。由此足見，戴文和此一分期，雖然便於閱讀，但是在精確性、條理性方面，仍有討論的空間。

〔註55〕錢鍾書《談藝錄》之〈補訂 103 頁〉說：「後世論明詩，每以公安、竟陵與前後七子為鼎立聲軒；余瀏覽明清之交詩家，則竟陵派與七子體兩大爭雄，公安無足比數。」（北京：中華，1999 年 11 月，北京第八刷），頁 418。

〔註56〕戴文和《「唐詩」、「宋詩」之爭研究》，頁 182。

夠進入唐詩的精神世界，達到唐詩崇高豐富的詩歌境界。

　　七子派以「復古」、「模擬」爲學習的方式，使得其末流產生了徒事字句擬似的流弊，甚至成爲只有形式，沒有自我情感的泥冠土偶。明末清初的錢謙益就因此而批評李夢陽說：

　　　　獻吉以復古自命，曰古詩必漢魏，必三謝；今體必初盛唐，必杜，捨是無詩焉。率率模似剽竊於聲句字之間，如嬰兒之學語，如桐子之洛誦。字則字，句則句，篇則篇，毫不能吐其心之所有，古之人固如是乎？〔註57〕

錢謙益認爲李夢陽以復古自命，認爲盛唐以下無詩，力圖恢復漢魏盛唐的風采，但卻淪於模似而不得其精神，尺尺而寸寸之，失古人作詩之理。對於這樣的流弊，公安派同聲批評，認爲論詩應著重於「性靈」與「時變」，前者爲品鑑與創作的基準，後者爲歷史進行的規律。七子派言「古體宗漢魏，近體宗盛唐」，公安派則認爲，如果盛唐詩字字學漢魏，那麼又何來盛唐之詩？每一代之詩，只要各極其變，各窮其趣，都有可貴、可傳之處，而不必崇此抑彼。公安派就是站在這一點上爲「宋詩」辯護。基本上，明代的「唐詩」、「宋詩」之爭的發展，是以尊唐則抑宋、宗宋則抑唐的模式進行的。

　　錢謙益係當時詩壇的領袖，他對於「唐詩」、「宋詩」的看法影響了順治、康熙初年的詩壇。蕭華榮在《中國詩學思想史》中說：

　　　　主變才是錢謙益詩學思想的核心。錢謙益主要從兩個角度論變：一是文學發展演化的客觀方面，認爲文章是「天地變化之所爲也，天地變化與人心之精華交相擊發，而文章之變不可勝窮。」（〈復李叔則書〉），因而詩變化到宋代那種體貌是合理的；二是作者創作的主觀方面，他在原則上並不反對七子「擬似變化」之說，但卻反對他們的優孟衣冠、生吞活剝。他的主張是「逆流順流，隨緣應化，各不相師，亦靡不相和。宋元之能者，亦由是也。」（〈曾房

────────────

〔註57〕錢謙益《列朝詩集小傳・李副使夢陽》，（參見楊家駱主編《中國學術名著・文學名著》第三集，第二十三冊，台北：世界，1963 年 2月，初版），頁311。

仲詩序〉），這樣，他也肯定宋元的一些作家作品。〔註58〕

這裡必須注意的是，錢謙益已經走出了明代那種「尊唐則抑宋」、「宗宋則貶唐」的二分式思維，轉而從文學演進的角度，肯定「宋詩」的合理性。同時，他也不否定七子派「尊唐」的主張，只是從「擬似變化」所產生的流弊這一點來加以反駁。羅時進在〈錢謙益唐宋兼宗的祈向與清代詩風新變〉中說：「明末清初，錢謙益以唐宋兼宗爲新的詩學選擇，具體途轍是以崇尙杜詩爲唐向宋的起點，在詩壇大力導入宋代詩風，鎔鑄異質，求變創新。……錢氏的這一詩學選擇開啓了清代新詩風。」〔註59〕正是因爲錢謙益這種論詩的態度，加上後來王士禎的提倡〔註60〕，促使後來「宗宋」風氣的大開，雖然他本身並沒有特別標舉「宋詩」，否定「唐詩」，但戾因爲他是當時的文壇領袖，影響力甚大，在當時及其後的詩壇造成一股風潮，也形成了一些矯枉過正的問題。

　　繼錢謙益之後主持詩壇的是王士禎。王士禎生涯中有「論詩三變」，即早歲「宗唐」、中歲「事宋」，晚年「復宗唐」的階段性變化。黃繼立曾探討過漁洋「論詩三變」各階段的內容爲何，他說：

　　　　漁洋早歲重「情韻」的創作傾向，事實上與其早年論詩「宗唐」，詩歌該「韻勝於才」的主張是相通的。……漁洋中年「事宋」的內涵，是從「才氣」面對宋詩進行關注，此時的漁洋詩觀，是以「才氣」論詩。……漁洋晚年的「宗唐」內容，絕對不可能再與早年的「宗唐」相同……「不

〔註58〕 參見蕭華榮《中國詩學思想史》，（華東師範大學出版社，1996 年 4 月，第一版），頁 315。

〔註59〕 羅時進〈錢謙益唐宋兼宗的祈向與清代詩風新變〉，（參見《杭州師範學院學報》第六期，2001 年 11 月），頁 67。

〔註60〕 俞兆晟在《漁洋詩話序》中記載，王士禎晚年回憶其詩學歷程時曾說：「中歲越三唐而事兩宋，良由物情厭故，筆意喜生，耳目爲之頓新，心思于焉避熟……當其燕市逢人，征途揖客，爭相提倡，遠近翕然宗之。」（參見王士禎撰《王漁洋詩話》，台北：廣文，1982 年 8 月，初版），頁 1。王士禎論詩有三變，郭紹虞在《中國文學批評史》中說：「漁洋詩格與其論詩主張凡經三變，早年宗唐，中年主宋，晚年復歸於唐」，（上海古籍出版社，1979 年），頁 523。因此，雖然王士禎後來又歸復於唐，但他對宗宋詩風的影響仍不可小覷。

涉理路，不落言詮」、「不言理而理自在其中」，就是漁洋晚
年「宗唐」時，所認定的唐詩內容。〔註61〕

黃繼立認爲，漁洋中年轉而「事宋」，從外圍的文學環境來說，可以
視爲是對當時過度「宗唐」的反撥。從個人因素來看，進入中年時期
的王漁洋，閱歷上的增廣、心境上的變化，都是他中年「棄唐」「事
宋」的催化劑。到了晚年又復「尊唐」，是因爲在「事宋」的過程中
悟出了唐詩亦有其理，並且看到了宋詩的弊病，故而又回到「尊唐」
的路上。〔註62〕由於王漁洋曾經「事宋」，加上之前錢謙益詩學的影
響，使得「宗宋」詩風一度興盛。對於詩壇「宗宋」的風氣，沈德潛
十分不滿，他在〈與陳恥庵書〉中說：

> 錢受之意氣揮霍，一空前人，于古體中揭出韓、蘇，
> 于近體中揭出劍南……然而推激有餘，雅非正則。相沿既
> 久，家務觀而戶致能。有詞華，無風骨；有對丈，無首尾。
>
> （《歸愚文鈔》卷十五）

沈德潛將「宗宋」詩風興起的責任加諸於錢謙益身上，這是因爲王漁
洋雖然中歲「事宋」，但說到底，他還是「尊唐」的。至於錢謙益，
由於他站在詩歌演進的角度來看這個問題，在「宋詩」中標舉出了幾
位詩人以爲典範，以他詩壇領袖的身份，影響所及，就是「宗宋」詩
風的大開。沈德潛對「宗宋」詩風的不滿與憂心，致使他晚年仍然時
常提到這個狀況，如〈王鳳喈詩序〉說：「予慨詩歌之壞，前此四十
餘年、禰宋桃唐，有隊仗無意趣，有飄逸無蘊蓄，覺前人之情與景涵，
才爲法斂者，劋削不存。」（《歸愚文鈔》卷十四）；〈張無夜詩序〉也
說：「前此四五十年，言詩者俱稱范陸，求工隊仗，風格淪落。繼又
禰販韓蘇，恢廓踸張，意言俱盡。近更獵取卮言，說鈴一切僻澀叢雜
之語，以矜新奇。」（《歸愚文鈔餘集》卷一）既然宋詩所具有的特色
是「雅非正則」，那麼就需要提出另一個論點來導正。沈德潛找到了

〔註61〕參見黃繼立〈試論王漁洋的「論詩三變」〉，（《雲漢學刊》第八期，
2001 年 6 月），頁 63～68。

〔註62〕黃繼立〈試論王漁洋的「論詩三變」〉，頁 66～68。

「詩教」這個傳統儒家詩學價值觀。從〈王鳳喈詩序〉中可知，沈德潛認爲「禰宋祧唐」是「詩教」之壞的表現。「宋詩」因爲「有隊仗無意趣」、「有飄逸無蘊蓄」、「求工隊仗，風格淪落」、「意言俱盡」等特色，因此不受沈德潛青睞。從時間點上來看，「宗宋」詩風發展之時，正好是沈德潛青、壯年之時，那時他已經可以感受到「宗宋」所產生的流弊，因此沈德潛決定以「尊唐」來矯正這一點。然而，在他之前的王漁洋晚年也回復到「尊唐」的路上，何以沈德潛還要標舉「詩教」，而不直接跟隨王漁洋的腳步？這與王、沈兩人「尊唐」內容的不同有關。

前文中已經談到，王漁洋晚年「尊唐」的內容是「不涉理路，不落言詮」、「不言理而理自在其中」，但是沈德潛「尊唐」的原因之一是基於「詩教」，這明顯與王漁洋的旨趣有異。王漁洋「尊唐」主要還是一種藝術風格的展現，然而，從藝術風格來討論「尊唐」、「宗宋」，前人已經嘗試過，其結果就是紛擾不休。沈德潛爲了解決這個問題，於是提出「詩教」爲「尊唐」的主要內容，從詩歌的內容、形式、功能各方面來說「尊唐」，在理論的完整性與可行性上，必然高於前人，在當時詩壇的路線之爭上，才有更多的可能性。

三、補充王士禎「神韻」詩論的不足

王士禎是康熙詩壇的領袖，其「神韻說」對當時影響甚巨，沈德潛在重訂《唐詩別裁集》序中曾說明，早年初編《唐詩別裁集》之選乃是取杜甫「鯨魚碧海」、韓愈「巨刃摩天」之意，兼及王漁洋《唐賢三昧集》中「不著一字，盡得風流」與「羚羊挂角，無跡可求」之意而成。而《唐賢三昧集》又被視爲王漁洋「神韻」詩論的具體展現。沈德潛與王漁洋同是「尊唐」，而沈氏選評詩歌的標準，除了吸納、參考王漁洋之外，也加入了杜甫「鯨魚碧海」、韓愈「巨刃摩天」的部份，這代表了沈德潛肯定王漁洋「神韻」詩論，但又以爲不足以呈現詩歌的全貌，因此加入了杜、韓這種雄渾詩風來作爲補充。

　　關於王漁洋「神韻」詩論，歷來研究成果豐碩，一般而言，人們
在談到王漁洋對唐詩傳統的總結時，都傾向於說他總結了王、孟一派
古澹閑遠的傳統，沈德潛正是如此。〔註63〕翁方綱作《神韻論》三篇，
對王士禎「神韻」說作了理論歸納，大體上有以下幾點：第一、王士
禎神韻說的理論來源是嚴羽、司空圖的詩說；第二、「神韻」說標舉
「空音鏡像」之境，「專以沖和淡遠爲主，不欲以雄鷙奧博爲宗。」；
第三、「神韻」說概括的是王、孟一派的詩歌傳統。〔註64〕後來的學
者對翁方綱進行了更深入的研究，再次檢驗了王漁洋「神韻」說的內
涵，張健曾經將之歸納如下：一、「神韻」說在繼承司空圖、嚴羽詩
學的同時，也受到南宗畫論、禪宗思想的影響；二、崇尚清遠沖淡；
三、強調「不著一字，盡得風流」；四、主張興會；五、「神韻」說概
括的是王、孟一派的詩歌傳統。〔註65〕從沈德潛在重訂《唐詩別裁集》
序中的話可知，沈德潛明顯的是以「不著一字，盡得風流」與「羚羊
挂角，無跡可求」兩點來認定漁洋「神韻」詩論的特色。從而也認爲
漁洋總結的是王、孟古澹清遠一派的詩風。沈德潛在《清詩別裁集》
王漁洋的詩人小傳裡，表達了他對漁洋「神韻」詩論的看法。他說：

　　　或謂：漁洋獺祭之工太多，性靈反爲書卷所掩，故爾
　　雅有餘，而莽蒼之氣、遒折之力，往往不及古人。老杜之
　　悲壯沉鬱，每在亂頭粗服中也。應之曰：是則然矣。然獨
　　不曰：「歡愉難工，愁苦易好。」安能使處太平之盛者，強

〔註63〕這樣的說法是以其晚年所選定的《唐賢三昧集》爲其詩論整體而來，
　　　近代學者已經指出其中的錯誤，如張健在《清代詩學研究》中就指
　　　出王漁洋也總結了「沉鬱頓挫」的唐詩傳統，他說：「王士禎確立杜
　　　甫在唐代七言古詩傳統中的最高地位，體現了他對唐詩傳統中沉鬱
　　　頓挫一面的肯定。人們說王士禎排斥沉鬱頓挫，是以他晚年所選《唐
　　　賢三昧集》概括其詩學的全部傾向，這是不正確的。」（北京：北京
　　　大學，1999 年 11 月，第一版），頁 411。
〔註64〕參見翁方綱《七言詩三昧舉隅》，（引自丁仲祐編訂《清詩話》，台北：
　　　藝文，1977 年 5 月，再版），頁 1～4。
〔註65〕參見張健《清代詩學研究》，（北京：北京大學，1999 年 11 月，第一
　　　版），頁 423。

作無病呻吟乎？愚未嘗隨眾譽，亦非敢隨眾毀也。……全
集以明麗博雅勝者居多，然恐收之不盡，茲特取其高華渾
厚，有法度神韻者，覺漁洋之面目，爲之改觀。〔註66〕

在這段引文中，沈德潛藉著與人對答來表示自己的看法。對方說王漁
洋「爾雅有餘，莽蒼之氣與遒折之力不足」，因此，往往不及古人。
沈德潛對這一點是贊同的。但是，基於對漁洋的尊重，他也爲漁洋辯
解，認爲漁洋的詩歌風格本來就較杜甫之類的風格難出眾。詩歌是詩
人眞性情的展現，因此不能讓一個生活在盛世之中的人，勉強作出亂
世那般悲嘆、激烈的作品。引文末並且說明了沈德潛選評漁洋詩的標
準，是取其「高華渾厚，有法度神韻者」。這裡反映了兩件事：一、
沈德潛認同漁洋「詩韻」詩論中「高華渾厚」，有法度神韻者；二、
沈德潛也認爲漁洋「神韻」詩論有所欠缺，而欠缺的正是杜甫那種「悲
壯沉鬱」的風格。

　　沈德潛肯定漁洋「法度神韻」的部分，但是「神韻」不一定要限
制在清遠的風格中才能展現，杜、韓那種高廣壯闊、沉鬱頓挫的風格
也能體現「神韻」。沈德潛在《說詩晬語》中說：

　　　　王維、李頎、崔曙、張謂、高適、岑參諸人，品格既
高，復饒遠韻，故爲正聲。老杜以宏才卓識，盛氣大力勝
之。讀〈秋興八首〉、〈詠懷古跡五首〉、〈諸將五首〉，不廢
議論，不棄藻饋，籠蓋宇宙，鏗戛韶鈞，而橫縱出沒中，
復含蓄藉微遠之致；目爲大成，非虛語也。〔註67〕

從引文中可知，沈德潛認爲杜甫詩能包容王維的「蘊藉微遠之致」，
也就是「遠韻」。這樣一來，杜甫詩在「盛氣大力」的崇高中又具有
「蘊藉微遠」的神韻美。張健認爲「王士禎主張古澹閑遠中涵沈著痛

〔註66〕沈德潛《清詩別裁集》，(引自《歷代詩別裁集》，杭州：浙江古籍，
　　　　1998年，第一版)，頁390。此書爲本論文之重要引用文本之一，故
　　　　此後凡引自此書者，均於引文前標著書名，引文後標明卷數與頁數，
　　　　不另爲註。

〔註67〕參見沈德潛《說詩晬語》卷上，(收於《沈歸愚詩文全集》，乾隆教
　　　　忠堂刊本，國家圖書館典藏本)，頁1，以下凡出自於此書者，均於
　　　　引文前標著書名，引文後只標明卷數頁數，不另爲註。

快，是以陰柔之美中涵蘊陽剛之美。到沈德潛則是主張陽剛之美中而蘊陰柔之美，這就是沈德潛的審美理想。」〔註68〕沈德潛論「神韻」與王士禎最大不同之處，就是王士禎所說的神韻，雖然也可以包括杜、韓一派詩歌，但是其「神韻」說的重心還是在王、孟等清遠一派。沈德潛則反之。對他而言，如何將神韻與這種雄壯的詩境融通，才是他的重點所在。從另一點來看，因為沈德潛認為「神韻」應該是「流于跡象聲響之外，而仍存於跡象聲響之間。」（參見《歸愚詩鈔餘集》，〈石香詩鈔序〉，卷三），故「神韻」可以從味內、言內、象內來把握。他又認為「蘊蓄則韻流言外」，因此，蘊蓄就會有神韻。蘊蓄來自「詩教」中「比興」的表達方式，因此，「神韻」就可以落實到「比興」傳統上來看了。從「比興」傳統說「神韻」是沈德潛對王漁洋「神韻」說的補充，也是企圖在不否定漁洋的層面上，為學詩者指出更完整的詩歌範式，那就是「詩教」。

王小舒在《神韻詩史研究》中說：「他（王士禎）的神韻說與其說是詩，不如說同時是一種處世態度。」〔註69〕如果說王漁洋的「神韻」詩論其實是一種處世態度，那麼可想而知，這種處世態度必然是淡泊、高遠、恬靜的，比較傾向「獨善」的人生哲學。但是，積極入世如沈德潛，他理想中的處世態度應該是走入人群、關心政治，以淑世為理想的「兼善」思想，而這正是儒家「詩教」所對應到的處世哲學之一。「詩教」對應到的處世哲學含括了「獨善」與「兼善」的部分，因此，提倡「詩教」從某方面來說，就是提倡這種入世的、積極的處世哲學，故可以視為是對王漁洋「神韻」說的補充。

四、提倡「詩教」觀的現實意義

沈德潛在當時提倡「詩教」觀，其現實意義應該要依其生命歷程，分為兩個階段來說。沈德潛在編選初編《唐詩別裁集》之時，就指出「詩教」為其評選標準，可見，沈德潛論詩重「詩教」一事，從一開

〔註68〕張健《清代詩學研究》，頁568。
〔註69〕王小舒《神韻詩史研究》，（台北：文津，1994年，初版），頁375。

始就已經立定腳跟了。沈德潛於乾隆四年（1739）中進士，從此之後開始了他與乾隆、政治間密切的關係。即便致仕之後，他與乾隆仍保持著良好的互動。於是，筆者將沈德潛的生命歷程以乾隆四年爲斷限，大致分爲兩部分：入仕前與入仕後。在這兩段時間中，沈德潛提倡「詩教」的現實意義是有所不同的。

　　首先是入仕前，這段時間佔了沈德潛生命的三分之二強，在這段時間裡，沈德潛雖然參與科舉，但是仍未與政治運作正式接觸。因此我們相信，他在這段時間中提倡「詩教」，應是出於他個人意志。在這段時間中，沈德潛提倡「詩教」的現實意義，是爲學者指出學詩之道，並且藉由學詩深化對個人人格的養成與道德的修養。另一方面，也是爲了以此矯正「宗宋」詩風所帶來的流弊。他除了以「詩教」爲標準評選詩歌選本之外，也先後與詩友結「城南詩社」與「北郭詩社」。〔註70〕他們藉著詩社，刺激彼此的創作，也藉此溝通彼此對詩歌的觀念，甚至形成一種共同的詩觀。他努力在吳中地區形成一種與「宗宋」詩風相抗衡的風氣，他在晚年所作的〈七子詩選序〉中回憶道：

> 予年二十餘，從事於詩，時方相尚以流易、淺熟、粗梗、枯竭之體，賴同社諸君子，中立不回，相與廓清摧陷，閱五十餘年，遠近作者皆知復古。（《歸愚文鈔》卷十四）

沈德潛回憶他二十幾歲時，當時詩壇仍籠罩在「宗宋」詩風所帶來的「流易、淺熟、粗梗、枯竭」弊病中，他與詩社中的詩友們，堅持著以「詩教」、「尊唐」爲論詩主旨的信念，不隨波逐流，更努力廓清風氣，使得後來的人能準此以達學詩正途。筆者以爲，這正是「詩教」在「興觀群怨」中「群」的一種展現，也是沈德潛提倡「詩教」的現實意義之一。

　　入仕之後，沈德潛進入了政治運作的體制內，也展開了他與乾隆

〔註70〕根據《年譜》記載，康熙四十六年（1707），沈德潛與張岳未、徐龍友、陳匡九、張永夫等人結「城南詩社」；康熙六十一年（1722），沈德潛結「北郭詩社」。（參見附表一）。

「殿上君臣，詩中僚友」的關係。在《詩經》的時代，詩歌是被編織在政治架構之中的。詩歌在這個架構中發揮政治教化作用，涉及到上下兩個階層。上就是統治者。對統治者來說，詩歌的作用是觀、是教，所以有采詩、觀詩之舉。而教就是教化，所以有所謂「溫柔敦厚，詩教也」的說法。下則是人民與詩人（這時的詩人不一定是文人）。對他們來說，詩的政治作用是美刺，是表達對社會政治的意見。這上下之間以一種互動的形式存在，如果缺少某一級，則其在政治架構中的政教功能就無法實現。但到了後來，詩歌的發展逐漸從實際政治架構中獨立出來，最明顯的是采詩、觀詩的制度已不存在。對於統治者來說，既不把當代詩歌當作觀民風的工具，也不把其時代的詩歌作為教化的工具，因此，保證詩歌的政教功能得以實踐的架構就缺少了一級，故「詩教」只能作為一種精神的存在。

　　「詩教」在進入政治體制的過程中，逐漸加強了理論中的社會責任，並發展出了適合生存於政治體制內的表現方式。因此，即便漢代以後「詩教」從政治體制中脫離，成為了一種知識份子的精神模範，但「詩教」理論仍然影響了知識份子對社會、政治、國家的態度。尤其，在政治力與知識份子理想相左時，「詩教」就成了士人與政治互動、磨合乃至於對抗的憑藉。例如「詩教」理想中「王者以之觀民風、考得失、知鑑戒」的功能，在「詩教」離開政治運作體制後，轉變成對「美刺諷諭」的重視，而存在於多數知識份子的詩觀之中。換句話說，當「詩」已經不再是統治者自我考核施政的依據時，知識份子因其對社會政治的責任感，使其努力地以「詩教」中「美刺諷諭」的功能，扮演輔佐、觀察、糾正政治的角色。唐代白居易甚至主張恢復「采詩」的制度，元、白合作的七十五篇《策林》談到了「采詩」的問題。

　　　　臣聞聖人酌人之言，補己之過，所以立根本，導化源
　　　也。將在乎選觀風之變，建采詩之官，俾乎歌詠之聲，諷

刺之興，日據於下，歲獻於上者也。〔註71〕

在詩歌上，元、白要求自己「文章合為時而著，詩歌合為事而作。」〔註72〕同時也希望皇帝、宰相等能恢復「采詩官」〔註73〕，採集他們的作品，呈獻朝廷，使朝廷透過他們的作品，瞭解政治的缺失，以作為改革的參考。由此可見詩人們習慣以「詩教」作為與政治對話的媒介。

對於乾隆而言，沈德潛的身份是詩臣，他在沈德潛《歸愚集》前序曰：

> 德潛老矣，憐其晚達而受知者，惟是詩。余雖不欲以詩鳴，然於詩也，好而習之，悅性情以寄之，與德潛相商榷者有年矣，茲觀其集，故樂俞所請而序。〔註74〕

乾隆將他對沈德潛的知遇定位在「詩」，認為沈德潛是一個詩臣，他自己雖然沒有以詩名世的意願，但是並不影響他對於詩的愛好。因此，乾隆與沈德潛最常互動的方式就是詩歌上往來討論。如此一來，沈德潛「詩教」的實踐就有了現實基礎。嚴迪昌在《清詩史》中這樣說：「皇帝不會去作詩壇宗師的，他需要有一個代理人，在詩的領域裡能順應『朕意』而又有權威性的總管。沈德潛無論從詩教修養、年資名望，以及謙恭沖和等哪個方面講，都符合『相知見始終』的條件，於是被漁洋譽為『橫山門下尚有詩人』的三十年前早孚詩名的『清時舊寒士，吳下老詩人』，被超擢為總理『詩』務大臣。」〔註75〕嚴迪昌從另一角度來看待乾隆與沈德潛間的關係，他認為乾隆是在利用沈德潛在詩壇

〔註71〕白居易《策林》六十九，〈採詩〉，（參見《白居易集》卷六十五，台北：漢京，2004年3月，初版），頁1370。

〔註72〕白居易〈與元九書〉，（同上書，卷四十五），頁962。

〔註73〕呂正惠〈元和新樂府運動及其政治意義〉指出，在元和初期，白居易曾經三次提到「采詩」的問題。分別是在元和元年、二年與四年時，四年內三次提到同一問題，可見白居易對於采詩制度的實踐頗為熱心。（參見《中外文學》，第四十卷第一期），頁34。

〔註74〕參見沈德潛《南巡詩》，（引自《歸愚詩文全集》，乾隆教忠堂刊本，國家圖書館典藏本）。

〔註75〕嚴迪昌《清詩史》下，（台北：五南，1998年，初版），頁659。

的名氣與地位，透過沈德潛的手來間接的引領壇詩風氣。因此，沈德潛的身份是總理「詩」務的大臣。筆者認為這種說法是可參考的，只是，嚴迪昌忽略了沈德潛的自主性，而將沈德潛視為一個只會順從乾隆的御用詩人。沈德潛從論詩之初就主張「詩教」，即便是在他入仕時所選的《杜詩偶評》，及在致仕後所選的《清詩別裁集》與重訂《唐詩別裁集》中，都可以看出他並沒有改變主張「詩教」的堅持。而「詩教」中存在著「上以風化下，下以風刺上」的優良傳統，若要說沈德潛放棄這個傳統，而甘願成為乾隆的影子，筆者以為可能性是極低的。因此，我們可以這樣推論，沈德潛詩臣的身份其實是實踐其「詩教」的助力。我們在前面說過，「詩教」是施教者與受教者間的互動，因此需要上下兩級同時存在。在「詩教」中，施教者與受教者並不是固定的。當我們說「上以風化下」時，在上位者就是施教者，而在下位者則是受教者；而當我們說「下以風刺上」時，下對上所進行的雖然是「刺」，但是也是一種警戒，也可以當作是「教」的一種方式。因此，此時在下位者就是施教者，而在上位者則是受教者。從這一點來看，乾隆希望扮演一個施教者，而沈德潛又何嘗不是。瞭解這一點後，就可以知道沈德潛提倡「詩教」的另外一個現實意義，就是以詩實際的與統治者互動，藉著「詩教」來影響統治者，進一步達到儒家政治的理想境界。

　　舉一個實際的例子，沈德潛有許多詩歌選本，而乾隆也有《唐宋詩醇》。由乾隆《唐宋詩醇》的許多評語中，我們可以看出他對於「詩教」的接受。例如御評李白〈戰城南〉云：「所以刺黷武而戒窮兵者深矣。」〔註76〕；御評杜甫〈兵車行〉說：「指出開邊之非。」（第二冊，頁216）；御評白居易〈新豐折臂翁〉云：「藉老翁口中說出，便不傷於直，遂促促刺刺如聞其聲，而窮兵黷武之禍，不待言矣。」（第

〔註76〕參見乾隆《唐宋詩醇》第一冊，（台北：台灣中華，1971），頁34。台灣中華書局印行的《唐宋詩醇》，前中乾隆的評語，均以紅字印刷，因此，筆者此處所引均為紅字處。為求簡潔，以下凡引自《唐宋詩醇》者，均只標明冊數與頁數，不另作註。

三冊，頁 577）；御評白居易〈海漫漫〉云：「神仙之說，世主多爲所惑，而方士因得乘其蔽而中之，史策所垂，足以炯戒。」（第三冊，頁 574）；又御評白居易〈長恨歌〉云：「從古女禍未有甚於唐者……欲不可從，樂不可極。」（第三冊，頁 631～632）……。以上種種，都可以看到乾隆對「詩教」政教功能的肯定，雖然不敢說都是沈德潛的功勞，但是可以肯定的是，沈德潛所提倡的「詩教」是爲乾隆所接受的。一旦，乾隆接受「詩教」中的觀念，那麼就代表乾隆本身或者在施政上，有向「詩教」所代表的理想人格與政治範式靠攏的可能性，這也正是沈德潛提倡「詩教」的另一個現實意義。

綜合以上，筆者從詩歌的地位與價值、詩壇「尊唐」、「宗宋」路線之爭、對王漁洋「神韻」說的補充以及現實意義四方面來說明沈德潛標舉「詩教」的背景與原因，簡單來說，沈德潛標舉「詩教」是爲了解決他在詩壇上所看到的問題，並且，企圖爲學者指出一條更完善的學詩道路。因此，他努力廓清障礙、溝通前賢詩學，欲以「詩教」統攝一切。希望由正確的詩歌學習道路，能引領受教者超越文學的範疇，達到「詩教」中個人修養與政治理想的部分，這就是他標舉「詩教」的背景與原因。筆者在此先做一個簡略的說明，以利讀者對沈德潛「詩教」觀有一個大致的背景認識，在往後的章節中，筆者將以此爲基礎，從不同面向探討沈德潛的「詩教」觀。

第四節　以詩歌評選爲主軸的論述策略

選詩在清代是非常盛行的風氣，不論是選前人之詩，或者是選當代詩人之詩，上至帝王，下至白衣，都可以是選本的作者〔註77〕。姑

〔註77〕帝王雖不一定親自參加詩歌編選的活動，但是往往能主導評選標準。在《四庫全書・總集類》中，直接於書名前標明「御定」、「御選」、「欽定」、「御製」等字樣的總集就有十八種之多，詩的部分如：清聖祖《御定歷錢題畫詩類》、《御選唐詩》；清高宗《御選唐宋詩醇》，都是以帝王的名義編選的詩歌選本。謝正光在〈試論清初人選清初詩〉中曾經對清初詩選本的作者的身份做過討論，他說：「有明遺民，

且不討論數目所反映的意義為何，但可以認定的是，選本必然可以代表編選者的好惡觀、價值觀，也可以從中透顯編選者自己的意見〔註78〕。劉運好在《文學鑑賞與批評》一書中，將「選本」視為中國傳統鑑賞與批評的十種基本模式之一，他說：

> 編選詩文，編選者總帶有一定的審美要求和標準，從中可透出編選者的美學標準、審美趣味，故也隱含一種批評方法。而且，選本常有序、跋或對個別作家的評語，直接表現出編選者的美學觀點、批評標準。好的選本或總集甚至能影響某一時代的文風，所以這種方法幾乎貫穿了中國文學史的始終。〔註79〕

由上可知，評選者在分別去取的同時，已經展現的他的審美態度與標準。在評選的同時，評選者又會加入自己的序、跋或者對作家、作品的評論，這些更能直接的展現評選者的好惡與主張。因此，選本法透過「選」與「評」兩個動作，可以清楚而具體的展示評選者的意見。

　　沈德潛作為乾隆時期的一個重要詩論家，他對於後世影響最大

有抗清義士，有先前降清而後以遺民自處者，有貳臣，有清朝培養的第一代官吏，有位極人臣的高官，有困頓場屋的士子，有囊筆遊食的幕客。」（參見《漢學研究》第十五卷第二期，民國86年12月），頁180。

〔註78〕鄒雲湖在《中國選本批評》中說：「選本，顧名思義就是經過選擇的（或是被選擇的）文本。從文學的角度而言，選本是指選者按照一定的選擇意圖和選擇標準，在一定範圍內的作品中選擇相應的作品編排而成的作集。……『選擇』做為一種價值判斷行為的本質特徵決定了文學選本的『選』本身就是一種重要的批評實踐。選者（批評家）根據某種文學批評觀制訂相應的取捨標準，然後按照這一標準，通過『選』這一具體行為對作家作品進行排列，以此達到闡明、張揚某種文學觀念的目的。」（上海：三聯書局，2002年7月，第一版），頁1。

〔註79〕劉運好在《文學鑑賞與批評》中，將中國傳統鑑賞與批評分為十種基本模式：（一）逆志法（二）、虛靜法（三）、六觀法（四）、辨味法（五）、妙悟法（六）、熟參法（七）、品第法（八）、選本法（九）、評點法（十）、索引本事法。（合肥：安徽大學出版社，2002年6月），頁209～215。

的，可以說是他的幾部詩歌評選，《國朝詩萃》初集中的一段話可以證明：「先生鴻才晚達，主眷特隆，近代文人之遇無有過之者。……所選別裁諸集，統歸玉律，盡度金鍼，尤有裨於後學。」〔註80〕沈德潛的詩歌評選不只有去蕪存菁的作用，對於後來的學者而言，更是學習的指導。基於詩歌評選在文學鑑賞與批評方面的功能性，以及沈德潛詩歌評選的重要性兩者，本論文的論述文本就以沈德潛的詩歌評選為主軸而進行。

　　沈德潛的詩歌評選嚴格說來應該有七部，包括了六部詩歌選本，分別是：初編《唐詩別裁集》（康熙五十四年選，五十六年成書）、《古詩源》（康熙五十六年選，五十八年成書）、《明詩別裁集》（雍正三年選，十二年成書）、《杜詩偶評》（乾隆十八年成書）、《清詩別裁集》（乾隆十九年選，二十二年成書）與重訂《唐詩別裁集》（乾隆二十八年成書），以及一本由選評彙整而成的詩話：《說詩晬語》（雍正九年成書）。然而，初編《唐詩別裁集》現已不得見，留下的只有重訂本，因此我們實際可以看到的只有六部。在詩歌選本的部分，除了《杜詩偶評》以外，主要是以時代為斷限來進行的。然而，因為選評本身就已經有時代的排序在，而這些作品又是沈德潛在不同時期所評選的，因此在時間上有兩條路徑：

第一、詩歌評選本身所呈現的時序排列。這個排列是以唐代為起點，先向上溯源到漢魏古詩，然後在向下延伸到明、清兩代，最後再回歸到唐詩，呈現了一種時間上的回歸。這種排序方式反映了沈德潛以「唐詩」為核心的詩歌審美觀，由唐詩向上、向下延伸，隱含了以唐詩為主軸的論述策略。最後又回到唐詩，則代表了沈德潛對唐詩的再次認知。

第二、作品在沈德潛生命中的排序。由於這些評選作品分別成書於沈德潛生命中的不同階段，含括了他入仕以前、入仕後到致仕

〔註80〕引自錢仲聯編《清詩紀事》八、乾隆朝卷，（江蘇：江蘇古籍，1989年4月，第一版），頁5047。

前，以及致仕以後。可以看出不同階段的外在環境和其心理背景，對其詩歌評選中所呈現的「詩教」觀的影響，也可以看出「詩教」這個觀念在沈德潛心中是如何發展、調整與確定的。

因此，筆者不只在論述文本的選擇上採用沈德潛的詩歌評選，同時在論述的過程中，也以沈德潛生理年齡爲顯性排序，而以詩歌評選本身的時序爲隱性排序，企圖由這兩條時間線交叉比對出沈德潛「詩教」在不同時期的樣貌。

因爲選擇這種論述策略，故筆者在此要先說明一個問題，那就是《唐詩別裁集》初編本與重訂本的判別。如果不判別出來，勢必會使整個論述過程呈現混亂的狀況。但是，現今可見的只有重訂本，如何從重訂本中將初編本分離出來，就是以下筆者要說明的地方，以下分爲五部分說明：

一、初、重編成書之時間與篇幅

沈德潛前後共編選過兩次《唐詩別裁集》，初編於康熙五十四年（1715），重訂於乾隆二十八年（1763）。初編本共十卷，重訂本則擴充至二十卷，得詩一千九百二十八首。今日可見之版本均爲重訂本，然要對沈德潛一生的詩歌評選作全面性探討，就必須嘗試由重訂本中將初編本的內容分離出來，這就是筆者以下進行的重點。

二、分判初、重編本的依據

（一）、沈德潛重訂《唐詩別裁集》序云：「……因而增入諸家。如王、楊、盧、駱，唐初一體，老杜亦云：『不廢江河萬古流』也；白傅諷諭，有補世道人心。本傳所云：『箴時之病，補政之缺』也；張、王樂府，委折深婉，曲道人情，李青蓮後之變體也；長吉嘔心，荒陔古奧，怨懟悲愁，杜牧之許爲楚騷之曲裔也。又五言試帖，前選略見，今爲制科所需，檢擇佳篇，垂示準則，爲入春秋闈者導夫先路也。……且前此詩人未立小傳，未錄詩話，今爲補入。前此評釋亦從

簡略，今較詳明。」（收於《歷代詩別裁集》，頁 59）

　　（二）、《說詩晬語》、《古詩源》

　　之所以將這兩本書納入分判初、重編的依據的原因有二：一是因為這兩本書的成書時間緊接於初編本之後，又在重訂本之前。二是因為這兩書內容的範圍與《唐詩別裁集》有許多重疊之處，故可以作為判別的參考。

三、重訂《唐詩別裁集》序中提及增入之詩人、詩作

　　根據第一點，則今見之重訂《唐詩別裁集》中，詩人下之小傳與詩話皆為重訂時所增入，當為初編《唐詩別裁集》所無。至於評釋部分，則無法區分何者為原有，何者為後入。茲表列重訂序中提及之增入詩人與詩作如下：

姓名或 詩類	重訂《唐詩別裁 集》卷數	作　品	備　註
王勃	七言古詩卷五	〈滕王閣〉	
	五言律詩卷九	〈別薛華〉 〈杜少甫之任蜀州〉	
	五言絕世卷十九	〈江亭月夜送別〉	
	七言絕句卷十九	〈九日登高〉	
楊炯	五言律詩卷九	〈從軍行〉	
	五言長律卷十七	〈送劉校軍從軍〉	
盧照鄰	七言古詩卷五	〈長安古意〉	
	五言律詩卷九	〈春晚山莊率題〉	
	五言長律卷十七	〈西使兼送孟學士南遊〉	
	五言絕句卷十九	〈曲池荷〉	
駱賓王	七言古詩卷五	〈帝京篇〉	
	五言律詩卷九	〈在獄詠蟬〉	
	五言長律卷十七	〈晚泊蒲類〉 〈靈隱寺〉 〈宿溫城望軍營〉	

白居易（諷諭詩）	五言古詩卷三	〈賀雨詩〉 〈寄唐生〉 〈李都尉古劍〉 〈秦中吟十首〉 〈感鶴〉 〈慈烏夜啼〉 〈和大觜烏〉 〈凶宅〉	《說詩晬語》：「白樂天詩，能道盡古今道理，人以率易少之。然諷諭一卷，使言者無罪，聞者足戒，亦風人之遺意也。」
	七言古詩卷八	〈七德舞〉 〈海漫漫〉 〈上陽白髮人〉 〈新豐折臂翁〉 〈百鍊鏡〉 〈青石〉 〈八駿圖〉 〈秦吉了〉	
張籍（樂府）	七言古詩卷八	〈古釵歌〉 〈征婦怨〉 〈傷歌行〉 〈烏棲曲〉 〈短歌行〉 〈野老歌〉 〈北邙行〉 〈送遠曲〉	《說詩晬語》云：「文昌〈節婦吟〉云：『感君纏綿意，繫在紅羅襦。』贈珠者之有夫而故近之，更褻於羅敷之使君也，猶感其意之纏綿耶？」而重訂《唐詩別裁集》云：「文昌有〈節婦吟〉，時在他鎮幕府，鄆帥李師道以書幣聘之，因作此詞以卻之。然玩辭意，恐失節婦之旨，故不錄。」兩書均不選〈節婦吟〉，然評價觀點有所不同。
王建（樂府）	七言古詩卷八	〈田家行〉 〈當窗織〉 〈鏡聽詞〉 〈望夫石〉 〈短歌行〉 〈行見月〉 〈簇蠶辭〉	《說詩晬語》：「仲初〈當窗織〉云：『當窗卻羨青樓娼，十指不動衣盈箱。』人即無志節，何至羨青樓娼耶？」《說詩晬語》批評而重訂《唐詩別裁集》卻選入，只於此二句後云：「本意薄之，然『羨』字失言矣。

李賀	七言古詩卷八	〈高軒過〉 〈鴈門太守行〉 〈金銅仙人辭漢歌〉 〈春坊正字劍子歌〉 〈將進酒〉 〈夷人梳頭歌〉	《說詩晬語》：「李長吉詩，每近〈天問〉、〈招魂〉，楚騷之苗裔也。特語語求工，而波瀾堂廡又窄，所以有『山節藻梲』之誚。」而重訂《唐詩別裁集》則說：「長吉嘔心，荒移古奧，怨懟悲愁，度牧之許為楚騷之苗裔也。」
	五言律詩卷十二	〈七夕〉	
	五言絕句卷十九	〈馬詩〉	
蘇頲（以下試帖詩）	五言長律卷十七	〈御前連中雙兔〉	試帖詩均為五言律詩，共十二句。沈德潛於詩題下均加註，計有：「試帖」、「宏詞試」、「省試」、「監試」、「府試」、「州試」、「京兆府試」等。
張子容	同上	〈長安早春〉	
王季友	同上	〈玉壺冰〉	
李華	同上	〈尚書都堂瓦松〉	
韓滉	五言長律卷十八	〈清明日賜百僚新火〉	
冷朝陽	同上	〈立春〉	
于尹躬	同上	〈南至日太史登臺書雲物〉	
獨孤綬	同上	〈藏珠於淵〉	
羅讓	同上	〈閏月定四時〉	
陸復禮	同上	〈中和節詔賜公卿尺〉	
王損之	同上	〈濁水求珠〉	
杜元穎	同上	〈玉水記方流〉	
李行敏	同上	〈觀慶雲圖〉	
李虞中	同上	〈初日照鳳樓〉	
沈亞之	同上	〈春色滿皇州〉	
裴夷直	同上	〈觀淬龍泉劍〉	
劉得仁	同上	〈蓮花峰〉	
陸贄	同上	〈禁中春松〉	

元稹	同上	〈賦得數蓂〉	
裴度	同上	〈中和節詔賜公卿尺〉	
李商隱	同上	〈月照冰池〉	
公乘億	同上	〈郎官上應列宿〉	
馬戴	同上	〈水始冰〉	
張喬	同上	〈月中桂〉	
杜荀鶴	同上	〈御溝新柳〉	
焦郁	同上	〈賦得白雲向空盡〉	
李景	同上	〈都堂試士日慶春雪〉	
梁鉉	同上	〈天門街觀榮王聘妃〉	
黃滔	同上	〈內出白鹿宣示百官〉	
徐寅	同上	〈東風解凍〉	
濮陽瓘	同上	〈出籠鶻〉	
無名氏	同上	〈霜隼下晴皋〉	
無名氏	同上	〈古鏡〉	

以上共九十七首，爲沈德潛明言於重訂《唐詩別裁集》時增加者。事實上，除了以上沈氏於序言中明言加入者之外，要仔細區分出哪些作品是原有的，哪些又是後來加入的，有一定程度的困難。

四、重訂《唐詩別裁集》新增入的詩學意見

雖然個別作品的收入先後分辨有困難，但是我們卻可以藉由與《說詩晬語》和《古詩源》的比對，來判定哪些意見應該在初編《唐詩別裁集》中就已經出現了。因爲這兩本書的成書時間恰巧在初編《唐詩別裁集》之後，在重訂本之前，因此，我們可將重訂《唐詩別裁集》與此二書相對照，有關唐詩的評論若見於《說詩晬語》與《古詩源》者，則可推知必見於初編本，反之，則爲重訂本之意見。經對照後發現，僅有以下幾則爲重訂本加入的意見：

（一）唐人選唐詩，多不及李杜。蜀韋毅《才調集》收李不收杜。宋姚鉉《唐文粹》只收老杜〈莫相疑行〉、〈花卿歌〉等十篇，眞不可解

也。元楊伯謙《唐音群推善本》亦不收李杜。明高廷禮《正聲》收李杜浸廣而未極其盛。是集以李杜為宗元《圃夜光五胡原泉彙集》卷內，別于諸家選本。

（二）唐風調可歌，氣格未上，至王李高岑四家馳騁有餘，安詳合度，為一體：李供奉鞭撻海岳，驅走風霆，非人力可及，為一體；杜工部沉雄激狀，奔放險幻，如萬寶集陳，千軍競逐，天地渾奧之氣，至此盡洩，為一體；錢劉以降，漸趨薄弱，韓文公拔出於貞元元和間，踔立風發，又別為一體，七言楷式稱大備云。（《說詩晬語》曰：「唐人起而不相沿襲，變態備焉，學七言古詩者，當以唐代為楷式。」重編本之凡例當為此段話之進一步說明。）

（三）詩貴渾渾灝灝，元氣結成，乍讀之下不見其佳，久而味之，骨幹開張，意趣洋溢，斯為上乘。若但工於琢句，巧於著詞，全局必多不振。故有不著圈點而氣味渾成者。牧之有佳句可傳，而中多敗闕者汰之，領會此意，便可讀漢魏人詩。

（四）唐人詩無論大家名家，不能有諸體兼益。如少陵絕句，少唱歎之音；左司七言，詘渾厚之力；劉賓客不工古詩；韓吏部不專近體，其大校也。錄其所長，遺其所短，學者之所注力。

（五）唐人達樂者已少，其樂府題不過借古人體制，寫自己胸臆耳，未必盡可被之管弦也。故集錄於各書中，不另標樂府名目。

（六）陳正字〈幽州臺歌〉、韓吏部〈琴操〉，或屬四言，或屬六言。王右丞〈送友人還山〉、李翰林〈鳴皋歌〉、韓吏部〈羅池廟迎神詞〉，皆為騷體，因篇什甚少，附七言古中。

（七）唐人詩雖各出機杼，實憲章八代。如李陵錄別開〈陽關三疊之先聲〉：王粲〈七哀〉為〈垂老別〉、〈無家別〉之祖武；子昂原本阮公、左司、嗣音夫彭澤，揆厥由來，精神符合。讀唐詩而不更求其所從出，猶登山不造五嶽，觀水不窮崑崙也。選唐人詩外，舊有《古詩源》選本，更當尋味焉。（「讀唐詩……更當尋味焉。」一段，已見於初篇本之序言中。）

這些後來加入的意見大致可以歸類成三種：

第一、歌選本中關於李杜詩選擇標準的反省。

第二、續《說詩晬語》的評論，並加以舉例說明。

第三、重訂《唐詩別裁集》本身編排上的說明。

五、重訂《唐詩別裁集》與初篇本在詩學觀念上的差異

由上看來，在重訂《唐詩別裁集》中，沈德潛的詩觀並未出現明顯的改變。但是進入《說詩晬語》、《古詩源》與重訂本內容上的對照之後，可以發現在重訂本中，沈德潛某些看法上的差異。例如：

（一）對張籍、王建樂府詩的看法

沈德潛在《說詩晬語》中對於張、王樂府的評價並不高，他說：「張文昌、王仲初樂府，專以口齒利便勝人，雅非貴品。」（頁21）並且批評王建〈當窗織〉及張籍〈節婦吟〉兩首樂府詩，認為「君子立言，故自有則。」（同上），而這兩首詩正是失「則」的作品。但是在重訂《唐詩別裁集》序中，沈德潛給予張王樂府很高的評價，他說：「張、王樂府，委折深婉，曲道人情，李青蓮後之變體也。」並且收入了王建的〈當窗織〉，惟仍不收張籍〈節婦吟〉，以詩文內容恐有失節婦之旨而不收。沈德潛雖仍不收〈節婦吟〉，但是對照《說詩晬語》與重訂本中對此詩的評語，可以看出沈德潛批評觀點的改變。《說詩晬語》云：「文昌〈節婦吟〉云：『感君纏綿意，繫在紅羅襦。』贈珠者之有夫而故近之，更褻於羅敷之使君也，猶感其意之纏綿耶？」（頁21）而重訂本云：「文昌有〈節婦吟〉，時在他鎮幕府，鄆帥李師道以書幣聘之，因作此詞以卻之。然玩辭意，恐失節婦之旨，故不錄。」從《說詩晬語》的評語中可看出沈德潛對贈珠者及受珠者都給嚴厲批評，而重訂本的評語則提出此詩的創作背景，不見沈德潛對贈珠、受珠兩者所意指的對象的批評，只從詩辭的意涵上來說「恐失節婦之旨」，口氣較為軟化，立場也沒有《說詩晬語》這麼鮮明。

（二）對李賀詩的看法

《說詩晬語》云：「李長吉詩，每近〈天問〉、〈招魂〉，楚騷之苗
裔也。特語語求工，而波瀾堂廡又窄，所以有『山節藻梲』之誚。」
但重訂《唐詩別裁集》則說：「長吉嘔心，荒陂古奧，怨懟悲愁，杜
牧之許為楚騷之苗裔也。」沈德潛以李賀詩為楚騷之苗裔的觀點不
變，但是對李賀詩風格之評價則有所不同。

（三）對孟郊詩的看法

《說詩晬語》云：「孟東野詩，亦從風騷中出，特意象孤峻，元
氣不無斲削耳。」（頁 17）而重訂《唐詩別裁集》則說：「東坡目為
郊寒島瘦，島瘦固然，郊之寒過求高深，鄰于刻削，其實從真性情流
出，未可與島並論也。」（卷四，頁 86）前者以為「孤峻」的風格對
於元氣是有所斲傷的，但後者卻從真性情流出一點，減輕「孤峻」的
弊病，並且給予肯定。

（四）對李白七言古詩的看法

《說詩晬語》云：「太白想落天外，局自變生，大江無風，濤浪
自湧，白雲卷舒，從風變滅。此殆天授，非人力也。集中〈笑矣乎〉、
〈悲來乎〉、〈懷素草書歌〉等作，開出淺率一派。王元美稱為『百首
以後易厭』此種是也。或云此五代庸妄子所擬。」（頁 19）在重訂《唐
詩別裁集》中，從「太白想落天外」至「非人力也」均同，而其後則
曰：「集中如〈笑矣乎〉、〈悲來乎〉、〈懷素草書歌〉等作，皆五代凡
庸子所擬，後人無識，將此種入選，謷訾者指太白為粗淺人作俑矣。
讀太白讀者，於雄快之中，得其深遠宕逸之神，讒是謫仙人面目。」
（卷六，頁 95）《說詩晬語》只將「五代庸妄子所擬」一說存之聊備
一格，但是重訂本則十分肯定此一說法。

（五）對於白居易諷諭詩的看法

《說詩晬語》說：「白樂天詩，能道盡古今道理，人以率易少之。
然諷諭一卷，使言者無罪，聞者足戒，亦風人之遺意也。」（頁 21）

重訂《唐詩別裁集》:「樂天忠君愛國,遇事託諷,與少陵相同。特以平易近人,變少陵之沉雄渾厚。不襲其貌,而得其神也。……外間嫗解之說,不可爲據。」《說詩晬語》中,沈德潛以「言者無罪,聞者足戒」的「風人遺意」來評價白居易諷諭詩,到了重訂《唐詩別裁集》中,則變成以「忠君愛國」所以「遇事託諷」來評價白居易。並且強調了白居易對杜甫的繼承與新變之處,認爲其得杜甫之神,所以他人所謂「老嫗能解」之說,實不足爲據。《說詩晬語》仍將「率易」存之以備一說,其肯定諷諭詩在於風人遺意;重訂《唐詩別裁集》除肯定諷諭詩之內容外,亦正面肯定了白居易的風格乃是以「平易近人」變杜甫之「沈雄渾厚」,形貌不同,但是精神一致。由此可推知,爲何《說詩晬語》對白居易諷諭詩的評價很高,但是初編《唐詩別裁集》中並不選,直至重訂《唐詩別裁集》方才選入,這是因爲沈德潛對於白居易諷諭詩形式風格的不同評價所致。

　　透過這樣的分判,我們大致可以將初編本與重訂本的同異之處判別出來,將作爲論文後面論述的基礎。

第五節　小結

　　沈德潛「詩教」之所以有研究價值,可以從兩方面來說。第一是他對儒家「詩教」的總結。所謂總結,並不是全數接受前人的意見,然後再說一次,而是根據其所處的時代背景,以及所面對的課題,進行一次全面性的思考後,提出一套適合當時需求的論述。這套論述因爲其完整性較高,所以被視爲總結。張健在《清代詩學研究》一書中,對於沈德潛在儒家詩論中的地位有清楚的描述,他說:「沈德潛總結了儒家詩學的以倫理價值爲核心的理論」,又說「從宋末以來綿延數百年的回歸傳統的思潮到這裡是一個總結,也是一個終結。此後再也沒有能形成一個大的回歸傳統的詩學運動。」〔註81〕沈德潛是儒家以

〔註81〕張健《清代詩學研究》,頁511。

倫理價值爲核心之詩論的終結者，其所代表的是沈德潛對儒家「詩教」傳統的繼承、歸納、調整與發展。我們希望透過沈德潛，看到儒家「詩教」在發展了千年之後，一個古老議題如何順應時代需要調整它的步伐，展現它的生命力，這是他的研究價值之一。

　　有了理論，還要有實踐，才能印證理論是否可行，這是儒家知識份子一直以來的努力。沈德潛就如同許多提倡「詩教」的知識份子一樣，希望能在現實生活中實踐「詩教」的理想。以往，大多數人選擇的是經由政治來實現，但是，政治往往不是知識份子所能掌握的事情。因爲決定權在君主手上，故欲從這個途徑實踐「詩教」理想，有太多的不確定性與挫折存在。當知識份子遭遇現實政治挫折時，「詩教」理想的實踐，就往往只能轉向個人內在修養的部分，因而有所限制。沈德潛與其他人一樣，也希望經由政治的途徑實踐「詩教」理想。但是，他不同於其他人的地方是，他同時也注重「詩教」中屬於社會教育的一環。他藉著評選詩歌，集結詩社，從教詩入手，使知識份子在學習詩歌的同時，逐漸受到「詩教」潛移默化的影響。沈德潛有計畫的從兩部分著手進行「詩教」的實踐，他體認到由經由政治途徑實踐「詩教」的不確定性，然而他並不放棄，終於在乾隆四年考取進士，進入政治運作體系。這時的沈德潛由於身份地位的轉變，使他開始嘗試在政治體制中實踐「詩教」。不論在朝在野，沈德潛都有一套實踐「詩教」的策略，這對於將「詩教」落實於生活這個理想而言，是很值得探討的。

　　本論文嘗試以下列幾個研究重點，逐一展開討論：

第一、從「詩教」觀的內容來看，因爲沈德潛「詩教」的總結特色，因此，在重新反省傳統「詩教」的過程中，他對於「詩教」內容的延續、修正、補充、調整與發展，以及這一連串的思辨與處理過程，就成了研究沈德潛「詩教」觀的重點之一。

第二、從「詩教」與其他詩論間的關係來看，由於明、清兩代詩論的蓬勃發展，在沈德潛之前，已經有七子派、公安派、竟陵派、錢謙益、王漁洋等人的詩學主張，風行於世，沈德潛與這些詩論間有何關係，

如何吸收、轉化這些詩論以為「詩教」所用，也是研究重點所在。

第三、由於「詩教」是沈德潛自始至終都不曾放棄的主張，然而，詩人高壽九十七，在前三分之二的歲月裡，沈德潛遭遇了多次科舉的挫折，雖然有詩名，但是實際生活卻不太好。但也正是在這段時間中，沈德潛「詩教」觀開始萌芽、成長。在詩人後三分之一的歲月中，他得到乾隆的欣賞與知遇，可說一夕間飛上枝頭。在這麼長的生命歷程中，沈德潛擁有這兩段迥然不同的生活經驗，他的「詩教」觀必然不會完全一致。因此，他在各個時期的「詩教」觀的內容，以及變化的過程與原因都是研究重點。

第四、沈德潛論詩還有另一個重點，那就是「格調說」。沈德潛如何運用「格調說」輔助「詩教」的落實，也是我們必須關注的問題。

第五、沈德潛「詩教」觀對當代與後世的影響。

　　在中國詩歌史上「詩教」始終有其存在事實，沈德潛「詩教」之所以值得研究，原因在於他對於「詩教」傳統的重新反省，形成了一套總和前人論述，並且具有獨特性與適用性的「詩教」觀，深切的影響了當時甚至後世。在後文的討論中，筆者將針對五點研究重點進行探討，以呈現沈德潛不同於前人的「詩教」觀。

第二章　沈德潛論「詩教」的基礎
——「性情」概念的內涵與發展

第一節　「性情」觀探源

　　「詩教」與「性情」發生關連是在〈詩大序〉的時代，然而，此二者的關係並非突然出現、勉強牽合，而是源自於一個更為古老的詩歌主張——「詩言志」。從《尚書》開始，「詩言志」就成為中國詩學中主要的思想之一。《尚書·堯典》說：「詩言志，歌永言，聲依永，律和聲。」〔註1〕這是「詩言志」一詞最早出現的紀錄，唐·孔穎達就說：「〈舜典〉命樂，已道歌詩。經典言詩，無先此者。」〔註2〕近代許多學者就「詩言志」的字源與歷史做過詳盡的討論，例如：楊樹達據《說文解字》及《左傳》，從訓詁學的角度說明古代「志」與「詩」是二文通用，〔註3〕而聞一多則更進一步指出「志與詩原來是一個

〔註1〕　《尚書·堯典》，（參見屈萬里《尚書釋義》，台北：文化大學，1995），頁39。

〔註2〕　參見毛亨傳、鄭玄注、孔穎達疏《毛詩正義》，（台北：藝文，1985年12月），頁46。孔穎達此書用的是《古文尚書》的本子，他按照三國末年魏王肅的分法，把《今文尚書·堯典》分為〈堯典〉和〈舜典〉兩部分。「詩言志」這一段話包含在〈舜典〉中，故稱〈舜典〉。

〔註3〕　楊樹達《積微居小學金石論叢》卷一，（台北：大通書局，1971年），頁25、26。

字」。〔註4〕但是，到了「詩言志」或「詩以言志」的提出時，「詩」
與「志」應該已經分開了。朱自清認為雖然「志」字原來是「詩」字，
但是到了周代，這兩個字大概有分開的必要了，所以加上「言」字偏
旁，只成一字。而這「言」字偏旁正是《說文解字》所謂的「志發於
言」的意思。他說：「到了『詩言志』和『詩以言志』這兩句話，『志』
已經指『懷抱』了」〔註5〕他並且指出：「這種志，這種懷志，其實是
與政教分不開的。」〔註6〕其中朱自清對「志」的說法提示了「詩言
志」孕育後來的「詩教」的可能性。

在《尚書‧堯典》中，《詩》是用來教導貴族子弟的教材，事實上，
在周朝，《詩》普遍地運用在以下幾點上：獻詩陳志、賦詩言志、教詩
明志及祭祀用詩。〔註7〕不論使用的領域為何，都可以發現「詩」與「志」
的密切關係。鄭毓瑜在〈詩歌創作過程中的兩種模式——「詩緣情」與
「詩言志」〉中分析了陳世驤先生〈中國詩字之原始觀念試論〉一文，
得到了以下的結論，他說：「無論是『賦詩觀志』或『獻詩陳志』，詩都

〔註4〕 聞一多〈歌與詩〉，（參見《聞一多全集》第一冊，甲集，台北：里
　　　 仁，1993年9月），頁185。
〔註5〕 朱自清《詩言志辨》，（台北：頂淵：2001年，初版），頁8。
〔註6〕 朱自清《詩言志辨》，頁9。
〔註7〕 關於《詩》在周朝的使用狀況，很多學者都曾關注，「獻詩陳志、賦
　　　 詩言志、教詩明志」是朱自清在《詩言志辨》中的分法，他指出獻
　　　 詩是公卿列士特地做了獻上去的，內容不出乎諷與頌，又諷比頌多，
　　　 又獻詩只是公卿列士的事，輪不到庶人。賦詩都是從外交方面來看，
　　　 詩以言諸侯之志與一國之志，與獻詩陳己志不同。在這種外交酬酢
　　　 裡言一國之志，自然頌多而諷少，與獻詩相反。而且賦詩往往斷章
　　　 取義，隨心所欲，即景生情，沒有定準。孔子時雅樂已經敗壞，詩
　　　 樂在那時分了家。當時獻詩和賦詩都已不行。除了宴享祭祀還使用
　　　 詩為儀式歌外，一般只將詩運用在言語上，而孔門更將其用在教化
　　　 上。同註5，頁11～31。林耀潾《先秦儒家詩教研究》第二章「周
　　　 代詩之運用與詩教」中分為：典禮用詩、賦詩言志、獻詩陳志與言
　　　 語引詩。（板橋：天工書局，1990年8月）。孫克強、張小平《教化
　　　 百科——《詩經》與中國文化》書中則分為三部分：一是應用於各
　　　 種典禮儀式；二是政治外交方面的賦詩言志；三是做為貴族學習的
　　　 教材。（河南大學出版社，1995年6月，第一版），頁59～61。雖然
　　　 名稱不盡相同，但是意義大致相近。

有其特定的目的──或是酬酢交感；或是進德修身；或是政治諷諫，因此，這『言志』的範圍就被限定了，也就是說賦詩者或獻詩者的抱負往往帶有『修齊治平』的目的性與條件性。」〔註8〕這種帶有「修齊治平」目的與條件的「志」，明顯地與普通的意志有所區隔。到了漢代〈詩大序〉中，對於「詩言志」的命題有了進一步的說明，〈詩大序〉說：

> 詩者，志之所之也。在心爲志，發言爲詩。情動於中而形於言，言之不足，故嗟嘆之；嗟嘆之不足，故永歌之；永歌之不足，不知手之舞之，足之蹈之也。〔註9〕

〈詩大序〉首先指出了一個由心到志，由志到詩的發展過程，並且以「情動於中而形於言」來再次說明這段過程，甚至延伸出「嗟嘆」、「永歌」、「手舞足蹈」等一系列的文化活動。若對照前文中對於「詩言志」的說明，我們定無法將帶有「修齊治平」或「政教」意義的「志」與此處的「志」等量齊觀。王更生在〈「詩言志」──中國文學思想的最早綱領〉一文中，對於〈堯典〉中「志」的內容的分析可以提供我們一個參考，他說：

> 儘管〈堯典〉並沒有明確說明「詩言志」的「志」主要是知（knowledge）、情（emotion）、意（idea）的哪一方面，但是，什麼樣的內容才需要拉長了的聲音（「歌永言」），高低、長短、輕重的節奏（rhythm）（「聲依永」），和不同聲調（tone）、調質（tonequatity）的變化和諧（「律和聲」）去表現它呢？「歌永言，聲依永，律和聲」，概括起來，就是注意表現型式的節奏感和音樂性。音樂節奏，由於它是傳達人內在感情的最直接最有力的媒介，因而被稱爲形式化的情緒。這樣依賴於音樂節奏的「志」，自然不可能是「知」和「意」而只能是「情」了。〔註10〕

〔註8〕　鄭毓瑜〈詩歌創作過程中的兩種模式──「詩緣情」與「詩言志」〉，（參見《中外文學》第十一卷第九期，1983 年 2 月），頁 6。

〔註9〕　〈詩大序〉，（參見阮元《十三經注疏》，板橋：藝文，1989 年 1 月 11 版），頁 14。

〔註10〕　王更生〈「詩言志」──中國文學思想的最早綱領〉，（參見《中國文哲研究集刊》第三期，1993 年 3 月），頁 255。

王更生從表現的方式來推論「志」的內容，我們亦可以將這種推論方式使用於〈詩大序〉中。那些「嗟嘆」、「永歌」、「手舞足蹈」的表現方式蘊含了音樂、詩歌與舞蹈，同樣也應該是「情」的深刻表現。與〈堯典〉不同的是，〈詩大序〉直接以「情動於中」說明了「情」的存在，然而這並不是說此處的「志」只是「情」。「情動於中」的背後有一個發生的過程，用今天的話來說是這樣的：人有感官，感官受到外物的刺激產生了許多的感覺與概念。感覺與概念是生理反射的結果，它們爲意識所知而產生了各自對應的情感與思想。它們的產生是同時的，所以說到情感時，同時涵有思想。只是，當我們說情感時，此時思想並不存在於意識的中心，而存在於意識的底層，反之亦然。所以在「情動於中」時，情感在意識的中心；但是一旦「形於言」而爲詩，思想就浮現在意識的中心。這是因爲詩由文辭連屬而成，連屬文辭是概念的連結與結構，是屬於思考的。只不過，這時的思考是爲了將記憶中的情感呈現出來。所以，當〈詩大序〉說「在心爲志，發言爲詩」時，其實已經蘊含了此一由最初情感透過思維，轉化成文字的過程。又由於文字的知性特質，在表達情感上就有賴於「嗟嘆」、「永歌」、「手舞足蹈」等輔助表演來補足，使詩成爲極適合表達情感的載體。而在這段文字之後，馬上接續了「正得失，動天地，感鬼神，莫近於詩。先王以是經夫婦，成孝敬，厚人倫，美教化，移風俗。」〔註11〕由於詩的表達是蘊含思想的感性訴求，在詠歎舞蹈中發揮了「感動」的功能，使所有個體在交感共鳴中凝聚出群體文化。這段說明詩的社會性功用的話語，進一步提出了詩的制衡作用在於「明呼得失之跡，傷人倫之廢，哀刑政之苛，吟詠情性，以諷其上」，〔註12〕一旦群體遭遇破壞，「哀」、「傷」的情感表達可以被凸顯在反覆吟詠、集體吟詠中，達到制衡強權的功能。因此「志之所之」與詩所吟詠的「情性」，主要還是指對於廣大人群的關切。〈詩大序〉的這段文字不只說

〔註11〕〈詩大序〉，參見阮元《十三經注疏》，頁14。
〔註12〕〈詩大序〉，參見阮元《十三經注疏》，頁14。

明了「詩」與「志」和「情」的關係，同時也提示了「詩」的特性在於「吟詠情性」。

　　〈詩大序〉一向被視為研究「詩教」的重要資料之一，它提示了「吟詠情性」作為詩的特性，也等於是說明了「詩教」與「情性」有其關連性。所謂「詩教」，原本應該是「《詩》教」，簡單來說就是「以《詩》為教」。《詩》之所以能教，最早與樂有很大的關係。但是到了孔子的時代，《詩》已經從原本的以聲為用逐漸向以義為用轉變，漢代以後所指稱的「詩教」也都是以義為用。因此，「詩教」所以可行，當以詩的內容及展現的意義為基礎。而「情性」正是詩的內容，因此我們以「情性」為「詩教」的基礎是可以成立的。到這裡，我們必須回答一個問題：「情性」是否等於「性情」？賈文昭在〈詩論三「說」：言志・抒情・道性情〉中指出，古代詩論中，把「性」與「情」分別論述的情況並不多，一般都是把「性」、「情」融為一體，把「性情」（或情性）作為一個特定的術語來使用。〔註13〕劉若愚在《中國文學理論》中也認為「情性」一詞即等同於「性情」。〔註14〕由前人的研究可知「情性」、「性情」在使用上與意義上並沒太大的差別。因此，「詩教」的基礎在於「性情」（或「情性」）是可以成立的。

　　接著，筆者要對「性情」的內涵意義作簡要的梳理，這個動作可

〔註13〕賈文昭〈詩論三「說」：言志・抒情・道性情〉，（錄自賈文昭著《文藝叢話》，合肥・安徽大學出版社，2002 年 1 月），頁 55。

〔註14〕劉若愚在《中國文學理論》中，曾以不同的翻譯來區別「性情」、「情性」、「性」、「情」、「情感」等詞。根據他看法，「性」翻作「nature/personality」「情」、「情感」翻作「emotion」；「性情」翻作「personal nature/personality」；「情性」翻作（emotion and nature）。「性」和「性情」指的是人的本質，「情性」的範圍較為廣泛，包括了人的本質及人所會發生的情感。在文學上談及「性情」時，有時代表自然的本質，有時可代表情意、情感。因此，「性情」與「情性」所指涉的內容是相同的，故，「情性」一詞即等同於「性情」。本論文對於這兩個名詞的用法即採取這個標準。（參見劉若愚著、杜國清譯《中國文學理論》書後之詞彙索引、台北：聯經，1981，初版），頁 20、22。

以幫助我們在進行後文中沈德潛「性情」觀的論述時，有更清楚的理解。「性情」二字可以從哲學與文學兩方面來說明。從哲學方面來看，「性情」原來並不是合而言之的，在先秦時期，「性」與「情」是分開論述的。這兩字在《尚書》和《論語》中已經出現，〔註15〕在當時的典籍中，「情」字多被訓爲「實」，或是與「性」字同義。〔註16〕荀子是第一個將「性」、「情」二字連用的人，例如《荀子・性惡篇》：「夫好利而欲得者，此人之情性也。」〔註17〕他曾對「性」、「情」、「欲」三者有過清楚的定義，他說：「性者，天之就也；情者，性之質也；欲者，情之應也。」〔註18〕在荀子的看法中，「性」與「情」是一體

〔註15〕如《尚書・召誥》：「節性，惟日其邁。」、《尚書・康誥》：「天畏棐忱，民情大可見。」、《論語・陽貨》：「性相近，習相遠也。」（參見《新編諸子集成》第一冊，台北：世界，1974 年 7 月，新二版），頁367。《論語・子路》：「上好信，則民莫不用情。」（同上書），頁 284。

〔註16〕《孟子・告子上》有一段孟子回答公都子關於人性善惡問題的言論，受到歷來研究學者的重視，茲引如下：公都子曰：「告子曰：性無善無不善也。」或曰：「性可以爲善，可以爲不善；是故文武興，則民好善；幽厲興，則民好暴。」或曰：「有性善，有性不善；是故以堯爲君而有象；以瞽瞍父而有舜；以紂爲兄之子，且以爲君，而有微子啓、王子比干。」今曰性善，然則彼皆非與？孟子曰：「乃若其情，則可以爲善矣，乃所謂善也。若夫爲不善，非才之罪也。」（參見《新編諸子集成》第一冊，台北：世界，1974 年 7 月，新二版），頁 441。近人牟宗三先生對「乃若其情，則可以爲善矣」有深入的解釋，他說：「『乃若其情』之情非性情相對之情。情，實也，猶言實情。『其』字指性言，或指人之本性言。……意即：乃若就『人之本性之實』言，則他可以爲善，此即吾所謂性善也。……情是實情之情，是虛位字，其所指之實即是心性。實情即是心性之實情。……『乃若其情』之情亦是此虛說的情，非情感之情也。故情自無獨立的意義，亦非一獨立的概念。孟子無此獨立意義的『情』。」，（參見牟宗三《心體與性體》第三冊，台北：正中），頁 416～418。

〔註17〕《荀子・性惡篇》，（參見《新編諸子集成》第二冊，台北：世界，1974 年 7 月，新二版），頁 292。

〔註18〕參見《荀子・正名篇》楊倞注曰：「性者，成於天之自然；情者，性之質體；欲，又情之所應。」，同上書，頁 284。《荀子・正名篇》也說：「性之好惡喜怒哀樂謂之情。」，同上書，頁 274。當「性」有所動、有所選擇之後就叫做「情」，這也使得「情」具有情緒的意義。

的，「情」是「性」的內在本質，而「欲」則是「情」所相應而生者。基本上，荀子是以「欲」來說「情性」，已經離開孔孟以來對於「性」作爲一道德主體的看法，而近於告子之說。

漢代學者董仲舒在《春秋繁露》中，依其氣化宇宙論，以陰陽說「性」、「情」，他說：「天地之所生謂之性情，性情相與爲一瞑，情亦性也。」〔註19〕又說：「身之有性情也，若天之有陰陽也。」〔註20〕陽爲性爲仁，陰爲情爲貪，又陰陽同存於人，故董仲舒認爲人同時具有道德性與動物性。雖然陰陽同存於人，但陰是陰、陽是陽，也就是說，「性」與「情」基本上已經走上分化的路了。《白虎通義》延續了這種看法，並且以天理人欲來嚴格劃分「性」與「情」：

> 性情者，何謂也？性者，陽之施；情者，陰之化也。
> 人稟陰陽氣而生，故內懷五性（仁、義、禮、智、信）六
> 情（喜、怒、哀、樂、愛、惡）。〔註21〕

以「仁、義、禮、智、信」說「性」，以「喜、怒、哀、樂、愛、惡」說「情」其實就是將「性」視爲天理，將「情」視爲人欲，目的是要強調天理的部分，克制人欲的部分。這樣的分法傳達了一個訊息，那就是兩漢學者逐漸脫離先秦儒家「德行如何可能？」的心性論基源問題，而轉向經驗事實上的「存有」問題。魏晉南北朝是一個文學藝術自覺的年代，個人思想被解放，個體意識被高揚，也使得「性情」有了不同於前代的發展。陳昌明在《緣情文學觀》中這樣說：

> 從荀子以「情性」爲惡，到兩漢大抵以性善情惡爲說，
> 對於「情」都是採否定的態度，所以要「反情以和其志」。
> 但是，到了魏晉以降，緣於現實人生哀樂之激感，所以「愁
> 緒縈思，因物達情」，六朝文士乃發現了以情感爲生命內容
> 與特質的自我主體，對於「反情」的兩漢傳統說法，逐漸

〔註19〕董仲舒《春秋繁露》深察名號第三十五，（收自《叢書集成初編》，北京：中華，1991），頁167。
〔註20〕董仲舒《春秋繁露》深察名號第三十五，頁167。
〔註21〕參見班固著《白虎通義》卷三下〈性情〉，（北京：中華，1985，北京新一版），頁208。

　　有了反省與轉變的態度。〔註22〕

魏晉之初言「性」乃從「質性」或是「才性」方面理解之，這一點從
劉劭《人物志》對人物的品評就可以看出。〔註23〕他在《人物志‧九
徵》中將五行與人的形體、氣質與才性相關連，更加說明了他透過經
驗事項所歸結出的這種以「才質」言「性」的概念。〔註24〕魏晉思想
家言「性」已經開始注意到天道由上而下灌注於人，會因爲人的形質
而使「性」有所不同，他們開始從經驗事實中觀察出「性」的意涵，
並且更注意「情」的影響。因爲重視個人自覺，又受到儒家傳統性情
觀之影響，所以他們無法避免地要回答「性」與「情」的關係的問題，
王弼曾對這兩者的關係有深入的討論。他認爲「情」是自然的、天生
的，而它的功能就是「應物」，也就是使人面臨外在的刺激能有所反
應。聖人之所以爲聖乃因其能「應物而不累於物」，也就是能「性其
情」。〔註25〕王弼認爲聖人並非無情而是能「性其情」的結果，將肉
體還諸聖人。王弼的理論是建立在「情」的作用並不一定是惡的基礎
上，並且以「性」爲道德的基礎，所以他的「情性」蘊含有作爲道德
之基礎的自覺能力，也有個人情感的獨特性意義。王弼這種不否定
「情」的態度，也影響了六朝文學藝術的拓展。魏晉人對於「情」的
理解將「情」由陰陽之說中解放出來，並且強調「性情」與文學藝術
的關係，使得「性情」這原屬於哲學的論題，正式在文學領域中發揚

〔註22〕　參見陳昌明《緣情文學觀》，（台北：台灣書店，1999，初版），頁58。

〔註23〕　《人物志‧九徵》說：「凡有血氣者，莫不含元一以爲質，稟陰陽以
　　　　　立性，體五行而著形。苟有形質，猶可即而求之。」，（收自《四部
　　　　　叢刊初編》子部，台北：商務，1967），頁4。

〔註24〕　資引全文以供參考，劉劭云：「若量其材質，稽諸五物；五物之微，
　　　　　亦各著於厥體矣。其在體也：木骨、金筋、火氣、土肌、水血，五
　　　　　物之象也。五物之實，各有所濟。是故：骨植而柔者，謂之弘毅；
　　　　　弘毅也者，仁之質也。氣清而朗者，謂之文理；文理也者，禮之本
　　　　　也。體端而實者，謂之貞固；貞固也者，信之基也。筋勁而精者，
　　　　　謂之勇敢；勇敢也者，義之決也。色平而暢者，謂之通微；通微也
　　　　　者，智之原也。五質恒性，故謂之五常矣。」（同前揭書），頁4、5。

〔註25〕　王弼注《易經》乾卦云：「不爲乾元，何能通物之始？不性其情，何
　　　　　能久行其正？」，（《四部叢刊初編》經部，台北：商務，1967），頁2。

光大，陸機的「詩緣情」說就是在這樣的背景下提出的。陸機的〈文賦〉首先指出創作前的準備：「佇中樞以玄覽，頤情志於典墳。遵四時以歎逝，瞻萬物而思紛。」〔註 26〕所謂「佇中樞以玄覽」，即是強調創作前必須具有道家那種「虛靜」的境界，不受外物和各種雜念的干擾，能夠統觀全局，燭照萬物。然後遠覽文章，養情於典墳，是為「頤情志於典墳」。然後配合四時萬物，文章所以而發。陸機又分析了許多不同文體的特點指出：「詩緣情而綺靡，賦體物而瀏亮……」〔註 27〕王夢鷗在〈陸機文賦所代表的文學觀念〉中說：「他（陸機）所約舉的文筆，一例都特別增入審美的要求，……幾乎任何一種文章，在他看來都著重在文辭的審美效果。」〔註 28〕陸機所謂的「情」是從詩本身的審美特點出發來闡釋詩的性質與形式，而「詩緣情」是指詩歌寫作是出於「性情」的衝動，重視「感性」。其中的「情」包含了詩人本身的情感、思想、觀念、學問等，使抒情的自我成為創作時主要呈現的內容，與儒家道德規範的「性情」不同。

劉勰《文心雕龍·明詩篇》認為：「詩者，持也，持人情性。……人秉七情，應物斯感，感物吟志，莫非自然。」〔註 29〕劉勰追求的是「情」與「理」的平衡，所以《情采篇》說：「蓋風雅之興，志思蓄憤，而吟詠情性，以諷其上，此為情而造文也。」〔註 30〕若將劉勰的意見與〈詩大序〉的說法相對照，可以發現一個現象，那就是兩者所言作詩的起點或開端都是「情動」，「情動」是一個動態的歷程，也就是《文心雕龍》說的「應物」。由詩人主體觀照到外界環境，再由外界環境對詩人主體造成起情的作用，這一往一來之間，就醞釀了詩的

〔註 26〕 參見陸機撰、張少康集釋《文賦集釋》，（台北：漢京，1987 年 2 月，第一版），頁 14。

〔註 27〕 陸機撰、張少康集釋《文賦集釋》，頁 71。

〔註 28〕 王夢鷗〈陸機文賦所代表的文學觀念〉，（引自王夢鷗《古典文學論探索》，台北：正中，1984 年 2 月），頁 103。

〔註 29〕 參見《文心雕龍》上編，（劉勰著、王更生注譯，台北：文史哲，1985 年 3 月，初版，頁 83。

〔註 30〕 《文心雕龍》下編，頁 78。

發生。〈詩大序〉意識到了「情動於中」的現象，但是沒有將過程顯示清楚，而劉勰的意見則補足了這一點。鍾嶸從另一個與劉勰不同的面向說明了詩所吟詠的「情性」的內容。《詩品》序云：「乃若春風春鳥，秋月秋蟬，夏雲暑雨，冬月祈寒，斯四候之感諸詩者也。嘉會寄詩以親，離群託詩以怨。至於楚臣去境，漢妾辭宮，或骨橫朔野，魂逐飛蓬；或負戈外戍，殺氣雄邊；塞客衣單，孀閨淚盡；或士有解佩出朝，一去忘返；女有揚蛾入寵，再盼傾國；凡斯種種，感蕩心靈，非陳詩何以展其義？非長歌何以聘其情？」〔註31〕鍾嶸的說法超越了漢儒對「情性」的認定。他不認爲詩所吟詠的「情性」只能是對社會國家人民的關懷，而將「情性」的意義引導到個人對外界一切事物所引起的情感情志上來說。雖然劉勰與鍾嶸對「情性」的看法有所不同，但是從整體上來說，魏晉六朝所說的「應物斯感，感物吟志」在內容上的確比漢代豐富，其理論架構上也比單從政教、社會、群體意義來說「物」的〈詩大序〉完整。六朝文士的「情性」觀掙脫了漢儒對「性情」的束縛，也成就了其獨特的藝術審美風格，並深深影響著後代主張「詩緣情」一派的看法。

「性情」在先秦到魏晉這段時間內，不論在哲學還是文學中，可以說已經高度發展開了，尤其魏晉以來，「性情」在文學上的發展走出了漢代「詩教」的領域而進入了個體的關注，使得文學上的「性情」內容更爲豐富。後世論「性情」者，多是繼承這個基礎而發展。

唐代繼六朝之後，其「性情」觀正表現出對魏晉六朝的繼承與發展。大陸學者李春青在〈「吟詠情性」與「以意爲主」——論中國古代詩學本體論的兩種傾向〉一文中說：「他們（唐朝文人）是繼承了六朝文人崇尚個性的精神，在詩學觀念上，也堅持以個體性的『情性』爲詩歌本體。」〔註32〕他並且舉了令狐德棻、皎然與司空圖爲例，認

〔註31〕鍾嶸《詩品》，（北京：中華，1991，第一版），頁11。
〔註32〕李春青〈「吟詠情性」與「以意爲主」——論中國古代詩學本體論的兩種傾向〉，（參見《文學評論》，1999年第二期），頁36。

為這裡的「情性」都是指個人的才性、氣質、情緒情感等。〔註33〕不論是從哪一種意義來說「性情」，都是對魏晉六朝的繼承。相較之下，白居易對「情性」的看法則有比較大的討論空間。白居易在〈與元九書〉中曾說：「又或退公獨處，或移病閑居，知足保和，吟玩情性者一百首，謂之『閒適詩』。」〔註34〕白居易曾對自己的詩作進行整理、分類，他以「知足保和，吟玩情性」作為「閒適」一類詩的内容。關於白居易「閒適詩」的「情性」意義，蔡淑珍在《白居易「閒適詩」研究──以「情性」為考察基點》中有清楚的說明，他說：「閒適詩言及的『吟詠情性』便是繼承鍾嶸的觀點，認為詩歌主要在梳理個人情性，……重要在於詩人如何在詩歌中揮灑自我，發揮自我情性……因而吟詠情性之情不在向外尋找，而是往内心世界探索。」〔註35〕從他的說明可以知道白居易之「情性」觀與鍾嶸確有繼承關係。特別的是，白居易除了「閒適詩」外，其「諷諭詩」也極為人所稱道。從詩論的整體性來看，我們有足夠的理由認為「情性」不應只作用於其「閒適詩」類中。若是如此，那麼「諷諭詩」中的「情性」又該如何解釋呢？蔡叔珍在論文中也談到了這一點，他認為「樂天所言的『情』，大致上也可分為兩部分，一者是從社會功利角度出發，論及社會大眾之情，以此情寫成的詩歌便是『諷諭詩』，也符合樂天提出感人心而使天下和平的論點。二者是從個人情志出發，抒發個人情感為主，應

〔註33〕令狐德棻《周書》卷四十一，〈王褒庾信傳論〉說：「原乎文章之作，本乎情性，草思則變化萬方，形言則条流遂廣。」（台北：新文豐，1975年4月，初版），頁305；皎然《詩式》卷一，〈文章宗旨〉說：「曩者嘗與諸公論康樂為文，直於情性，尚於作用，不顧詞彩而風流自然。」（北京：中華，1985，北京新一版），頁4；司空圖《二十四詩品‧實境》說：「情性所至，妙不自尋。」，（臺北市：金楓，1987年6月），頁95。
〔註34〕參見白居易著、顧學頡校點《白居易集》，（北京：中華，1999年11月），頁964。
〔註35〕蔡叔珍《白居易「閒適詩」研究──以「情性」為考察基點》，（成大中文所民國九十三年碩士論文），頁92。

此情寫成的詩歌便是『閒適詩』及『感傷詩』。」〔註36〕因爲白居易的「情」有這兩種不同的出發點及關注面，故才會有「諷諭」與「閒適」、「感傷」等不同的表現方式與內容。「閒適詩」所呈現的「情性」乃是承自鍾嶸來自自我內在方面的觀照，而「諷諭詩」所呈現的「情性」則是自〈詩大序〉傳統中，詩人對社會現實的關懷以及教化層面來解釋。白居易〈讀張籍古樂府〉可以說明這一點，詩有云：

> 爲詩意如何？六義互鋪陳。風雅比興外，未嘗著空文。讀君學仙詩，可諷放佚君。讀君董公詩，可誨貪暴臣。讀君商女詩，可感悍婦仁。讀君勤齊詩，可勸薄夫敦。上可裨教化，舒之濟萬民。下可理情性，卷之善一身。……〔註37〕

白居易以「六義」爲作詩的主要內容與手法，張籍的古樂府詩，不論題材爲何，都具有教化諷諭的功用，所以白居易說它「上可裨教化，下可理情性」。以詩人爲基準點，向上可以有助於教化，向下則可以調理自我情性，兩者都是〈詩大序〉以來對於詩歌現實作用的表述。白居易對張籍樂府的評價來自於他「文章合爲時而著，詩歌合爲事而作」〔註38〕的主張，這種主張站在詩歌的實用性來談，「性情」的意義就與先秦兩漢儒家的意見一致。綜合以上可知，白居易「情性」內容的差異，其實是表現了傳統儒家思想以及魏晉以來「性情」觀兩者間的揉合。

宋代是理學發揚的時代，理學對於詩學也有一定的影響。蕭華榮在《中國詩學思想史》中說：「宋代詩學是以理學流行的時代精神氛圍爲底色的，而理學又揉合融液了道、釋之學，是儒表佛裡、儒表道裡的儒學。」〔註39〕儒、釋、道融合成了宋朝獨特的思想背景，這種思想背景中的「性情」觀也呈現了與眾不同的樣貌。宋代理學家對於

〔註36〕蔡叔珍《白居易「閒適詩」研究——以「情性」爲考察基點》，頁91。
〔註37〕白居易著、顧學頡校點《白居易集》，卷一，頁2。
〔註38〕白居易著、顧學頡校點《白居易集》，頁964。
〔註39〕蕭華榮《中國詩學思想史》，（上海：華東師範大學，1996年四月，第一版），頁155。

「性情」的看法是將「性」與「情」二分，這原本就是先秦以來從哲學領域探討「性情」意義時的傳統方式。但是，宋代理學家除了將「性」與「情」二分之外，更在「性情」之上提出了「理」作為「道」的同義詞，並且從「性情」的二分衍生出「存天理，去人欲」的主張，這就與以前大不相同了。在孔孟的哲學中，「性」就是「天道」的下放與具體呈現，因此可說「性」就是「天道」。然而，宋儒在「性」與「道」之間加入了一個「理」，這除了讓理學內部發展出「性即理」與「心即理」的兩種論述外，最主要的還是對「性」的位階的再定義。以朱子來說，他對於「性」的看法就與前人不同。黃錦鋐在〈朱子與李退溪性情說的淵源與影響〉中說：「朱子主張學習要分層次，所以說『理與氣是二物』。但其實理與氣是分不開的。從這個理論出發，就把人性分為天地之性與氣質之性。朱子認為天地之性，是專指理而說的，就是天理，所以渾厚至善；氣質之性，是指理與氣相雜而說的，因為人之稟氣有清濁、厚薄，所以有善有惡。」〔註40〕從這段文字中可知，朱子所認知的「性」已經不純然是道德主體了，還雜有人的形質（氣）的影響。《語類》說：「人性是本善的，才墮入氣質之中，便薰染的不好了，雖然薰染的不好，然而本善的性依舊在的，全在學者的努力。」〔註41〕因為人有稟受於理的，莫非至善的天地之性，如果能夠率性而行，就能體驗「道」的實質。這也是學者著力之處。至於「情」則是「性」之已發。《語類》說：

> 心之全體，湛然虛明、萬理具足，無一毫私欲之間。其流行該遍，貫乎動靜，而妙用又無不在焉。故以其未發而全體者言之，則性也。以其已發而妙用者言之，則情也。然心統性情，只就渾淪一物之中，指其已發未發而為言爾。〔註42〕

我們可以這樣比喻，「心」就像一個承載的容器，當「理」下貫於人

〔註40〕黃錦鋐〈朱子與李退溪性情說的淵源與影響〉，（參見《書目季刊》，第二十二卷第三期），頁83。
〔註41〕參見黎靖德編《朱子語類》，（臺北市：華世，1987，台一版），頁45。
〔註42〕參見黎靖德編《朱子語類》，頁94。

時，「心」就擔任了容受的工作。在未發之時，這整體就叫做「性」；在已發之後則謂之「情」。「性」與「情」並無二致，只是就其已發未發的狀態來名之而已。至於「心」除了容受的作用外，也扮演主宰的角色，所以說「心統性情」。這理的「情」是指喜怒哀樂等情緒，所以「情」本身並沒有善與不善的問題，重點在於是否「中節」。「情」所反映的是人的慾望，為了不讓「情」發而太過，並且為了努力保持、修善原有的「性」，所以理學後來演變為要求要「存天理，去人欲」。在這種觀念之下，「情」的地位與內容就蒙上了一層較為負面的意蘊。這種思想背景也影響了詩，於是詩所要求的「性情」，就比較沒有這麼濃厚的個人的獨特性，轉而呈現主理的特色。

　　宋人嚴羽《滄浪詩話·詩評》說：「本朝人尚理而病於意興，唐人尚意興而理在其中。」〔註43〕宋詩主理一直是後人所認定的特色，也是唐宋詩優劣論的一個重要比較指標。近人錢鍾書為宋詩與唐詩作了較為公平的分辨，他說：「唐詩多以豐神情韻擅長，宋詩多以筋骨思理見勝。」〔註44〕在他看來，所謂「唐詩」、「宋詩」主要並非時代之分，而是體格性分之殊。這種體格性分之殊展現在詩思上就形成了「主理」的特色，再配合當時學術政治等外在環境，「主理」（或主議論）的詩思就發而為以筋骨思理見勝的詩歌形式。考察宋人詩思之所以不同於前人，乃在於宋人對詩的認識有所不同。周裕鍇《宋代詩學通論》中將宋人對詩的認識歸納為四點：一是從宇宙本體論出發，認為詩是天地元氣的體現；二是從藝術本質著眼，認為詩是文章精華的結晶；三是從心理角度來討論，認為詩是人格精神的顯現；四是從哲學角度來考慮，認為詩是倫理道德的餘緒。〔註45〕筆者以為這四點中尤以第一點最為重要，並可以統攝後三點。自古以來，中國詩學精神

〔註43〕嚴羽《滄浪詩話·詩評》，（嚴羽著、郭紹虞校釋，台北：里仁，1983國），頁148。
〔註44〕參見錢鍾書《談藝錄》「詩分唐宋」，（北京：中華，1999年），頁2。
〔註45〕周裕鍇《宋代詩學通論》，（四川：巴蜀書社，1997年1月，第一版），頁4。

與哲學相通，而在中國哲學中有一個非常重要的論題，就是「天人合一」。宋代理學家在討論這個論題時，已經脫去了漢儒「天人感應」神學外衣，而成為宋儒對人與自然相統一的自覺意識。宋人基於這種形而上的觀念，將詩視為天地元氣的體現，與自然天道同構。宋祁說：

> 詩爲天地蘊，予常意藏混茫中，若有區所。人之才者，往能取之。〔註46〕

詩是天地蘊蓄而生的，詩意乃藏於混茫天地中，與天意為一。人而有才，方能體天意而發詩意。這種由理學來認識詩的觀念，讓宋人將詩的本質與天道合一。詩所以體現天道，而天道又與人相互為一，人之性情與所發之文學亦有道於其中。因此，宋人作詩在主張「吟詠情性」的同時，也表現了一種對於「天道」（天之義）的自覺。為了展示、分明這個「道」，宋詩自然走上了「主理」之路。這種人秉天道的理學思想，影響了士人對個人價值與作用性的重新認識。從而也讓他們對「詩教」傳統展開深層的思考。

嚴羽對於宋詩的批評，同時也在「性情」觀上呈現出不同於主理的宋詩的內涵。嚴羽首先堅持詩歌抒情為本的藝術本質觀，從藝術審美的角度重新確立了情感在文學中的核心地位。《滄浪詩話·詩辨》說：

> 詩者，吟詠情性也。盛唐諸人唯在興趣，羚羊挂角，無跡可求。故其妙處透徹玲瓏不可湊泊，如空中之音，相中之色，水中之月，鏡中之相，言有盡而意無窮。〔註47〕

嚴羽從創作主體的角度重申了詩道性情的觀點。接著，他藉由論述盛唐詩的特質來表現他對於盛唐詩的審美評價。嚴羽將「吟詠情性」與盛唐的「興趣」放在前後文來談，展現了他對於「情性」的看法。黃南珊在〈「以情為本」、「情理融合」──略論嚴羽的情感美學觀〉中說：「嚴羽的興趣說包括三點要義：一是感物而興情的情興，這是就

〔註46〕參見宋祁〈淮海叢編集序〉，（收於《宋景文公集》卷九十六，台北：藝文，1966），頁11。
〔註47〕嚴羽《滄浪詩話·詩評》，頁26。

審美感興發生而言；二是情景一體融合無間的情象，這是就審美意象建構而言；三是關涉所有意蘊無盡的情致，這是就審美價值意義而言。情興、情象與情致三者內在統一而構成興趣說，它是對吟詠情性論的新發展，實質上是一種情美論，追求語言的情性之美。」〔註48〕由上可知，嚴羽所說的「情性」指的是個體獨特的情感、思想與個性。有了這個「情性」，個體就可以與外界萬物互動，興發屬於個體所獨有的情感，從而轉化爲具有獨特性的語言文字。並且，這種「情性」還能夠開展出所謂的「興趣」，由「興趣」則可包容審美活動中的主要架構，也爲盛唐詩之所以爲典範奠定了基礎。嚴羽的這種「性情」觀在當時可說是一種非主流的意見，但是卻影響了後來的許多詩學論題的發展。

　　唐宋之後，比較特別的是明代由李贄「童心說」所開出的「性情」觀。李贄「童心說」爲這一派的「性情」論述取得了哲學上的基礎，他說：

　　　　夫童心者，眞心也。若以童心爲不可，是以眞心爲不可也。夫童心者，絕假純眞，最初一念之本心也。若失卻童心，便失卻眞心；失卻眞心，便失卻眞人。人而非眞，全不復有初矣。〔註49〕

這段話的意義在於提出一個「眞」的人性哲學。在這裡，「最初」的「初」不只是時間範疇的起初，而更是本體論意義上的「始原」。田勁松在〈近代自然人性論的美學宣言──論明代童心說、性情論美學的思想方法〉中說：「童子、童心即人之初、心之初。但人來到世界上，就會不斷地有許多『聞見道理』加在童心之上，以致於爲『聞見道理』所變，『眞人』也就不復存在。……李贄舉起『眞人』哲學的大旗，就是要解除『道理聞見』對童心的遮蔽，使道理不見，聞見不

〔註48〕黃南珊〈「以情爲本」、「情理融合」──略論嚴羽的情感美學觀〉，（參見《青海師範大學學報》，1999 年第三期），頁 69。

〔註49〕參見李贄《焚書》，（收自明・李溫陵著《李贄文集》卷三，北京：北京燕山，1998 年 1 月，第一版），頁 126。

行，童心長存，亦即使人獲得解放，恢復做人的真性。」〔註50〕因此，李贄所主張的「童心」就是一個人最初、沒有受到任何染污的赤子之心。「童心說」可說是李贄文藝思想的核心基礎，在這個基礎上他要求文學必須抒發真情實感，重視真「性情」的表現，他說：「蓋聲色之來，發於情性，由乎自然，是可以牽和矯強而致乎？故自然發於情性，則自然止乎禮義，非情性之外，復有禮義可止也。為矯強乃失之，故以自然為美耳，又非於情性之外復有所謂自然而然也。」〔註51〕所謂「自然」出自「情性」，而「情性」則根乎「童心」。所有的文學創作都根源於作家的真實「性情」，所以在創作中流露出「性情」應該是自然而然表現出來的。其後的公安派受到李贄的影響，對於「情」也持正面肯定的態度。

　　明末清初的黃宗羲對「性情」提出了另一種說法，他在〈馬雪航詩序〉說：

> 詩以道性情，夫人而能言之，然自古以來，詩之美者多矣，而知性者何其少也。蓋有一時之性情，有萬古之性情。夫吳歈越唱，怨女逐臣，觸景感物，言乎其所不得不言，此一時之性情也。孔子刪之，以合乎「興觀群怨」、「思無邪」之旨，此萬古之性情也。〔註52〕

他首先肯定詩可以傳達作者之「性情」，但在這眾多表達「性情」的詩作裡仍有高下之別，他以「一時之性情」與「萬古之性情」說明了「性情」有其個別性與共同性，也有短暫與永恆的差別。從引文中可以推論，這種差別的存在在於前者展現的主要是個別的情感，而後者則具有「詩教」的功能性，這樣的「性情」就不只是個人情感而已。鄔國平《清代文學批評史》評論黃宗羲所言「性情」說：「通過辨析

〔註50〕田勁松〈近代自然人性論的美學宣言──論明代童心說、性情論美學的思想方法〉，（參見《五邑大學學報》，第三卷第一期，2001），頁58。
〔註51〕參見李贄〈讀律膚說〉，同註49書，頁165。
〔註52〕黃宗羲〈馬雪航詩序〉，（參見《南雷文約》卷四，清同治七年刻本），頁50。

性情的類別，判斷性情的不同價值，來確定對性情的揚棄。因此，他的詩論在當時的作用主要不在於重倡性情，而在於篩選、規範性情。」〔註53〕黃宗羲的「性情」觀強調永恆與共性，也就是所謂「萬古之性情」。並且將民族情感凸顯於「性情」中，因爲他認爲這種愛國的情感是一種悲天憫人的感情，超越了個人不遇的感情。

清代王士禎的「神韻說」也是以「性情」爲基礎所提出的，黃繼立在《「神韻」詩學譜系研究──以王漁洋爲基點的後設考察》中指出：

> 筆者認爲王漁洋「神韻說」的基礎是「尊性情」的觀念。……漁洋「神韻說」所推尊詩歌「性情」，並不是毫無蘊藉、一瀉無餘的「性情」，如晚明「公安」派或清代詩家袁枚之流，而是「不著一字，盡得風流」的「筆墨之外」的「性情」。換言之，漁洋崇尚的「性情」，是經由詩人修飾，且須經過讀者神解、玩味的詩外「性情」。〔註54〕

「尊性情」觀念是漁洋「神韻說」的基礎，依照黃繼立的看法，漁洋所認定的「性情」是必須藉由作者與讀者共同創造而得的詩外「性情」，與明代公安派與清代袁枚所言之「性情」並不相同。筆者認爲，根據黃繼立對於王漁洋「性情」的說法，不只與公安派與袁枚之「性情」說不同，也與傳統「性情」說有不一樣的觀察點。不論是「詩言志」或是「詩緣情」詩論所開出的「性情」觀，主要都是就作者一點來討論。他們所關切的是作品是否蘊含並能展示作者的「性情」，討論的是作者之「性情」的本質爲何？外在環境如何幫助作者使「性情」進入作品之中？以及以「性情」爲標準對作品進行批評。然不論何者，都是從作者的個人性格情感本質處來說「性情」，而漁洋所謂的「性情」，則是作者、作品與讀者的閱讀三者共同構築出的不同於作者本身「性情」的詩外「性情」。

〔註53〕參見王鎮遠、鄔國平著《清代文學批評史》，（上海：上海古籍，1995年11月，第一版），頁32。

〔註54〕黃繼立《「神韻」詩等譜系研究──以王漁洋爲基點的後設考察》，（成功大學中國文學所碩士論文，2001年1月），頁11。

　　「詩言志」的「志」爲「性情」提供了最早的意義與發展基礎，接著〈詩大序〉明確指出了「詩」與「性情」的關係，也提示了「詩教」以「性情」爲基礎的事實。沿著〈詩大序〉傳統以來的「性情」，雖然包含了個人情感在內，但主要還是對於社會政治的關懷，這種「性情」與思想、修養與胸襟是不可分的。而由「詩緣情」所開出的「性情」觀，則掙脫了〈詩大序〉的束縛，標舉了個別性、獨特性的情感、情志意義。唐代繼魏晉之後，延續了傳統「詩教」以社會關懷言「性情」的意見，也吸納了魏晉所發展出的重視個體的「性情」概念，賦予了「性情」較前人爲完整的意義。宋代在理學的思想背景下，詩學呈現了主理的特色，也因此對「性情」的看法主要是從「天道」爲主的角度來著眼。特別的是嚴羽所提出的「吟詠情性」觀，他從創作主體的角度來說「情性」，重拾了「情性」中個體情感個性這部分的內容。並且，以「興趣」作爲「情性」的發展，充實的「情性」在審美上的內容與價值。明代李贄提出「童心說」，以人最初的本心爲童心，並且以此說「情性」，於是「情性」便成爲了人最原初、最眞實的情感。明末清初的黃宗羲則提出了異這前人的看法。他將「性情」分爲「一時之性情」與「萬古之性情」，藉以說明個體情感與共同情感的不同，並且蘊含了價值判斷於其中。清代的王漁洋則在嚴羽的基礎上發展了屬於作者、作品與讀者的閱讀三者共同構築出的不同於作者本身「性情」的詩外「性情」。以上這些就是「性情」一詞的三種可能意義，以下就以這些內容爲參照，對沈德潛詩歌評選作品的「性情」觀進行探討。

第二節　入仕以前詩歌評選中的「性情」觀

一、初編《唐詩別裁集》的「性情」意涵

　　初編《唐詩別裁集》（康熙五十四年選，五十六年成書）是沈德潛所有詩歌選評中成書最早的。康熙五十四年（1715），沈德潛四十

三歲，正值壯年，這時的他雖未入仕，卻已經是詩壇上極爲活躍的一員。《年譜》中記載：「康熙四十年，尤西堂（尤鳴佩父）先生見德潛〈北固懷古〉、〈金陵詠古〉、〈景陽鐘歌〉等篇，謂鳴佩曰：『此生他日詩名不在而輩下。』」〔註55〕除此之外，康熙四十六年（1707）時，沈德潛先與張錫祚、張景崧、徐虁、陳睿思等人結「城南詩社」，十年後又有「北郭詩社」之舉。沈德潛的詩學涵養，連當時的詩壇領袖王漁洋對他都讚譽有加。〔註56〕種種跡象可見，沈德潛當時在詩學上已經具備了一些成就，因此他此時的詩論也已具備了某種程度上的成熟度。在初編《唐詩別裁集》中，沈德潛明確地展現他論詩重「詩教」的主張。《唐詩別裁集》原序說：「學詩者沿流討源，則必尋就其指歸。何者？人之作詩，將求詩教之本源也。」〔註57〕學者學作詩，應該要知道「詩教」的本源。沈德潛是「詩教」的集大成者，張健在《清代詩學研究》一書中說：「沈德潛總結了儒家詩學的以倫理價值爲核心的理論」，又說「從宋末以來綿延數百年的回歸傳統的思潮到這裡是一個總結，也是一個終結。此後再也沒有能形成一個大的回歸傳統的詩學運動。」〔註58〕故本節的討論重點將放在沈德潛以「詩教」爲前提，第一次由評選中所呈現的「性情」觀的內容爲何，與前人論「性

〔註55〕參見沈德潛自訂《年譜》，（錄自《沈歸愚詩文全集》，乾隆教忠堂刊本，國家圖書館典藏本）。

〔註56〕沈德潛自訂《年譜》中記載：「康熙四十二年癸未，年三十一。秋，橫山先生卒，先是，先生以所制詩古文並及門數人詩，致書王漁洋司寇。至是，漁洋答舒極道先生詩文特立成家，絕無依傍；諸及門中，以予與張子岳未、永夫不只得皮得骨，直已得體。」

〔註57〕參見《唐詩別裁集》，（引自沈德潛著《歷代詩別裁集》，杭州：浙江古籍，1998年，第一版），頁1。此書於乾隆二十八年時，由沈德潛自行增訂爲二十卷，時沈德潛已九十一歲，今日於《歷代詩別裁集》中所見者爲重訂之後的版本，初編本已不復見。筆者乃參考重訂本中所存之原序，以及《古詩源》、《說詩晬語》兩書，盡可能將初編本區分出來，此處所引之詩作即爲區分之後見於初編本之作，惟亦重見於重訂本，故在頁數與卷數上，採用重訂本之編排爲記。

〔註58〕張健《清代詩學研究》（北京：北京大學出版社，1999，第一版），頁511。

情」有何異同。

　　經翻檢發現，沈德潛在初編《唐詩別裁集》中使用「性情」一詞的地方其實只有三處，分別出現在凡例以及對儲光羲五言古詩〈牧童詞〉、殷遙五言律詩〈送友人下第歸省〉的評語中。茲分別討論如下：

　　首先，初編《唐詩別裁集》凡例云：

> 　　讀詩者心平氣和，涵泳浸漬，則意味自出，不宜自立
> 意見，勉強求合也。況古人之言，包含無盡，後人讀之，
> 隨其性情淺深高下，各有會心。如好〈晨風〉而慈父感悟；
> 講〈鹿鳴〉而兄弟同食，斯爲得之。（頁 59）

沈德潛此處主要在說明讀詩的態度與方法。他首先強調讀詩者的心理狀態應該要平和，閱讀作品時就好像將自己浸濡在作品的情境中，細細體會作者情感深意，咀嚼涵泳而意味自出。不應該先存有某種定見，或者支離作品之意以求和己意，這都不是讀詩的正確方式。讀者之所以能進行前述的過程，乃是因爲作品中包含了作者眞摯之情思，並於遣辭構句中將此情思化爲無盡之意。後人閱讀時會因爲本身「性情」的不同而體悟各異。董仲舒所言「詩無達詁」正是此意也。沈德潛認爲「性情」可以發揮與作品間的聯繫功能，而這種聯繫功能除了情感上的感通共鳴之外，應該還包括了對於作品本身辭意、意境、思想等的理解。從這一點來看，「性情」不能只是情感或是道德的覺知與趨向能力，還應該包含了某一程度的理性思維能力與知識的累積。有了這樣的「性情」爲基礎，還要有平和寬闊的對於文學欣賞的態度，才能讀出古人於作品之中所蘊藏的意味。沈德潛在此不只提示了「性情」作爲讀者閱讀的基礎，也仔細地說明了詩歌欣賞的過程，並且點出了欣賞活動的重點，我們可以用現代的理論來說明這一點。姚一葦在〈文學欣賞的三個層面〉中說到：「所謂欣賞是建立在以下兩個變數上：一、作品本身所傳達出來的東西的多少；二、接受者能力的大小。」他引用 Abrahsm Moles 的書（《Information Theory and Aesthetic Perception》1966）裡的說法，將情報（Information）分成兩大類：一

是語意情報（Semantic Information）；一是美的情報（Aesthetic Information）。語意情報是用語言符號來表示的，它是普遍且具邏輯結構的。同時可以作爲人的動作或行爲的概念，指示某一特定的目的和用意。而美的情報是一種心靈的狀態，不能用任何語言或邏輯符號來表達，沒有一定的用意與目的，是不可言詮的。至於接受者能力的部分，則與個人的感覺與知覺能力有關。他並且指出文藝作品的價值只有在接受者接受之後才產生。﹝註59﹞若以此說明來檢視沈德潛的引文，他點出了文學欣賞的兩個重點（接受者與作品），並且說明了作品提供足夠的情報（古人之言，包含無盡），而接受者應該在理想狀態（心平氣和）下接受作品，仔細玩味作品所提供的情報。因此，作品與接受者之間是不停的在交換互動的。至於每個人所得各異，那是因爲接受者能力大小的差別。

其次，從詩歌作品來看，沈德潛選儲光羲〈牧童詞〉云：

> 不言牧田遠，不道牧陂深。所念牛馴擾，不亂牧童心。圓笠覆我首，長蓑披我襟。方將憂暑雨，亦以懼陰寒。大牛隱層坂，小牛穿近林。同類相鼓舞，觸物成謳吟。取樂虛史間，寧問聲與音。（卷一，頁65）

詩中的牧童質樸天真，他從不抱怨牧田的距離遙遠，以及地勢陡深。牛群的馴擾與否也從不能擾亂他的心。春夏秋冬，他的放牧生活隨著季節的流轉而安時變化。牧牛間的相互應和，展現了一幅質樸自然的圖畫。身處其中，悠然自樂，正是牧童心情。沈德潛對這首詩的評語是：「與〈無羊〉之詩同，總言牧童性情，歸於忘機也。」（卷一，頁65）《詩經·無羊》是讚美牲畜興旺的詩，傳達出的是一副知足、真樸、恬靜的情懷與畫面。所謂「忘機」，就是忘記心中的執著，顯現純淨的本性。「忘機」是不只是情感上的安適自在與陶然，也是胸襟上的豁達與適然。以「忘機」言牧童之「性情」展現了情感與懷抱兩個層面的內容。

﹝註59﹞姚一葦〈文學欣賞的三個層面〉，（參見姚一葦著《欣賞與批評》，台
　　　　北：聯經，1989年7月，初版），頁37、38。

而殷遙〈送友人下第歸省〉云：

> 君此卜行日，高堂應夢歸。莫將和氏淚，滴著老萊衣。
> 嶽雨連河細，田禽出麥飛。到家調膳後，吟好送斜暉。（五
> 言律詩，卷十，頁122）

沈德潛評曰：「眞到極處，去風雅不遠。和氏淚、老萊衣本屬套語，合用之只見其妙，有眞性情流於筆墨之先。」（同上）沈德潛對這首詩主要的評價是「眞」。「和氏淚」用的是和氏璧的典故，「老萊衣」用的則是老萊子彩衣娛親的典故。前者說的是友人抱才卻不爲所用的心情，後者表達的則是基於孝道，不要讓自己的失意成爲父母的負擔，沈德潛以這兩句爲「有眞性情流於筆墨之先」。失意必定伴隨著哀嘆、悲傷等的負面情緒，但是作者並未讓這些情緒直接發抒出來，而是在經過「孝」的衡量與思考之後，再度提煉出來的思想與情感。因此，這裡的「性情」蘊含著思想以及經過提煉、沈澱之後的情感。

　　由以上三例中可以看到，初編《唐詩別裁集》的「性情」有以下幾個意義：從讀者的角度來看時，「性情」是讀者的情感、理智思維能力與某一程度的知識累積；從對作品的品評來看，「性情」可以是情感與懷抱，又可以是思想與提煉、沈澱之後的情感的綜合體。從上可知，沈德潛此時對於「性情」一詞的使用，在意義上呈現著不固定的狀態。

二、《古詩源》中「性情之正」的提出

　　沈德潛於初編《唐詩別裁集》刻成之時，同步進行了《古詩源》（康熙五十六年選，五十八年成書）的編選。這樣的編選順序是沈德潛有意安排而成的。先選唐詩，代表的是他「尊唐」的詩觀；繼選古詩，代表的是以溯源爲其「尊唐」詩觀進行補充。沈德潛在《古詩源》序中，開宗明義的道出了他溯源的想法，他說：

> 詩至有唐爲極盛，然詩之盛非詩之源也。今夫觀水者
> 至觀海止矣，然由海而溯之，近於海爲九河，其上爲洚水、
> 爲孟津，又其上積石以至崑崙之源。記曰：「祭川者先河後

> 海，重其源也。」唐以前之詩，崑崙以降之水也。漢京魏
> 氏，去風雅未遠，無異辭矣。即齊梁之綺縟，陳隋之輕艷，
> 風標品格，未必不遜於唐，然緣此遂謂非唐詩之所由出，
> 將四海之水，非孟津以下所由注，有是理哉？〔註60〕

他首先肯定唐詩的成就，然話鋒一轉說唐詩雖然有成就，但並不是詩歌的本源。他認爲，唐以前詩是所謂的「崑崙以降之水」，雖非崑崙，但也相去不遠，故尚能保有崑崙之質。這裡的崑崙，沈德潛雖未明言，但可知就是《詩經》的風雅傳統。《詩經》所代表的風雅傳統是一個經典，更不待選，所以沈德潛藉著編選距離《詩經》較近的漢魏之詩來達到追本溯源與繼承的目的。除了重視詩教的追尋之外，沈德潛也不忽略詩歌本身的藝術價值。他承認唐詩在藝術形式部分對於漢魏六朝的繼承，雖然有些風格並不爲提倡「詩教」的沈德潛所接受，但是，他仍然站在客廳陳述事實的角度，在衡量自己的價值評判之下，給予這些詩歌應有的位階。對於這本書，沈德潛不以「別裁」而改以「源」來命名，充分顯示出他以唐詩爲核心的詩觀，同時也說明了這本書補充初編《唐詩別裁集》的作用性。《古詩源》的「源」不只是唐詩中「詩教」觀的源，也是唐詩藝術形式的源。在補充初編《唐詩別裁集》的前提下，沈德潛對於「性情」的看法將是下面討論的重點。

《古詩源》中也說「性情」，沈德潛選曹植〈七哀詩〉，詩云：

> 明月照高樓，流光正徘徊。上有愁思婦，悲歎有餘哀。
> 借問歎者誰，言是客子妻。君行踰十年，孤妾常獨棲。君
> 若清路塵，妾若濁水泥。浮沈各異勢，會合何時諧。願爲
> 西南風，長逝入君懷。君懷良不開，賤妾當何依。（卷五，
> 頁21）

沈德潛評曰：「此種大抵思君之辭，絕無華飾，性情結撰，其品最工。」

〔註60〕 參見沈德潛《古詩源》，（收自沈德潛等編《歷代詩別裁集》，杭州：浙江古籍，1998年，第一版），頁1。此書爲本論文之重要引用文本之一，故此後凡引自此書者，均於引文前標著書名，引文後標明卷數與頁數，不另爲註。又沈德潛所謂「古詩」者，乃上自〈康衢〉、〈擊壤〉，下至隋朝爲限。

（同上）他點出了這首詩詩品之所以工的重點，就是「絕無華飾，性情結撰」。前者指的是自然質樸的語言藝術，後者則是詩歌所蘊含的詩人「性情」。此處的「性情」是詩人忠愛之性與失意之情的整體表現，強調最好的作品是「因情生文」的。再來，沈德潛選左思〈詠史八首〉，評曰：「太沖詠史，不必專詠一人，專詠一事。詠古人而己之性情俱見，此千秋絕唱也。」（卷七，頁 27）左思藉著詠古人所傳達出的自我「性情」到底具有何種意涵，我們可以擇錄詠史詩中的詩句來判斷。〈詠史〉第二有云：「世胄躡高位，英俊沈下僚。地勢使之然，由來非一朝。……馮公豈不偉，白首不見招。」（同上）這些詩句傳達的是詩人對長久以來人才運用的不公的現象的痛心及失望，展現的是詩人的失路的感慨。〈詠史〉第六有云：「貴者雖自貴，視之若埃塵。賤者雖自賤，重之若千鈞。」（同上）詩人於此展現了自我價值判斷與選擇的能力，這是人性中理智與道德作用展現的結果。從這兩例可以知道，沈德潛於此使用「性情」的內涵，應該包含情感情緒及人性中理智與道德作用兩者來看。

　　除了「性情」外，沈德潛也說「情」的詩歌的關係。特別的是，沈德潛在此提出了「情」的分別。他評論陸機說：「〈文賦〉云：『詩緣情而綺靡』，殊非詩人之旨。」（卷七，頁 25）他並非反對詩緣情，而是認為所緣的情不該形成綺靡詩風。這背後的含意就是對於「情」的價值分判。在他眼中，不是所有情感都適合發言為詩。比如豔情就不該成為詩的內容。在評選的過程中，沈德潛面對未能符合「詩教」理想的作品，有其一套的選擇標準。他評論潘岳詩時說：「安仁詩品，又在士衡之下，……格雖不高，其情自深也。」（卷七，頁 26）沈德潛對潘岳的人品與詩品都不滿意，但是從詩歌傳達深切情感這一點來看，他仍然讓潘岳的〈悼亡詩〉入選。從這一點來看，可知沈德潛以詩存人，不以人存詩的選詩觀點，也可看出「情」能夠為不合「詩教」的作品，提供另一個選擇與否的判別依據。沈德潛對「情」的看法具有一致性，都是從個人內在情感方面來解釋。謝朓〈同王主簿有所思〉

云：「佳期期未歸，望望下鳴機。徘徊東陌上，月出行人希。」（卷十一，頁 43）沈德潛評：「即景含情，怨在言外。」（同上）以外界景物蘊含詩人情感，寫景同時也傳情，而情之怨則於言語之外得之。

　　《古詩源》中仍然延續了沈德潛在初編《唐詩別裁集》中對於「性情」與「情」的理解內容，它所補充是「性情之正」的提出。沈德潛「性情之正」的提出與其對「性情」與「情」的理解有關。雖然，沈德潛在使用「性情」詞彙上，指涉的內容並不固定，但可發現其中包含了人性中理智與道德作用的意義。「性情之正」以白話來說，就是「性情」中「正」的部份。言下之意，在沈德潛看來「性情」內部是有所分別的。「性情」如何區別出「正」與「不正」，有兩個重要的依據，第一是沈德潛對「性」的看法，第二是沈德潛對「情」的區別。關於後者，在前文中已經提及，也就是沈德潛藉著對陸機詩歌主張的批評所展現出來的「情」的價值判斷，以下要說明的就是沈德潛對「性」的看法。

　　沈德潛《歸愚文鈔》中收錄了〈性辨〉這篇文章，可以充分展示他對於「性」的看法。文云：

> 陸賈曰：天地生人以禮義之性，人能察己所以受命則順，謂之道。子思、孟子以後，吾以陸子之知言矣。……性者，即維天之命，所以宰陰陽五行者也。在天爲命，在人爲性，而統於心，故言心即言性，猶言水即言泉也。泉無弗清，後雖汨于泥沼，澄之則復清矣。性無弗善，後雖汨於氣質，存之則復善矣。然所謂下愚者，亦氣質之日下而不肯復返，非性之本然不善也。（卷三）

從這段引文中可以看出，沈德潛承襲了先秦儒家對於「性」的看法，即「性」爲天道投射於人而言之，是善的、是清的。然而他也接受了從董仲舒以來對於形質的意見，認爲人的形質是由陰陽五行之氣揉合而成，故有善有惡。當形質成立，性宅其中，就會被形質所影響，而顯出善行惡行。但是只要能自覺澄淨被形質影響的本性，那麼還是可

以恢復到原來純善的境界。因為沈德潛認為人的本性具有道德的覺知
能力，因此可以影響受到後天限制的情感，使之歸於正。「性」雖然
會因為後天形質的影響而呈現出「不正」，但是並不影響其「正」的
本質與趨向於正的能力。徐復觀在《中國文學論集》中對「性情之正」
做出了解釋，他說：「所謂得性情之正，就是沒有讓自己的私欲熏黑
了自己的心，因而保持住性情的正常狀態。在中國文化中，有一個根
本的信念，認為凡是人的本性，都是善的，也大體都是相同的；因而
由本性發出來的好惡，便彼此相去不遠。作為一個偉大的詩人的基本
條件，首先在不失其赤子之心，不失去自己的人性，這便是得性情之
正。」〔註 61〕也就是說，「性情之正」的可能性正在於我們對「性」
的看法。一旦我們肯定「性」本身就是道德或善的下放，就算被後天
不善的情或形質所影響，也仍然「正」的條件與動力。

　　《古詩源》所提出的「性情之正」出自於沈德潛對〈豔歌行〉的
評論，他說：「與〈陌上桑〉、〈羽林郎〉同見性情之正。」（卷二，頁
13）以下，筆者將藉由對這三首詩的內容的考察，梳理出沈德潛許之
為「性情之正」的意義。

　　〈陌上桑〉敘述的是一位有夫之婦——羅敷，在面對他人的追求
時的應對及所展現的態度。作者首先描寫羅敷的美是那樣的動人，所
以「行者見羅敷，下擔捋髭鬚。少年見羅敷，脫帽著帩頭。耕者忘其
犁，鋤者忘其鋤。」（卷二，頁 12）接著敘述使君對羅敷的追求，重
點在於羅敷面對誘惑時的態度。詩云：「羅敷前致詞，使君一何愚，
使君自有婦，羅敷自有夫。」沈德潛說這四句詩「大義凜然」，著眼
的在於羅敷所具有的是非判斷能力。羅敷不因為外界一時的誘惑而放
棄人倫間所應有的道德，這正是因為「性情」中存有判斷與善的趨向
的能力，所以沈德潛許為「性情之正」。辛延年〈羽林郎〉也是類似

〔註 61〕參見徐復觀〈傳統文學思想中詩的個性與社會性問題〉，（收於徐復
　　　　觀《中國文學論集》，台北：台灣學生，1974 年 10 月，再版），頁
　　　　86、87。

的內容。酒家的胡姬受到倚仗霍家權勢、財勢的馮子都的調戲。面對馮子都，胡姬展現了不畏權勢、不慕富貴、不喜新厭舊的態度，詩云：「不惜紅羅裂，何論輕賤軀。男兒愛後婦，女子重前夫。人生有新故，貴賤不相踰。多謝金吾子，私愛徒區區。」（卷二，頁 10）沈德潛評曰：「駢麗之詞，歸宿卻極貞正。」（同上）言「貞正」除了有女子貞節的意思外，也有人面對誘惑、威勢時，所應有的堅持與態度。〈豔歌行〉說的是一位婦人因爲照顧遊子而受到丈夫懷疑的自訴之詞。妻子本著善意照顧離家在外的遊子，自問無愧於心，對於丈夫的質疑，她只以「水清石自見」來爲自己辯白。沈德潛評：「水清石見，心跡固明矣。」（卷二，頁 12）這位妻子立身正，故其舉止無所不宜，正是沈德潛許爲「性情之正」處。由這三首詩來看，「性情之正」強調的是個人「性情」中具備分辨是非與善惡的能力，就是及道德的覺知和趨向能力，也就是徐復觀所說要不失去自己的人性，不讓私欲熏黑了自己的心。沈德潛在〈余雙池館卿時文序〉中說：「夫仁義之質發乎性情之正也。」（《歸愚文鈔餘集》卷三）正是說明「性情之正」的內涵的最佳例證。沈德潛於《古詩源》中提出這一點，正補充了初編《唐詩別裁集》「性情」觀的不足，也更貼近「詩教」的理想。

三、《說詩晬語》對「性情」的歸納

　　《說詩晬語》（雍正九年）是沈德潛唯一的詩話作品，它呈現的是沈德潛對詩的總體概念，及作爲對世人展示自我詩論的媒介。在「性情」的部分，書中對之前選本中呈現的「性情」觀有所延續發展，同時也關注了「性情」與詩論中其他議題間的關係。首先，《說詩晬語》卷上第一條說：

　　　　詩之爲道，可以理性情，善倫物，感鬼神，設教邦國，
　　應對諸侯，用如此其重也。

《說詩晬語》中的這段話明顯的是由〈詩大序〉：「正得失，動天地，感鬼神，莫近於詩。先王以是經夫婦，成孝敬，厚人倫，美教化，移

風俗。」〔註 62〕而來，並且吸納了先秦「《詩》教」中「賦詩言志」的傳統。然而在孔子之時，賦詩以應對諸侯早已不行，反而是漢代〈詩大序〉中的「詩教」主張深深影響了後代。沈德潛作為一個詩論家與詩人，對於詩的作用在不同時代的流變不會不知，故筆者以為，沈德潛在《說詩晬語》卷首的這段話，主要是作為「詩教」理想的宣示意義。在《古詩源》之前，沈德潛對於詩與「性情」的關係乃停留在「詩以道性情」的程度。在這段引文中，他則提出「理性情」這一點「詩教」具體的發用。白居易在〈讀張籍古樂府〉詩中就曾指出詩可以「理性情」一點，詩云：「下可理情性，卷之善一身。」〔註 63〕他認為張籍的古樂府詩具有調理內在性情的作用，沈德潛所謂的「理性情」也是這個意思。「詩教」與「性情」原本就是以一種循環互動的方式影響著彼此。「性情」為「詩教」之基礎，這是之前的選本中所展示的部分，而「詩教」亦具有調理「性情」的作用，則是《說詩晬語》所補充的部分。

　　再來，《說詩晬語》卷下的一席話，顯示了沈德潛對於詩的內容的要求，文云：

　　　　詩本六籍之一，王者以之觀民風、考得失，非為豔情發也。雖四始以後，離騷興美人之思，平子有定情之詠，然詞則託之男女，義實關乎君父友朋。自梁陳篇什，半屬豔情，而唐末香奩，益近褻嫚，失好色不淫之旨矣。此旨一差，日遠名教。（頁 15）

沈德潛從經學的角度出發，規範了詩的內容與指涉意涵。《詩經》的內容是具有社會政治目的性的，雖然《詩經》之後的《離騷》多「美人之思」、「定情之詠」但是沈德潛認為，這些看起來言男女之情事的作品，實際上仍然關注的是「君父友朋」的政治社會性內容。相較之下，齊梁以下及唐末香奩體那些語近褻嫚的詩作，就純粹只是「豔情」

─────────────────

〔註62〕〈詩大序〉卷一，（阮元《十三經注疏》，台北：藝文出版社，1989，一月十一版），頁 14、15。

〔註63〕參見《白居易集》卷一，（台北：頂淵，2004，初版），頁 2。

的抒發，失去了「詩教」的作用。這段話除了是沈德潛對於「詩教」政治社會性面向的理解與接受，也是沈德潛對於「性情」內涵的區隔。接著，沈德潛舉出具體的例子來說明他所謂的「性情」，他說：

> 性情面目，人人各具，讀太白詩，如見其脫屣千乘；讀少陵詩，如見其憂國傷時。其世不我容，愛才若渴者，昌黎之詩也。其嬉笑怒罵，風流儒雅者，東坡之詩也。即下而賈島、李洞輩，拈其一章一句，無不有賈島、李洞者存。倘詞可饋貪，工同鑿枘，而性情面目，隱而不見，何以使尚友古人者，讀其書想見其爲人乎？（卷下，頁 19）

此處的「性情」多了「面目」二字來加強說明，並舉了許多詩人爲例，在閱讀這些詩作時，可以由作品所呈現的獨特個人風格與內容，掌握作者獨特的情感、個性與胸懷，就如見作者之面一般。沈德潛對「性情面目」的看法，以及引文中所舉用的例證，乃是來自於他的老師葉燮。葉燮《原詩·外篇》上說：

> 作詩者在抒寫性情，此語夫人能知之，夫人能言之，而未盡夫人能然之者矣。作詩有性情，必有面目，此不但未盡夫人能然之，並未盡夫人能知之而言之者也。……余嘗於近代一二聞人，展其詩卷，自始至終，亦未嘗不工，乃讀之數過，卒未能睹其面目何若？竊不敢謂作者如是也。〔註64〕

作詩不只是要抒寫自己的「性情」，還要建立自己的風格。個人風格之建立與文字技巧的工拙與否沒有關係，而是必須以詩人「性情」爲基礎，融入詩人獨特的個性與胸懷，才是所謂「面目」。因爲作品必

〔註64〕葉燮《原詩·外篇》上，（北京：人民文學，1998 年 5 月，第一刷），頁 50。在這段文字後，葉燮並舉例說明了「性情面目」的意思。他說：「如杜甫之詩，隨舉其一篇，篇舉其一句，無處不可見其憂國愛君，憫時傷亂……此杜甫之面目也。舉韓愈之一篇一句，無處不可見其骨相稜嶒……疾惡甚嚴，愛才若渴，此韓愈之面目也。舉蘇軾之一篇一句，無處不可見其凌空如天馬，遊戲如飛仙……嬉笑怒罵，四時之氣皆備，此蘇軾之面目也。」這些例證都被沈德潛所吸納入其《說詩晬語》之中。

須展現作者的「性情面目」，所以讀者可以藉此超越時空的距離，與千百年前的作者溝通情思。先秦時期的孟子曾對此提出了他的看法，《孟子・萬章下》說：

> 孟子謂萬章曰：「一鄉之善士，斯友一鄉之善士；一國之善士，斯友一國之善士；天下之善士，斯友天下之善士。以友天下之善士爲未足，又尚論古之人。頌其詩，讀其書，不知其人，可乎？是以論其世也。是尚友也。」〔註65〕

作爲一個學者，以當今天下之善士爲友，也應當與古代之善士爲友。對於當今之人，可以聽其言、觀其行而知其爲人，對古之人則諷誦其詩，讀其書，亦當知其爲人，知其於當世行事之跡，也就是「知人論世」。沈德潛在〈東隅兄詩序〉有更清楚的說明：

> 從來讀古人書者，貴乎知人論世，而古人之書必有不可腐壞漸滅者，使人據以爲知人論世之實。如：讀李太白詩如見其芥視六合；讀杜子美詩如見其憂時愛國；讀韓退之詩如見其憐才若渴，與世齟齬；讀蘇子瞻詩如見其不合時宜，風流爾雅。即下至賈島、馬戴、魏野，眞山民之流，無不有性情面目存乎其間。苟其人無君形者存焉，而斷斷焉求工於章句，彼其所求者，非必不公也，然欲使後世讀其書想見其爲人，吾恐性情面目隱而不見也久矣。（《歸愚文鈔》卷十三）

沈德潛在這裡明確的提出了詩人「性情面目」與「知人論世」間的關係。他以「君形者」說明了「性情」在個體中的主宰性，並且指示了章句之工必不爲保證「知人論世」的結果。「知人論世」說是孟子提出的看法。陳良運認爲，孟子在「以意逆志」〔註66〕的基礎上，進一步

〔註65〕《孟子・萬章下》，（參見《新編諸子集成》第一冊，台北：世界，1974 年 7 月，新二版），頁 428。

〔註66〕「以意逆志」語出《孟子・萬章上》，文云：「故說詩者，不以文害辭，不以辭害志；以意逆志，是爲得之。」（同前揭書，頁 377）趙岐注孟子「以意逆志」云：「志，詩人志所欲之事；意，學者之心意也。人情不遠，以己之意逆詩人之志，是爲得其實也。」（參見清・焦循、焦琥撰《孟子正義》，錄自《新編諸子集成》第一冊，台北：

提出了「知人論世」說。從個人的、歷史的、社會的諸種關係中去理解、去體察其情意志行，然後才能對其詩、書知之甚深，如此對待古人，方是與古人爲友的正確態度，「以意逆志」也就庶幾不差了。〔註67〕「知人論世」與「以意逆志」被後來的學者認爲是選詩讀詩的法則方針之一，例如：明・譚元春〈奏記蔡清憲公〉說：「孟子曰：『固哉，高叟之爲詩！』又曰：『以意逆志。』又曰：『誦其詩，知其人，論其世。』此三言者，千古選詩者之準矣。」〔註68〕清・朱彝尊也說：「詩以言志，誦其詩，可以知其志矣。……後之人欲想見其爲人，得其么篇短韻，相與傳而寶之。洵乎誦其詩，尤必論其世也。」〔註69〕沈德潛以爲詩人各有其性情面目，徒飾於辭藻之華與剽竊之風，只會使詩人本來獨特的性情面目隱而不見，如此一來，讀詩學詩的人又如何透過詩，超越時空，與千載之上的詩人共鳴？這不只是學習上的困難，對於「詩教」更是一個障礙。由「性情面目」的連用可以強化「性情」所具有的獨特性與眞實性，由此開出的「知人論世」則是對於「性情」觀念的延伸。

　　另外，《說詩晬語》明確地討論了「性情」與詩論中其他議題之間的關係，如論「性情」與「法」云：

> 詩貴性情，亦需論法，亂法而無章，非詩也。然所謂
> 法者，行所不得不行，止所不得不止，而起伏照應，承接

世界，1974 年 7 月，新二版），頁 377。朱熹云：「文，事也；辭，語也。逆，迎也。……言說詩之法不可以一字而害一句之義，不可以一句而害設辭之志，當以已意迎取作者之志，乃可得之。」（參見朱熹《四書集注・孟子》卷五，台北：中華，1981 年），頁 6。也就是說，理解一首詩，從「文」、「辭」而入，深入體會，以自己所得之意去把握詩人作此詩的動機、本意，也就是「志」，力圖做到讀者與詩人意會的一致。

〔註67〕參見陳良運《中國詩學批評史》，（江西：江西人民出版社，1995 年7 月，第一版），頁 47、48。

〔註68〕明・譚元春〈奏記蔡清憲公〉，（參見譚元春撰《譚友夏合集》上冊，卷六，台北：偉文，1974 年 9 月），頁 247。

〔註69〕清・朱彝尊〈天愚山人詩集序〉，（參見朱彝尊撰《曝書亭集》卷三十六，台北：商務，1979 年，台一版），頁 308。

轉換，自神明變化於其中。若泥定此處應如何，彼處應如
何，不以意運法，轉以意從法，則死法矣。試看天地間水
流雲在，月到風來，何處著得死法。（卷上，頁3）

詩發於「性情」，但並非直陳「性情」就是詩。詩必須言「法」。何謂「法」？
蔣寅在〈至法無法──古典詩學對技巧的終極概念〉中說：「『法』通常
具有法則和方法兩層意思。習慣上稱爲『詩法』的著作主要講的是詩的
基本規則和文體特徵等具有一定規定性的、必須遵循的東西，唐人謂之
『格』，並由此形成中國詩學的主要著作形式之一──詩格。而『法』
或『法度』在詩歌批評的語境中，通常是指聲律、結構、修辭等各方面
的手法與技巧的運用。」〔註70〕總括來說，「法」就是作詩的法則與方
法，其內容包含了詩的基本規則、文體特徵、聲律、結構與修辭等方面。
沒有「法」就不能稱之爲詩。但「法」不該是一個可供套用的固定模式，
而是對詩歌整體性的掌握，起承轉合間呈現一種不得不然的自然之勢。
誠如蘇軾所言：「大略如行雲流水，初無定質，但常行於所當行，常止
於所不可不止，文理自然姿態橫生。」〔註71〕沈德潛對「法」的看法受
到其師葉燮的一定影響，葉燮《原詩・內篇》下說：

> 法者，虛名也，非所論於有也；又法者定位也，非所
> 論於無也。……法者當乎理，確乎事，酌乎情，爲三者之
> 平准，而無所自爲法也。故謂之曰「虛名」……事理情當
> 於法之中。人見法而適愜其事理情之用，故又謂又曰「定
> 位」。〔註72〕

從某方面來說，「法」必須基於一定的原則，可見其自身並無自足的規
定性，所以說虛名。從另一方面來說，「法」既有所依據（依據事、理、
情），就必然體現出某種基本秩序，所以說定位。葉燮歸結到最後說：

> 死法爲定位，活法爲虛名；虛名不可以爲有，定位不

〔註70〕參見蔣寅《古典詩學的現代詮釋》，（北京：中華，2003年3月，北
　　　京第一版），頁123、124。
〔註71〕參見蘇軾〈與謝民師推官書〉，（參見蘇軾著、孔凡禮點校《蘇軾文
　　　集》第四冊，卷四十九，北京：中華，1986），頁1418。
〔註72〕葉燮《原詩・外篇》上，頁20、21。

可以爲無。不可爲無者，初學能言之；不可爲有者，作者
之匠心變化，不可言也。〔註73〕

「法」本身並沒有所謂死活，死法與活法是比喻人們運用法的不同態
度。葉燮以定位爲死法，意思是說「法」本身要根據事、理、情三者來
界定，因爲有所根據，所以不能爲無。以虛名爲活法，意思是「法」本
身並沒有一套固定的言說，因此不能爲有。初學之時，當從有根據處入
手，藉由事、理、情三者體會「法」在其中流動的形態。但是眞正能達
到極致成就者，是要超脫出這一點，以作者匠心獨運，因其不同而變化。
葉燮並舉了很生動的例子說明了這點看法，《原詩‧內篇》下說：

彼曰：「凡是凡物皆有法，何獨於詩不然！」是也。然
法有死法，有活法。若以死法論，今譽一人之美，當問之
曰：「若固眉在眼上乎？鼻口居中乎？若固手操作而足循履
乎？」夫妍媸萬態，而此數者必不渝，此死法也。彼美之
絕世獨立，不在是也。〔註74〕

當我們問一個人美在哪裡，如果只根據他的眼耳鼻口等來說明他的
美，就是死法。若能夠超越眼耳鼻口的層次，掌握整體之神韻所展現
的美，就是活法。故葉燮說：「彼美之絕世獨立，果有法乎？不過即
耳目口鼻之常，而神明之。」〔註75〕正是這個道理。

沈德潛也認爲「法」必須「自神明變化於其中」，並應摒棄「死
法」。但是他與葉燮的主張仍有些許不同。胡幼峰在《沈德潛詩論探
研》中曾說：「橫山所主張的詩法，全在作者的匠心變化，『不可言傳』
上面。立意甚高，徒使後學無所依從。」〔註76〕沈德潛或即有鑑於此，
才提出《說詩晬語》中對「法」的意見。跟葉燮的意見比起來，沈德
潛肯定「法」必須要能「神明變化」。但是葉燮認爲「神明變化」是
因作者的匠心不同而異，是難以言傳的。在這一點上，沈德潛較葉燮

〔註73〕葉燮《原詩‧外篇》上，頁21。
〔註74〕葉燮《原詩‧外篇》上，頁20。
〔註75〕葉燮《原詩‧外篇》上，頁21。
〔註76〕胡幼峰《沈德潛詩論探研》，（台北：學海，1986年3月，初版），頁
96。

的說法更爲清楚一些。他提出「以意運法」，而非「以意從法」的關鍵。沈德潛《說詩晬語》卷下的另一段文字，也可以當作沈德潛「以意運法」的例證，文云：「古人不廢鍊字法，然以意勝而不字勝，故能平字見奇，常字見險，陳字見新，樸字見色，近人挾以鬥勝者，難字而已。」從這裡看出，沈德潛並不排拆「法」，所以才會有「鍊字法」或「章法」、「句法」等的出現。從他對於「法」的接受與要求來看，我們可以說，沈德潛接受一些總體性的規則，但是認爲這些規則必須活用，所以才產生了「以意運法」的要求。關於「意」的意義，林秀蓉在《沈德潛及其弟子詩論之研究》中有這樣的看法，他說：「所謂『以意運法』，不『以意從法』，此中之『意』，實即強調『詩貴性情』、『詩中有我』之主宰性、自主性。」〔註77〕林秀蓉此處不將「意」解釋爲「意念」或「意志」，而將其視爲個體的主宰性與自主性，其實更能展示沈德潛在「詩貴性情，亦需論法」的前提下所提出的「以意運法」的要求。

最後，《說詩晬語》又提到了「性情」與「議論」的關係，文曰：

> 人謂詩主性情，不主議論，似也而亦不盡然。試思二雅中何處無議論？杜老古詩中，〈奉先詠懷〉、〈北征〉、〈八哀〉諸作，近體中〈蜀相〉、〈詠懷〉、〈諸葛〉諸作，純乎議論。但議論需帶情韻以行，勿近傖父面目耳。（卷下，頁14）

詩雖然以「性情」爲主，但並不表示詩不能「議論」說理。沈德潛先舉了二雅爲詩有「議論」的例證，葉燮曾說：「《三百篇》中二雅爲議論者正不少。」〔註78〕沈德潛的說法顯然承自葉燮。他又舉了杜詩中的許多例子來說明「議論」與「性情」並不衝突。杜甫詩中有議論這一點，前人已經指出，葉燮也說：「唐人詩有議論者，杜甫是也。杜五言古，議論尤多。長篇如〈赴奉先縣詠懷〉、〈北征〉及〈八哀〉等

〔註77〕林秀蓉《沈德潛及其弟子詩論之研究》，（高師大國文研究所，民國75年碩士論文），頁58。
〔註78〕《原詩‧外篇下》，同註64，頁71。

作，何首無議論！」〔註79〕沈德潛的意見很明顯地受到葉燮的影響。他主要的論點在於，詩雖然主「性情」，但是並不表示不能「議論」，只是「議論」應該要「帶情韻以行」。葉嘉瑩曾說：「說理不該是征服，該是感化、感動；是理而理中要有情。」〔註80〕這個「理中有情」的意見亦可以作爲沈德潛「議論需帶情韻以行」的最佳詮解。

總的來說，在《說詩晬語》中，沈德潛對於「性情」進行了一次總檢，他不只以具體的例子說明了「性情」的內容，也補充了「性情」與「詩教」之間互相影響的互動方式，並且藉著詩中的「性情面目」的要求，延伸出「知人論世」最終目的。除此之外，他也對「性情」與詩論中其他議題的關係作了闡述。例如詩雖主「性情」，但是亦不能沒有「法」，惟所謂「法」乃是「活法」而非拘泥不變的「死法」。又如詩雖主「性情」，但仍能「議論」。這是因爲「議論」由「性情」而發，並非徒爲口舌爭辯之議論。以上這些意見與沈德潛論詩主「格調」不無關係，這部分筆者將於後文中討論，此處先行略過。我們可以發現，沈德潛對於「性情」的意義此時已經固定下來，從詩人或作品方面來說，主要還是指詩人的個性、情感、理智等的複合，延伸至作品所呈現出的獨特風貌。因此，我們可以視爲其繼《古詩源》之後，對「性情」觀的進一步討論，也可以視爲是沈德潛對於自我詩論中各個命題的綜合思考。

四、《明詩別裁集》對「情」的重視

沈德潛的「性情」觀，從初編《唐詩別裁集》到《說詩晬語》，已可說得到高度發展，這代表沈德潛對這個詞彙的重視與熟悉到了某個程度。但是在《明詩別裁集》（雍正三年選，十二年成書）中，沈德潛以「性情」二字評詩的頻率並不高，反而是偏向對詩歌中「情」的重視。沈德潛選徐禎卿〈濟上作〉詩：

〔註79〕《原詩·外篇下》，同註64，頁70、71。
〔註80〕參見《迦陵學詩筆記：顧羨季先生詩詞講記》，（顧隨講、葉嘉瑩筆記、顧之京整理，臺北市：桂冠，2001，修訂一版），頁65。

　　　　　兩年爲客逢秋節，千里孤舟濟水旁。忽見黃花倍惆悵，

故園明日又重陽。〔註81〕

中秋佳節正應是月圓人圓之日，然而作者卻已因作客他鄉之故，度過
兩個形單影隻的中秋。見到黃花更覺得惆悵，因爲時序就要步入重
陽。藉著中秋與重陽展現時間的消逝，暗示了對故鄉的思念以及歸鄉
無期的悲愁。沈德潛評：「語不必深而情深，唐人身份如此。」這首
詩的價值來自於詩中使用的語彙並未經過刻意的雕琢，卻能傳遞出最
深的情感，這正是唐詩的風貌。又如周在〈閨怨〉詩：

　　　　　江南二月試羅衣，春盡燕山雪尚飛。應是子規啼不到，

故鄉雖好不思歸。（卷六，頁329）

二月的江南正是初春時節，但是同時間的燕山卻仍飄著雪，感受不到春
意。想必是子規無法將思念你的心意帶到燕山，所以故鄉雖好，遊子不
回。沈德潛評：「不咎征人不返，而歸怨於子規，寄情一何微婉。」（同
上）將對人的怨情轉移到對子規的怨，而不直接追究人爲何不返的原
因，詩歌所蘊含的詩人情感是那麼的深婉。又選謝榛〈遠別曲〉云：

　　　　　郎君幾載客三秦。好憶儂家漢水濱。門外兩株烏桕樹，

叮嚀說向寄書人。（卷八，頁343）

女子的丈夫長久作客他鄉，獨留她一人在家鄉思念，家鄉的一切都在
癡癡地等著他回家。沈德潛評曰：「寫情趣眞。」（同上）再如徐熥〈郵
亭殘花〉云：

　　　　　征途微雨動春寒，片片飛花馬上殘。試問亭前來往客，

幾人花在故園看。（卷九，頁346）

春天的氣溫仍然冷清，空氣中飄著微微細雨，往來征途的人挑破了那
微冷的、近乎凝結的天地。春雨伴隨飛花片片，這原本該是蘊含著生
機的繽紛，卻被詩作的最後兩句點染上了無奈與愁思。相對於「故園」
的「郵亭」，相對於「春生」的「征途」，作者將一個春天的景色做了

〔註81〕參見沈德潛《明詩別裁集》卷六，（收自沈德潛等編《歷代詩別裁集》，
　　　　杭州：浙江古籍，1998年，第一版），頁327。此書爲本論文之重要
　　　　引用文本之一，故此後凡引自此書者，均於引文前標著書名，引文
　　　　後標明卷數與頁數，不另爲註。

不同空間的置換，就在這景語與詩意外，流露了一種悲愁與思鄉之情。於是沈德潛說：「詞不必麗，意不必深，而婉轉關生，覺得一種至情餘於意言之外。」（同上）這首詩不只有言外之意，更重要的是那豐沛流溢於言意之外的情感。從以上例子可以歸納出兩個訊息：第一、沈德潛說的「情」是「深情」、「至情」，是情感中的一種極致境界。第二、這樣的「情」必須以「微婉」或「婉轉」的方式展現，而與華麗的文辭使用技巧和詩意的深刻與否無關。

　　以第一點來說，在前文的論述中可知，沈德潛對於詩人「性情」的概念已經大致固定，內容應該包含了個體道德或善的自覺與趨向能力、理性思維能力、個性與情感等部分。其中「情」的部分就是「情感」。中國哲學與文學家曾對於「情」做過相當豐富的討論，在第一節中筆者已經提過。「情」主要是指人的喜怒哀樂愛惡欲等情感而言。但是，要成爲詩歌作品的情感不該只是「情」，而應該具備了某種能感動人與引起共鳴的特性。「情」的感染力與共鳴性會隨著「情」的強度增加而成長。「深情」與「至情」乃是將「情」的強度推至一個極致的境界，故而其所蘊含的力量亦極爲豐富而強盛。沈德潛強調的「深情」與「至情」，以及他在論述此二者時所搭配論述的「意言」、「語」等概念，無疑展現了詩學中「情在言外」的主張。以第二點來說，主要是強調深婉變化，忌直露無餘的表現方式。這樣的方式可以增加情感的動人力量。沈德潛在此強調詩歌中的「情」，主要是爲了呼應詩的教化功能，就「詞則托之男女，義實關乎君父友朋」而發揮。他選王佐〈宮怨〉詩曰：

　　　芙蓉帳冷減容光，愁倚熏籠嬾著床。寒氣逼人眠不得，
　　鍾聲催月下斜廊。（卷三，頁 315）

四句詩描繪四幕不同的畫面，藉以呈現「宮怨」的「怨」的主題。香暖的芙蓉帳因爲君王的缺席而減損了它的光彩，宮娥只能無精神地、心懷愁怨地倚床等待。夜越來越深，君王駕臨的希望越來越渺茫，夜的寒意讓人難以入睡，轉眼間，月沈日升，天又將亮了，宮娥的青春

與美好的生命就在夜夜的等待中逐漸消逝。沈德潛認為這首詩「似少言外意，而寫情逼眞。」（同上）詩盡，意也盡了。然而，寫宮娥之情卻十分貼近。「言外之意」與「情」都是沈德潛所肯定的詩歌審美標準，而在這裡可以看出他「情」先於「言外之意」的取捨標準。如果作品文字能傳達近乎眞實的情感，少了一些言外之意是可以被接受的。這樣的看法使得沈德潛在選詩評詩上更具有彈性。沈德潛同時也對「情」的內容作了闡發，他選歸子慕〈歲暮別諸生〉詩：

> 惻惻不可道，臨期但依依。常恐語言多，貌勝中情微。感茲寒色屬，北風吹爾衣。歲暮家室情，各各念爾歸。群居雖云樂，人情諒難違。所患不同心，不會相見稀。尼父重久要，如醴久已非。勗哉儀先民，雅道庶可幾。（卷九，頁347、348）

從想念對方，期待他的歸來，說到人與人之間的關係並不在於相處時間的多寡，而是在於心靈情感是否相通。最後說到要以先民為模範，希望能達到遠古時期那種理想中的人際關係。沈德潛評曰：「人人胸臆中語，便是至情。」（同上）此處他以各人胸臆中的情感思想的自然流出，認為是至情的展現，根據沈德潛對於「性情」的認知，以胸臆等同至情的說法，無疑是從另一個角度說明了人的「性情」（或胸臆）中所承載的情是值得肯定的。這是沈德潛以自己對篩選過後的「情」來評論詩歌的具體落實。

第三節　入仕與致仕後詩歌評選中的「性情」觀

一、《杜詩偶評》中杜甫「性情面目」的呈現

　　乾隆四年（1739），沈德潛終於以六十七歲的高齡中了進士，也標誌著他生命中另一段歷程的開始。一般來說，計算沈德潛在朝為官的日子大多從這一年起到乾隆十四年（1749）止。乾隆十四年，因為沈德潛的舊疾未癒，在考量他的身體狀況之後，乾隆允許他「歸享林

泉之樂」。〔註82〕從此之後，沈德潛進入了他的退休生活。雖云退休，但沈德潛與乾隆之間的互動並未因此減少。君臣間的書信往來、詩歌唱和依舊，乾隆前幾次南巡，沈德潛也都在接駕之列。兩人會面晤談，內容從詩歌到國計民生，可說十分廣泛。〔註83〕筆者以為，雖然致仕後，沈德潛與朝廷、與乾隆有著空間上的距離，對於政治的直接參與度也降低了。但是因為仍與乾隆保持著良好的互動，所以從這一點來看，沈德潛的地位與權力有了形式上的轉變，但是實質上的出入並不太大，乾隆對於沈德潛的封賞也不因為他離開了朝廷而有所減少。也因此，筆者將入仕與致仕之後劃歸為一個階段來看待。

　　根據《杜詩偶評》〔註84〕序，此書編選的時間應該是在乾隆十二年（1749）八月，而年譜記載《杜詩偶評》的刻成時間是在乾隆十八年（1753），這本書是沈德潛在朝為官期間唯一的一本作品，本書

<hr>

〔註82〕 沈德潛自訂《年譜》記載：「十四年己巳，年七十七，患噎未癒，上命大司馬梁詩正傳旨：『沈德潛不必到上書房，許其歸享林泉之樂。朕與之以詩始，亦以詩終。令其校閱詩稿畢起行。』」

〔註83〕 例如《年譜》記載：「乾隆十六年辛未，年七十九，掌紫陽書院。二月，接駕於江清直隸場，繳進恭和御詩，旋召見於武帳中，垂問身體康健、吳民勞苦否。隨一一奏對。上頷首，諭令先面頃之賜綢緞各兩匹，蔘一斤，貂皮四張。次日賜七言詩一首，中云：『玉皇案吏今煙客，天子門生更故人。別後詩裁經細檢，當前民瘼聽頻陳。』第四語緣昨陳民間疾苦也。……上諭在籍食原品俸，惜臣之貧，勵臣之節，愧無以報稱。六月，和御製詩畢，進呈。十一月至京，上召見，賜坐問年歲、米價及封疆大臣。從古無君序臣詩者，傳之史冊，後人猶歎羨矣。」乾隆二十二年，乾隆南巡，德潛代陳吳中百姓謝再生之恩，備陳民間疾苦。賜詩：「星垣帝友豈無友，吳下詩人尚有人」。加尚書，旨云：「禮部侍郎沈德潛，致政歸里，年逾八旬，實稱蓬瀛人瑞。今來接駕，著加禮部尚書職銜，以示眷念老臣之意。」

〔註84〕 《杜詩偶評》主要盛行於日本，今日可見的版本有二，皆出於日本。一為京都書肆千鍾房藏版；一為京都文求堂藏版。前者今有影印本，與渡會末茂所撰《杜律評叢》合為一本。為京都中文出版社出版。後者有廣文書局影印本，然易名為《杜詩評鈔》，並附錄大家合評，此為前者所無。然京都書肆千鍾房藏版前有沈德潛自序，以及潘森千之凡例，此為京都文求堂藏版所無，故筆者乃採用京都書肆千鍾房藏版，凡於後文中引用者，均只卷數與頁數，不另為註。

對於杜甫詩的選評多為後來的《重訂唐詩別裁集》所採用，〔註85〕再加上序言中說明此書乃是沈德潛多年以來的讀杜心得，〔註86〕因此我們可以將此書視為沈德潛對於杜詩的總體概念呈現。

潘森千在凡例中說：「歸愚先生不專一體，取其風雅騷人相表裡者，獨得少陵性情面目。」（《杜詩偶評》頁5）說明沈德潛是抱持著一個寬廣的態度來選杜詩，態度雖然寬廣，但其原則是與「風雅騷人相表裡」，也就是符合《詩經》風雅傳統以及楚《騷》特色的作品。潘森千並且舉例說明何者可展現杜甫之「性情面目」，他說：

> 欲知人論世，當於許身稷契，致君堯舜，念松柏於邛山，哭故交於旅櫬，與夫悵弟妹之流離，懷妻孥之阻絕，一切興觀群怨，事父事君之處求之。先生所選評，總之不失此意。（頁6）

歸納引言中所說，可以得出杜甫之「性情面目」的幾個面向。「許身社稷，致君堯舜」是杜甫憂國憂民的胸懷；「念松柏於邛山，哭故交於旅櫬」是杜甫對友誼的真誠；「悵弟妹之流離，懷妻孥之阻絕」則是杜甫對親情的重視。末以孔子論《詩》以「興觀群怨」、「事父事君」兩者結之，足見杜甫之「性情面目」當為杜甫之完整生命的呈現，非只就政治社會層面來立論。從這個基礎出發，以下筆者將就《杜詩偶評》中所呈現之杜甫具體形象來說明其「性情」的內容。

首先，在卷一中，沈德潛選了〈奉呈韋左丞丈二十二韻〉詩：

> 紈袴不餓死，儒冠多誤身。丈人試靜聽，賤子請具陳。甫昔少年日，早充觀國賓。讀書破萬卷，下筆如有神。賦料揚雄敵，詩看子建親。李邕求識面，王翰願卜鄰。自謂頗挺出，立登要路津。致君堯舜上，再使風俗淳。此意竟蕭條，行歌非隱淪。騎驢三十載，旅食京華春。朝扣富兒門，暮隨肥馬塵。殘杯與冷炙，到處潛悲辛。主上頃見徵，

〔註85〕參見附表二、三。

〔註86〕《杜詩偶評》序：「予少喜杜詩而未能即通其義，常虛心順理，密詠恬吟以求之，不遑泛濫，不蹈鑿空，尤不敢束縛馳驟。惟於情境偶會，旁通證人處，隨手箋釋。日月既久，漸次貫穿。」頁2。

欻然欲求伸。青冥卻垂翅，蹭蹬無縱鱗。甚愧丈人厚，甚
知丈人眞。每於百僚上，猥誦佳句新。竊效貢公喜，難甘
原憲貧。焉能心怏怏，祇是走踆踆。今欲東入海，即將西
去秦。尚憐終南山，回首清渭濱。常擬報一飯，況懷辭大
臣。白鷗沒浩蕩，萬里誰能馴。（卷一，頁 20、21）

唐玄宗天寶七年（748），韋濟任尚書左丞前後，杜甫曾贈過他兩首詩，
希望得到他的提拔。韋濟雖然很賞識杜甫的詩才，卻沒能給以實際的
幫助，因此杜甫又寫了這首詩，先說明自己的困境，再陳述青年時期
的豪情壯志，但現實生活卻逼得他不得不低頭。杜甫自二十四歲（735）
在洛陽應進士試落選，到寫詩的時候已有十三年了。特別是到長安尋
求功名也已三年，結果卻是處處碰壁，有志難伸。對照那些高官富家
子弟，杜甫這個有理想卻無背景勢力的年輕人，在仕途這條道路上走
的跌跌撞撞。此時的杜甫就像一隻鵬鳥，雖有寬闊青冥，卻不得展翅。
如今，他不得不做最後一次的努力，如果再得不到發展的空間，自己
就將隱世。隱世本非所願，然若不能受到重用，獲得一展抱負的舞台，
那麼與其在京城過著抑鬱的日子，還不如順著自己的本性，做個無人
能馴、遨翔千里的白鷗。沈德潛評曰：「抱負如此，終遭阻抑，然其
去也，無怨懟之辭，有遲遲我行之意，可謂溫柔敦厚矣。作詩需得此
意。末見浩然一往，雖知己亦不能留，感知與潔身並行不悖者在也。」
（同上）沈德潛從杜甫抱負之大，遭遇之扼，以及他面對挫折時的反
應，肯定杜甫的「溫柔敦厚」的性情。常人有遠大志向者，如時不我
與，多有憤世疾俗之舉，像杜甫這般，能調適自我情緒情感反應者，
定因其具有溫柔敦厚之性情，方爲能之。杜甫「性情」之「溫柔敦厚」
在於他面對外界所給予的挫折與不公平對待時，並不採取疾言厲色或
是言詞上激烈的反應，而是將強烈的情緒情感，經過沈澱後，以適當
的方式發抒之。從另一方面來說，杜甫具有「貧賤不移、威武不屈」
志節，也努力在生存的環境中展現自我，更具備了崇高的道德、學識
與修養。這樣的人知道什麼應該堅持，什麼可以放棄，所以說「感知

與潔身並行不悖」正在於此。

在〈自京赴奉先縣詠懷五百字〉詩中，可以看到杜甫憂國憂民、許身稷契的胸懷，以及洞燭機先的敏銳觀察，詩云：

> 杜陵有布衣，老大意轉拙。許身一何愚，竊比稷與契。居然成濩落，白首甘契闊。蓋棺事則已，此志常覬豁。窮年憂黎元，歎息腸內熱。取笑同學翁，浩歌彌激烈。非無江海志，蕭灑送日月。生逢堯舜君，不忍便永訣。當今廊廟具，構廈豈云缺。葵藿傾太陽，物性固莫奪。顧惟螻蟻輩，但自求其穴。胡為慕大鯨，輒擬偃溟渤。以茲悟生理，獨恥事干謁。兀兀遂至今，忍為塵埃沒。終愧巢與由，未能易其節。沈飲聊自適，放歌頗愁絕。歲暮百草零，疾風高岡裂。天衢陰崢嶸，客子中夜發。霜嚴衣帶斷，指直不得結。凌晨過驪山，御榻在嵽嵲。蚩尤塞寒空，蹴蹋崖谷滑。瑤池氣鬱律，羽林相摩戛。君臣留歡娛，樂動殷膠葛。賜浴皆長纓，與宴非短褐。彤庭所分帛，本自寒女出。鞭撻其夫家，聚斂貢城闕。聖人筐篚恩，實欲邦國活。臣如忽至理，君豈棄此物。多士盈朝廷，仁者宜戰慄。況聞內金盤，盡在衛霍室。中堂舞神仙，煙霧散玉質。煖客貂鼠裘，悲管逐清瑟。勸客駝蹄羹，霜橙壓香橘。朱門酒肉臭，路有凍死骨。榮枯咫尺異，惆悵難再述。北轅就涇渭，官渡又改轍。群冰從西下，極目高崒兀。疑是崆峒來，恐觸天柱折。河梁幸未坼，枝撐聲窸窣。行旅相攀援，川廣不可越。老妻寄異縣，十口隔風雪。誰能久不顧，庶往共飢渴。入門聞號咷，幼子飢已卒。吾寧舍一哀，里巷亦嗚咽。所愧為人父，無食致夭折。豈知秋未登，貧窶有倉卒。生常免租稅，名不隸征伐。撫跡猶酸辛，平人固騷屑。默思失業徒，因念遠戍卒。憂端齊終南，澒洞不可掇。（卷一，頁30～33）

這首詩堪稱是杜甫五言古詩中的代表之一。杜甫自京赴奉先縣，是在天寶十四年（755）的十月、十一月之間。是年十月，唐玄宗攜楊貴

妃往驪山華清宮避寒，十一月，安祿山即舉兵造反。杜甫途經驪山時，玄宗、貴妃正在享受一切，殊不知安祿山的叛軍已鬧得不可開交。當其時，安史之亂的消息還沒有傳到長安，然而詩人途中的見聞和感受，已經顯示出動亂的端倪。所以千載以後讀了這首詩，誠有「山雨欲來風滿樓」之感。詩大至可分爲三段，從開頭至「放歌破愁絕」爲第一段，先從反面入年說自己的「拙」與「愚」，雖然歷經許多挫折，但是仍不改初衷，以致於處境愈發困頓與艱難。在旁人的眼裡，自己雖然「拙」、「愚」不堪，但是只有杜甫自己知道他的心願與堅持爲何。接著說明雖然自己遭遇許多困頓，但是仍然不願放棄，只因身當有爲之時，有堯舜之君在，故不可輕言放棄。又因「憂黎元，希稷契」就如同向日葵之趨光一般，乃自己的本能所發，因此不論世事多麼艱難，杜甫仍保持了積極進取的態度。但現實是這種態度使杜甫面臨進退不得的困境，所以不得不沈飲自遣，放歌遣愁。

第二段從「歲暮百草零」起至「惆悵難再述」止，這一段，記敘描寫與議論並同。沈德潛說：「從行路所經，傳出胸中鬱結，言外隱憂。」（頁32）杜甫首先仔細地描繪了華清宮的富麗堂皇，以及玄宗君臣的宴樂。然而，那些皇帝分賞群臣的帛布，一絲一縷都出於寒家女之手，朝廷卻用橫暴鞭韃的方式攫奪來，然後再由皇帝分賞群臣，叫他們好好地爲朝廷效力。群臣如果忽視了這個道理，辜負國恩，豈不等於白費了嗎？然而袞袞諸公，莫不如此，怎能不令仁者顫觫？文武百官如此，中樞內院的情況也不見得好到哪兒去。楊氏一家的豪奢又豈是一語能道盡！相對於朝廷的作爲，老百姓們過的卻是悲慘的日子，「朱門酒肉臭，路有凍死骨」表達了杜甫赤裸裸的不滿。故沈德潛說：「事勢至此，雖欲不亂，不可得也。」（頁32）

第三段從「北轅就涇渭」至末尾。先說一路回家途中所見的景象，再述到家之時的情形。一進門，面對的就是嚎啕的哭聲，以及幼子不幸餓死的噩耗。做父親的人無力使自己的孩子溫飽，而使之飢餓致死，這是多大的諷刺、慚愧與悲哀。時節過了秋收，糧食原不該缺乏，

但窮人仍不免有倉皇挨餓的。杜甫的處境的確艱難，但他總還是個官，雖然可以免租稅和兵役，然尙且如此狼狽，一般平民擾亂痛苦不安的情況，自必遠遠過于此。弱者塡溝壑，強者想造反，都是可以預期的。果不其然，不久之後，顚覆唐帝國的安史之亂就發生了。沈德潛評整首詩說：「前敍抱負，次述道途所經，末述到家情勢，身際困窮，心憂天下，自是希稷契人語也。中間敍事夾議論以行，此種詩深得變雅之體。」（頁 33）評語除了分析此詩的結構，同或指出杜甫「性情」中對於社會國家人民的深刻觀察與滿心關懷。正因爲有此「性情」，所以詩才有變雅的風格與體式。

　　除了社會國家與人民外，杜甫對於友誼的眞誠也是有目共睹的，沈德潛選杜甫的〈送鄭十八虔貶台州司戶傷其臨老陷賊之故厥爲面別情見於詩〉詩：

　　　　鄭公樗散鬢成絲，酒後常稱老畫師。萬里傷心嚴譴日，
　　百年垂死中興時。蒼黃已就長途往，邂逅無端出餞遲。便
　　與先生應永訣，九重泉路盡交期。（卷四，頁 216）

杜甫與鄭虔爲忘年之交，兩人的感情相當好，杜甫對鄭虔亦十分尊崇，他曾讚許鄭「才過屈宋」、「道出羲皇」、「德尊一代」。〔註 87〕安史之亂以前，鄭虔始終沒被重用。安史亂中，又和王維等一大批官員一起，被叛軍劫到洛陽。安祿山給他一個「水部郎中」的官銜，他假裝病重，一直沒就任，還暗中給唐政府通消息。可是當洛陽收復，唐肅宗在處理陷賊官員問題時，卻將他定了罪，貶爲台州司戶參軍。杜

─────────────────────────────

〔註 87〕杜甫有〈醉時歌〉說明他與鄭虔的交情及他對鄭虔的評價，詩云：「諸
　　　　公袞袞登臺省，廣文先生官獨冷。甲第紛紛厭梁肉，廣文先生飯不
　　　　足。先生有道出羲皇，先生有才過屈宋。德尊一代常坎軻，名垂萬
　　　　古知何用！杜陵野客人更嗤，被褐短窄鬢如絲。日糴太倉五升米，
　　　　時赴鄭老同襟期。得錢即相覓，沽酒不復疑。忘形到爾汝，痛飲眞
　　　　吾師。清夜沉沉動春酌，燈前細雨簷花落。但覺高歌有鬼神，焉知
　　　　餓死塡溝壑。相如逸才親滌器，子雲識字終投閣。先生早賦《歸去
　　　　來》，石田茅屋荒蒼苔。儒術於我何有哉？孔丘盜跖俱塵埃！不須聞
　　　　此意慘愴，生前相遇且銜杯。」（《杜詩偶評》卷二，頁 99、100）

甫爲此，寫下了這首「情見於詩」的七律。因爲杜甫與鄭虔相交甚深，對於他的爲人也最瞭解，因此對於肅宗的裁定表示了他的不滿。杜甫以「嚴譴」兩字說明了鄭虔所遭受的待遇的不公平性，尤其，鄭虔當時已經年老，對於這樣一位老臣，肅宗居然將他「嚴譴」到萬里以外的台州，眞是情何以堪。本來安史之亂平定後，應該是享受太平的日子了，但是這時的鄭虔卻被遠貶台州。這次的貶謫，不僅不公平，而且執行得非常倉促，讓杜甫這個作朋友的都沒來得及送行。台州路途的遙遠，加上鄭虔的年老，這一別幾乎就是永訣了。對於這位好朋友，杜甫有著深厚的情感與無限的珍惜，雖然不能活著見面，但願我們能在九重之下再度相知相惜。從這首詩中可以看出杜甫對友誼的眞誠以及重視，在皇權不容挑戰的當時，杜甫卻爲了朋友發出正義之聲，實爲難能可貴。

杜甫與李白的交誼也十分深厚，天寶五年（746）到六年（747）間，杜甫在長安就曾寫下〈春日憶李白〉說明他對於李白的讚美。〔註88〕沈德潛選杜甫〈夢李白二首〉詩：

死別已吞聲，生別常惻惻。江南瘴癘地，逐客無消息。故人入我夢，明我長相憶。恐非平生魂，路遠不可測。魂來楓林青，魂返關塞黑。君今在羅網，何以有羽翼？落月滿屋梁，猶疑照顏色。水深波浪闊，無使蛟龍得！（卷一，頁 61、62）

浮雲終日行，遊子久不至。三夜頻夢君，情親見君意。告歸常局促，苦道來不易。江湖多風波，舟楫恐失墜。出門搔白首，若負平生志。冠蓋滿京華，斯人獨憔悴！孰云網恢恢？將老身反累！千秋萬歲名，寂寞身後事。（同上，頁 62）

乾元元年（758），李白流放夜郎，二年春行至巫山遇赦，回到江陵。杜甫遠在北方，只聞李白被流放，不知白已被赦還，憂思拳拳，久而

〔註88〕杜甫〈春日憶李白〉：「白也詩無敵，飄然思不群。清新庾開府，俊逸鮑參軍。渭北春天樹，江東日暮雲。何時一樽酒，重與細論文。」（《杜詩偶評》卷三，頁 163）

成夢。第一首寫初次夢見李白時的心理，表現對故人吉凶生死的關
切；第二首寫夢中所見李白的形象，抒寫對故人悲慘遭遇的同情。第
一首從沒有故人消息，寫到因思念李白至極，所以夢之。李白之入夢，
亦當因知己之思念極矣。故沈德潛評「明我長相憶」與「情親見君意」
兩句說：「『明我長相憶』、『情親見君意』此兩人精神感通處。」（同
上，頁 62）接著寫夜郎地多瘴癘，李白怎得以入我之夢？難道是李
白已死，眼前的形象不知是生還是死，寫出了詩人既欣慰又憂慮恐懼
的心情。第二首寫的是之後的日子中，杜甫又復夢見李白，這一定是
李白對自己的思念，故頻來夢中相會。夢中的李白常告訴杜甫，自己
來這一趟實在是不容易，路途風波大，很怕舟楫就此翻覆，便再也不
得相見了，此與前言江南地多瘴癘，所以似嬰羅網不能離等意思相呼
應。夢中李白的幻影，給詩人的觸動太強太深了，每次醒來，總是愈
思愈憤懣，愈想愈不平，終於發出「冠蓋滿京華，斯人獨憔悴！孰云
網恢恢？將老身反累！」的浩歎。高冠華蓋的權貴充斥長安，唯獨這
樣一個了不起的人物，獻身無路，困頓不堪，臨近晚年更被囚放逐，
連自由也失去了，還有什麼正義真理可言！生前遭遇如此，縱使身後
名垂千古，人已寂寞無知，夫復何用！「千秋萬歲名，寂寞身後事。」
在這沉重的嗟嘆之中，寄托著對李白的崇高評價和深厚同情，也包含
著詩人自己的無限心事。從杜甫對李白的思念中可以看出他們兩人情
誼之深重，以及惺惺相惜的心情。

　　再來是杜甫從親情中所展現的「性情」。沈德潛選杜甫〈月夜〉
詩：

　　　　今夜鄜州月，閨中只獨看。遙憐小兒女，未解憶長安。
　　香霧雲鬟濕，清輝玉臂寒。何時倚虛幌，雙照淚痕乾？（卷
　　三，頁 168、169）

天寶十五年（756）六月，安史判軍攻陷潼關，杜甫帶著妻小逃到鄜
州。七月，肅宗即位於靈武，杜甫便於八月間離家北上延州，企圖趕
到靈武，為平叛效力。但當時叛軍勢力已擴張到了鄜州以北，他啟程

後不久，就被叛軍捉住，送到淪陷後的長安。望月思家，寫下了這首千古傳誦的名作。雖然被擒，但杜甫擔心的不是自己失掉自由、生死未卜的處境，而是妻子對自己的處境如何焦心。所以神馳千里，不寫長安月，而直寫「今夜鄜州月，閨中只獨看」。妻子身邊雖有兒女，但是年紀尚小，不懂得人生的生離死別之憂，因此縱使有兒女在，閨中的妻子看月思君的心情仍是孤獨的。況且兒女尚小，不能爲母親分憂，妻子獨自擔心受怕，還要照顧兒女，杜甫的心中對此更爲憐惜。下面通過妻子獨自看月的形象描寫，進一步表達「憶長安」。霧濕雲鬟，月寒玉臂，望月愈久而憶念愈深，甚至會擔心她的丈夫是否還活著，怎能不熱淚盈眶？當想到妻子憂心忡忡，夜深不寐的時候，自己也不免傷心落淚。兩地看月而各有淚痕，於是最後發出希望結束這種痛苦生活的希望，能夠再與家人團圓。對於妻子，杜甫有著無限深情。他站在妻子的角度思考外界環境變化所帶來的心情轉變。動盪的時局中，家人能夠相守在一起，有時是一種奢求。杜甫本來與家人一同逃難，雖然時尚動盪，生活環境惡劣，但一家人總還在一起，一切的艱苦都可以共同承擔與分享。但是這時的杜甫，因爲自己的選擇離開了家人，卻不幸落入賊手之中，雖然妻子並不知情，但是對於遠行在外的丈夫，總是多一分牽掛。每思至此，便讓杜甫對於愛憐與愧疚及對兒女的思念更深一層。詩中的杜甫，是一個深情的丈夫、愛子的父親，這種對於家人的愛念正是杜甫「性情」的展現。

沈德潛又選杜甫〈月夜憶舍弟〉詩：

　　　　戍鼓斷人行，邊秋一雁聲。露從今夜白，月是故鄉明。
　　有弟皆分散，無家問死生。寄書長不達，況乃未休兵。（卷
　　三，頁200）

這首詩是乾元二年（759）秋杜甫在秦州所作。這年九月，史思明從范陽引兵南下，攻陷汴州，西進洛陽，山東、河南都處于戰亂之中。當時，杜甫的幾個弟弟正分散在這一帶，由於戰事阻隔，音信不通，引起他強烈的憂慮和思念。故鄉銘刻了兄弟們共同成長的經驗，望鄉

正所以思人。但是在戰亂中，這份思念不再是甜美溫馨，而變成了無邊際的牽掛，雖有兄弟卻分散各處，甚至連生死都難以尋得。「有弟」與「無家」形成了一種人世間的弔詭。蔡瑜在《中國抒情詩的世界》中說：「杜甫是一位最重倫理親情的詩人，深重的情義在戰亂時節更加煥發出動人的光彩。……手足之情或許正是一種朝夕相處、習焉而不察的情感，一旦面臨生活的變故，油然而生的牽念，總是最為真摯的。」〔註89〕正是杜甫對親情的最佳解讀。

二、《清詩別裁集》對「性情」與「真」兩者關係的討論

《清詩別裁集》（乾隆十九年選，二十二年成書）可說是在沈德潛的「詩教」選評標準下，對於當代詩歌的一個檢閱。又因為此書完成之後，曾經進獻給乾隆皇帝御覽，而導致了再度的刪改，〔註90〕因此也可以視為沈德潛與乾隆之間對於詩學，乃至於詩學以外的一些觀念的一種溝通。

在《清詩別裁集》的凡例中，沈德潛對於「性情」作了以下的論述，他說：

> 詩必原本性情，關乎人倫日用及古今成敗興壞之故者，方可為存。所謂言之有物也。若一無關係，徒辦浮華，又或叫號撞搪以出之，非風人之指矣。（頁365）

沈德潛再次重申詩歌的基礎是「性情」，但是只有「性情」並不能為

〔註89〕蔡瑜《中國抒情詩的世界》，（台北：台灣，1999，初版），頁75。

〔註90〕《清詩別裁集》在沈德潛評選完之後，又在乾隆的主導下進行了對沈德潛版的再次編選。根據《年譜》記載，乾隆皇帝看過沈德潛編選的《國朝詩別裁集》之後，說：「國朝詩選不應錢謙益冠籍，又錢名世詩不應入選，慎郡王詩不應稱名。今已命南書房諸臣刪改，重付鏤刻，外人自不議論汝。」故可知《清詩別裁集》乃在乾隆授意主導下，由南書房大臣重新刪改。今日兩個版本均可見，除收入《歷代詩別裁集》之版本為沈德潛初編版之外，其餘可見的版本大多為乾隆刪改之後的版本。為求忠於沈德潛原意，本論文採用沈德潛初編版。

詩。朱光潛在《談文學》中這樣說道：「渾身都是情感不能保障一個人成爲文學家，猶如滿山都是大理石不能保障那座山有雕刻，是同樣的道理。」〔註91〕朱光潛說的雖然是「情」與「辭」的關係，而非「性情」與「辭」。然而，從前文的論述可知「性情」中也具有「情」的成分，故筆者以爲可以用同樣的邏輯來套用之。朱光潛的比喻說明了「情」不能夠直接成爲「辭」，也就是說，如果一個作家讓他的生糙的情感「自然流露」的話，結果一定會像一個掘石的工匠，而不是雕刻家。雕刻家之所以成爲雕刻家不只是因爲他有情感，更因爲他將這種情感運用思考的能力做了有意義的排比、去取與整理，然後再選擇最適當的方式與材質表現出來，使之成爲一個藝術品。詩人也是。詩人有其獨特的「性情」，可以做爲詩歌創發的基礎。但是詩歌的創作不僅只是「性情」的自然流露，還必須透過思考的過程，賦予個人的情感以意義，然後選擇適當的文字表達出來。這個將「性情」加工的部分，就是沈德潛所說「關乎人倫日用及古今成敗興壞之故者，方可爲存。所謂言之有物也。」這些「言之有物」的作品是經過了理性思維對於題材、情感等的淘洗、檢擇之後的成品，因此具有社會性、共同性，而「詩教」正必須由這些作品才能展現它的功用。雖然我們知道沈德潛論詩重「詩教」，但是將性情與人倫日用、古今成敗作強力的連結，並且明確指出詩應有「風人之指」一點，除了《說詩晬語》中所言「詩本六籍之一，王者以之觀民風、考得失，非爲豔情發也。」之外，此處當是最爲直接表明其「性情」與「詩教」的關係的言論。

　　沈德潛在《清詩別裁集》中，對於之前所談論過的議題，如「深情」、「至情」、「性情之正」、「性情」等詞都納入評論的使用中。如選沈永令〈再次淮上對月〉詩：「半年沙塞月，今夜映長淮。砧杵深閨夢，關山旅客懷。遙知燈下卜，敲斷鬢邊釵。何日花前影，清光共玉階。」（卷二，頁382）沈德潛評曰：「今夜鄜州月，念閨中之懷遠。

〔註91〕朱光潛《談文學》，（合肥：安徽教育出版社，1996年9月，第一版），頁112、113。

此寫客中之念家，境地相同，深情宛合。」（同上）；選潘高〈憶幼子〉云：「憶我去多時，種麥來溪田。小兒才五歲，叱叱揚耕鞭。……今春忽假館，僻近西山偏。牽衣頻送我，正傍溪田邊。……自從別家來，歲月如流遷。麥今已可刈，兒今共誰憐。我意欲反權，遇事苦迍邅。懷鄉方佇立，東望惟雲煙。」（卷八，頁426）沈德潛評曰：「慈愛至情，委曲傳出。」（同上），寫的是父親對於孩子的思念之情；選高其倬〈行役曉發〉詩：

> 人生重離別，況我親衰時。升堂告行役，暗淚腸中垂。
> 未言向何處，先說還家期。慈親起送我，語好顏色悽。愛
> 我不便哭，願我平安歸。家貧萬事乏，供饋倚病妻。……
> 男兒羞低顏，舍子將語誰。在家同一愁，出門成兩悲。……
> （卷十八，頁500、501）

人對於離別的記憶與情感總是很強烈的，何況這次離別時，父母都已年邁體衰，因此，能否再相見就增添了許多不確定因素。在這樣的背景下，親子與夫妻間的互動就更顯得不捨與哀戚。作孩子的不願年邁的雙親擔心，因此先說歸期以安撫之；作父母的唯恐孩子難過，因此強忍淚水，只叮囑孩子平安歸來。男主人離家，經濟的重擔就落在貧病的妻子身上。看到為了家庭吃苦耐勞的妻子，男主人雖然不在她身邊，但是對她所承受的壓力仍然感同身受，對她所付出的一切也點滴在心頭。沈德潛評曰：「舍至情無以成詩。先寫慈親之慈，次寫閨中之賢，萬事倚託，字字從心坎流出，與東野〈遊子吟〉可以並讀。」（同上）這些親子、夫妻間看似平常的互動，卻流露出最真實而深沈的情感。除此之外，沈德潛選施閏章〈祀蠶娘〉詩云：

> 華燈白粥陳樹漿，田家女兒祀蠶娘。顦剌繡裙與娘著，
> 使我紅蠶堆滿箔。他家織縑裁羅襦，妾家賣絲充官租。餘
> 作郎衣及兒襖，家貧租重還有無。蠶時桑遠行多露，好傍
> 門前種桑樹。（卷三，頁383）

古代農業社會，男耕女織，婦女在家養蠶織布也成為家中經濟來源支柱之一。別家織布是為了裁製新衣，但是我家的織品卻要變賣轉充官

租，納租所剩則作為丈夫與孩子的衣料，只是家貧而租重，不知道還能剩餘多少。婦人心裡想的全是家人，有東西讓家人先享用，他這樣犧牲自我以家人為先的態度，沈德潛評曰：「比張王樂府，轉見性情之正。」從以上這些例子可以發現，沈德潛在此特別著重親子、家人之間的情感，不論是作客在外，心念家人的遊子、思念孩子的父親、告別雙親與妻子遠行的男子，還是一切以家人為先的婦人，他們所展現出來的情感是沈德潛認為表述「性情」的最好例子。親情的範圍涵蓋了所有的家人，而家人則以血緣以姻親關係相連結。從某方面來說，親情是人類最原始、最直接也最自然流露的情感。這種情感的真摯是無可置疑的。而其與「詩教」的關係又是如何呢？討論這個問題前，我們必須先瞭解親情如何而有教化的可能性。林安梧在〈儒家道德哲學的兩個向度——以《論語》中「曾子」與「有子」為對比的展開〉中提出了他的看法，他認為儒家道德哲學中有兩個不同的向度：「孝悌」、「忠信」。前者以有子為代表，以「血緣親情」為核心；後者以曾子為代表，以「社會正義」為背景。〔註92〕有子所說的脈絡是放在「家庭本位」下來思考的，擴而大之，也可說是放在「血緣性的縱貫軸」〔註93〕下來思考的，因此「孝悌」的重點落在「順德」二字上。他並且指出，「孝」原可以調適而上遂之，說成是一「生命根源的追溯與崇敬」，「悌」可以說成是一「順此生命根源而來的橫面連結」；「孝悌」可以是一「根源性的道德倫理」。〔註94〕「血緣親情」

〔註92〕林安梧〈儒家道德哲學的兩個向度——以《論語》中「曾子」與「有子」為對比的展開〉，（參見《哲學與文化》，二十九卷第二期，2002年2月），頁108。

〔註93〕林安梧認為「血緣性縱貫軸」乃由「血緣性的自然連結」、「人格性的道德連結」、「宰制性的政治連結」三者所構成，也可以經由「父」、「君」、「聖」三個字去把握。而這三個字分別代表了前述三種連結中最高位階的倫理、精神與文化象徵。（同上註），頁109。

〔註94〕林安梧〈儒家道德哲學的兩個向度——以《論語》中「曾子」與「有子」為對比的展開〉，（參見《哲學與文化》，二十九卷第二期，2002年2月），頁111。

指向的是一種根源性的道德倫理，而這種道德倫理是儒家道德哲學的兩個基礎之一，故可以推知，這種「血緣親情」必具有引導道德修養的能力，故可以爲教化之基礎。而詩書寫這樣的情感，呈現親人間的互動，將這種道德倫理以感性的方式置入讀者的心靈中，故而可以達到「詩教」的功能。

　　除了對於「性情」與「詩教」間的強力聯繫，以及對於之前相關概念的延續之外，在《清詩別裁集》中，沈德潛進一步提出了「眞」做爲詩歌創作的理想。首先，沈德潛說明了「眞」何以成爲詩歌創作的理想，他選盛錦〈別家人〉詩：

　　　伏雌烹罷勸加餐，秉燭喃喃語夜闌。點檢篋中裝裹具，
　預知別後寄衣難。（卷三十，頁611）

盛錦此詩切出了晚餐前後的時間，從「勸加餐」、「語夜闌」點出了作者與家人間的互動，是那樣的愛護對方，珍惜彼此相處的點點滴滴。臨別之時再次翻檢行李中的衣物，只因此次一別，相隔遙遠，經年不歸，連想要在寒冷時爲在外地的親人寄件防寒的衣物都那樣困難。後兩句雖然沒有對話，但彷彿家人叮囑的聲音就在耳旁。沈德潛評：「作六千里別，不得不預料寄衣之難。詩之動人，全在一眞字。」（同上）「眞」才是一首詩足以動人之處，而這個「眞」所描述的除了「性情」之外，別無他物。詩之動人與否，不僅在藝術方面有其價值，在「詩教」上亦有其作爲理論的根據與必要性。

　　那麼，「眞」與「性情」又有何關係？沈德潛在〈南園倡和詩序〉中說明了「性情」與「眞」兩者的關係，他說：「詩之眞者在性情，不在格律辭句間也。」（《歸愚文鈔》卷十三）詩的「眞」在於「性情」，不是格律辭章上的質樸自然。唯有發自於「直性情」的詩，才使作品達到「眞」的理想。沈德潛選方拱乾〈春聲〉詩說明「眞性情」對於作品的重要：

　　　在家愁聞砧，砧聲爲客衣。在客愁聞春，春聲爲客幾。
　　春本非惡聲，客耳自淒其。砧聲砧者苦，春聲聞者悲。此

地盡爲客，室家亦羈縻。邁此八月霜，稻梁同草衰。稗種
賤獨早，皮盡乃得糜。十斗舂一斛，家家急朝炊。兩舂一
口資，廿口將安資？夜長月色苦，冷澹無光輝。聲聲相斷
續，遠近聞一時。悲餘轉成喜，得食諒不遲。便作笙竽聽，
天風任爾吹。（卷一，頁 368）

對於在家的人來說，最怕聽到砧聲，因爲砧聲代表家中即將有人遠
行；對於即將客旅他鄉的人而言，則最怕聽聞舂聲，因爲舂聲背後反
映的不得溫飽的客旅悲情。這個地方絕大多數的人都要離開故鄉了，
在這秋霜將起的八月，正是青黃不接的時期，實在沒有什麼豐美的糧
食，只有一些粗糙的、可供餬口之物。這些作物的份量也不足，供給
了即將遠行物人後，家裡其他的人就要餓肚子了。儘管如此，舂聲仍
然此起彼落，遠近相聞。畢竟，離別是件大事，出了家門，不知道未
來的命運將會如何，因此，不管生活多麼困苦，總是要盡可能給即將
遠行的親人一頓溫飽。作者想必是即將遠行之人，對於未知的命運，
以及離別的哀傷，心中悲苦可以預見。但於悲極時一念之轉而爲喜，
喜的是早餐準備好的時間還不晚，也就是說，距離離別之時，仍有一
段可與家人相處的時間。因此原本愁苦的舂聲也化爲笙竽般的樂音，
心情也較爲釋然了。沈德潛評曰：「轉悲爲喜一層，從眞性情流出，
意盡語竭時忽然得此絕處逢生機也。」（同上）沈德潛認爲此詩原本
已意盡語竭，然轉悲爲喜之處，恰恰能救之。而此悲喜間的轉換並非
才學所能致，而是出於「眞性情」。可見，詩意與詩的語言文字有其
展現的極限，唯有「眞性情」能無限的延伸擴展，是救藝術之窮。這
裡必須要說明，說「眞性情」並非指「性情」還有「假」的存在。也
就是說，此處之「眞」並非眞假之眞，而當是眞摯之眞。徐復觀曾對
於「性情之眞」提出他的看法，他說：「感情之愈近於純粹而很少有
特殊個人利害打算關係在內的，這便愈近於感情的『原型』，便愈能
表達共同人性的某一方面。」﹝註95﹞依照徐復觀的意見來說，所謂「性

﹝註95﹞參見徐復觀《中國文學論集》，（台北：台灣學生，1974 年 10 月，再

情之眞」的「眞」，講求的是一種自然流露、未經計算衡量的即時情感反應，故「性情之眞」主要還是偏重「眞情」的部分。由「眞情」所發的詩自然會有「眞」的藝術展現。明‧薛瑄《讀書錄》說：

> 凡詩文出於眞情則工，昔人所謂出於肺腑者是也。如《三百篇》、《楚辭》、武侯〈出師表〉、李令伯〈陳情表〉、陶靖節詩、韓文公祭兄子老成文、歐陽公〈瀧岡阡表〉，皆所謂出於肺腑者也。故皆不求而自工，故凡作詩文，皆以眞情爲主。〔註96〕

所謂「眞情」就是出於肺腑的意思。詩文出於肺腑之言則不需要特意在寫作技法上求工，只要出於「眞情」就能擁有感動人心的力量。沈德潛選評朱柔則〈寄遠曲〉詩說：「性情既摯，詩安得不工。」（卷三十一，頁615）有眞摯的性情，詩歌就有了豐厚的價值基礎，這樣詩歌又怎能不佳？沈德潛評金義植〈懷三弟〉說：「詩品之高，不外一眞字，本乎性情則眞。」（卷二十九，頁 596）這裡沈德潛進一步說到了做爲藝術評價的詩品的高下，也在於「眞」，這於是便將藝術評判標準與「性情」連結起來了。沈德潛評王錫〈丁卯中秋〉說：「律詩之變，少陵已極，此又在少陵變體之外，發乎至情，格律不足以拘之也。」（卷二十一，頁 528）王錫此作在杜甫變體的律詩之外，離律詩正體更有距離。但是沈德潛不以形式風格的相近與否來取捨或判別律詩之高下，反而認爲只要有發乎至情的內容，作者就可以超越形式格律原本所可能形成的匡限，達到自成一家的境地。這種發乎至情至性的眞詩是不受一切格律羈絆的。那麼，這個本乎性情，足以動人，格律不能拘，並且能使詩品爲高的眞詩，其內容究爲何？沈德潛在對陳學洙〈閱省試錄見璋兒名喜而作此〉的評語中說明了這一點，他說：「詩到布帛菽粟，纔是眞詩。」（卷十五，頁 485）筆者以爲，沈德

版），頁88。
〔註96〕參見薛瑄《薛文清公讀書錄》卷四，（北京：中華，1985，新一版），90。

潛所謂「布帛菽粟」指的是眞實的生活事件與其相應的眞實情感而言。只有從眞實生活中取材，與社會人倫日用緊緊相關者，才能立基於眞實性情，也才能創作出動人的詩。唯有動人之詩可引發作者、作品與讀者間的共鳴，不論是在政教作用上，還是在情感的抒發與和諧上，能引發共鳴的詩才能達到「詩教」的目的。

三、重訂《唐詩別裁集》對「性情」的總結

　　康熙五十四年所選的《唐詩別裁集》，在乾隆二十八年時進行了重訂的工作，此時的沈德潛已經是九十一歲的老人了。在這四十八年間，沈德潛經歷了政治的洗禮，也藉著選評完成了大部分屬於他的「詩教」系統的建構。最後，他決定跳脫以時代爲主軸的方式，進行《唐詩別裁集》的重訂。這次重訂，標誌著沈德潛最終詩學的論點，也可說是他對於中國詩學的整體觀照，以及唐詩價值的再思考。在這樣的背景下，重訂《唐詩別裁集》中的「性情」意義就更能彰顯其重要性了。

　　「性情」意義經過初編《唐詩別裁集》的提出，一路下來，每次的詩歌選評中，沈德潛都會再對這個概念進行補充或詮釋。此處筆者所要討論的就是重訂《唐詩別裁集》中，沈德潛對於「性情」概念的最終認知爲何。經過翻檢之後發現，重訂《唐詩別裁集》中的「性情」觀，主要以「精神面目」與「眞性眞」兩種面向呈現，以下即舉例說明。

　　沈德潛於張九齡〈感遇九首〉詩題下這樣說：「感遇詩，正字古奧，曲江蘊藉，本原同出嗣宗，而精神面目各別，所以千古。」（重訂《唐詩別裁集》卷一，頁 62）沈德潛認爲，「感遇」這種詩類，原出於阮籍「詠懷詩」，陳子昂與張九齡之作所以能千古傳頌，乃是因爲各具有其獨特的「精神面目」。雖然沈德潛在用詞上與之前（「性情面目」）不同，但是在內容上應該都是指個體依其不同的性格與思想背景，所融合出的獨特風格而言。再來，對於陳子昂，沈德潛評以「古奧」；對於張九齡，則評以「蘊藉」。以下筆者將以實際作品爲例，比較兩人之「精神面目」有何不同。

　　首先，沈德潛以「古奧」形容陳子昂的「感遇詩」。「古奧」作為一種美學特質，其在情感的表達上是樸素而簡要的。它是一種特殊的美感，質樸自信，又顯示出征服的力度。陳子昂〈感遇詩〉第十一有云：

> 翡翠巢南海，雄雌珠樹林。何知美人意，驕愛比黃金。殺身炎洲裡，委羽玉堂陰。旖旎光首飾，葳蕤爛錦衾。豈不在遐遠？虞羅忽見尋。多才信為累，嘆息此珍禽。（重訂《唐詩別裁集》卷一，頁61）

遠在南海的翡翠鳥因為色彩斑斕的羽毛而受到眾人的喜愛，其價值甚至可與黃金相比，也因此招來了殺身之禍。雖然已經避居遠地，但是仍然受到捕捉與殺戮，這正是多才為累的寫照。陳子昂充分使用翡翠鳥的形象與遭遇，將其對於抱才之士所遭受到的對待與困境表達出來，情感質樸而語言簡潔，但卻予人以明確而有力的印象，正是沈德潛所謂「古奧」的特質。再來，沈德潛以「蘊藉」評價張九齡的「感遇詩」。何清在〈論文學活動的話語蘊藉特徵〉中將「話語蘊藉」的特徵分為三項：一、言約旨遠，含蓄凝練；二、模糊朦朧，含混多義；三、象徵暗示，意蘊深刻。〔註97〕也就是說，藉由有目的性的語言的使用，將作者的情思利用語言本身的特性，賦予更多或者更生動的意象與詮釋空間，這就是「蘊藉」。張九齡〈感遇詩〉第四有云：

> 孤鴻海上來，池潢不敢顧。側見雙翠鳥，巢在三珠樹。

〔註97〕何清〈論文學活動的話語蘊藉特徵〉，（參見《達縣師範高等專科學校學報》，第十四卷第四期，2004年7月），頁57～59。「言約旨遠，含蓄凝練」：文學話語的蘊藉特徵，首先就體現在把似乎無限的意味隱含或蘊蓄在有限的話語中，使讀者從有限中體會無限，突破言意的矛盾，達到文學藝術言說有限而審美意蘊無限的境界。「模糊朦朧，含混多義」：「含混」是文學話語使用中的歧異、複義或多義的現象，它體現了文學話語的蘊藉特徵，在表面單義而確定的話語中，蘊蓄著多重而不確定的意義。使讀者在閱讀作品時有多種理解的可能，所以「含混」是一種文學藝術特有的朦朧模糊的美學效果。「象徵暗示，意蘊深刻」：所謂象徵和暗示，就文學創作者來說，是一種使讀者接受其內心的生動體驗的方式，並指向著更深刻的意蘊。

　　矯矯珍木巔，得無金丸懼。美服患人指，高明逼神惡。今
　　我遊冥冥，弋者何所慕。（卷一，頁 62）

獨來獨往的鴻鳥，看到了巢居於三珠樹上的兩隻翠鳥，也看到了他們
可能的命運。因爲築巢於佳木之上，目標明顯，因此容易成爲攻擊的
對象。就好像華美的服飾容易遭受他人側目，過於聰穎的人就容易被
人神所憎惡。鴻鳥本身也是具有大才與遠見者，因此寧願放棄優渥環
境與華麗富貴的生活，遨遊於天地間，以避免災難。寧可孤獨，也不
願因貪圖一時享受而受牢籠、迫害，展現的是鴻鳥的智慧與自我期
許。詩中的「鴻鳥」就是才德之士，而「翠鳥」則是短視近利者，張
九齡先用比喻法，將書寫對象轉接在兩種鳥的形象上。再來，透過鴻
鳥的選擇傳遞出兩個意義：一是才德之士多受妒害；二是有智者當能
判別事物的價值性，並且維護自身的完整性、自主性與獨立性。以上
這些都是不藉由直接的陳述表達，而是由詩中生動的形象描寫所構設
出的隱含的詩意，所以說「蘊藉」。比較陳子昂與張九齡之作就可發
現兩人的不同。前者的語言藝術是質樸而有力的，後者則是細緻而傳
神的。前者的思想主旨在於批評、感嘆才德之士所遭受到的迫害與不
公，後者則是從現實法則中，強調維護才德之士自身的獨立與自主
性。沈德潛說他們的作品「精神面目各別」是有道理的。此外，沈德
潛在杜甫五言古詩的詩人小傳中也說道：「少陵詩陽開陰闔，雷動風
飛，任舉一句一節，無不見此老面目，在盛唐中允推大家。」（卷一，
頁 70）杜甫的詩，一字一句都有他的面目存在，這個「面目」應當
與《說詩晬語》中「面目」的使用方式與意義一致。嚴壽澂在〈詩聖
杜甫與中國詩道〉中提示了杜甫「面目」的由來，他說：「老杜之所
以爲詩聖，不在其『反映』什麼（不論是『現實』還是『時代』），而
在其言志以情性爲本，自胸襟自然流出。若無眞性情，而只是『反映』
社會現實，不論其反映如何深刻，算不得第一流的詩。」〔註98〕杜甫

〔註98〕嚴壽澂〈詩聖杜甫與中國詩道〉，（參見《國立編譯館館刊》，第三十
　　　卷，第一、二期合刊本），頁 121。

的眞性情就是他的面目之所在，也是他之所以爲詩聖的原因。眞性情
呈現個人獨特的「精神面目」，那麼在重訂《唐詩別裁集》中，沈德
潛又是如何看待「性情之眞」的？

　　沈德潛在孟郊五言古詩的詩人小傳中說：「東坡目爲郊寒島瘦。
島瘦固然，郊之寒過於高潔，鄰于刻削，其實從眞性情流出，未可與
島並論也。」（卷四，頁 86）顯然，沈德潛並不全然同意蘇軾所說「郊
寒島瘦」的意見。他認爲「鳥瘦」固然如是，但是「郊寒」乃是因爲
太過高潔，因此近於刻削，但是卻是從眞性情流出，故不應與賈島並
論。事實上，蘇軾在評論「郊寒島瘦」的同時，也認爲孟郊之詩乃「詩
從肺腑出，出則愁肺腑。」〔註 99〕關於這個出自肺腑的「寒」的內涵，
吳惠娟在〈評蘇軾論孟郊詩〉中歸納出兩點：有指內容中描寫窮促寒
苦之狀；也有指意境風格的冷澀、荒漠和枯槁。〔註 100〕趙曉嵐在〈孟
郊與賈島：寒士詩人兩種迥然不同的范式──試論聞一多的中唐詩壇
研究及其學術意義〉中則說：「孟郊爲發議論而多用古體，重在煉意
卻不重音律，因此顯得『格致高古，詞義精確』卻免不了『沙澀而帶
芒刺感』的狠峭尖利。」〔註 101〕吳、趙兩人的意見，可說是研究孟
郊詩的學者所具有的共同結論，故可作爲沈德潛評孟郊詩的理解背
景。內容方面的「寒」可從孟郊的〈長安羈旅行〉詩中看出，詩云：

　　　　十日一理髮，每梳飛旅塵。三旬九過飮，每食唯舊貧。

　萬物皆及時，獨余不覺春。失名誰肯訪，得意爭相親。直木

〔註 99〕　參見蘇軾〈讀孟效詩〉二首之二，詩云：「我憎孟郊詩，復作孟郊語。
　　　　飢腸自鳴喚，空壁轉飢鼠。詩從肺腑出，出則愁肺腑。有如黃河魚，
　　　　出膏以自煮。尚愛銅斗歌，鄙俚頗近古。桃弓射鴨罷，獨速短衰舞。
　　　　不憂踏船翻，踏浪不踏土。吳姬霜雪白，赤腳浣白紵。嫁與踏浪兒，
　　　　不識離別苦。歌君江湖曲，感我長羈旅。」（參見《蘇東坡全集》卷
　　　　九，台北：河洛，1975 年 9 月，初版），頁 135。
〔註 100〕吳惠娟〈評蘇軾論孟郊詩〉，（參見《文學遺產》，2003 年第六期），
　　　　頁 131。
〔註 101〕趙曉嵐〈孟郊與賈島：寒士詩人兩種迥然不同的范式──試論聞一
　　　　多的中唐詩壇研究及其學術意義〉，（參見《華東師範大學學報》，第
　　　　三十二卷第五期，2000 年 9 月），頁 120。

　　有恬翼，靜流無躁鱗。始知喧競場，莫處君子身。野策藤竹
輕，山蔬薇蕨新。潛歌歸去來，事外風景眞。（卷四，頁86）

這首詩作於唐貞元八年（792）時，孟郊時年四十二歲，爲科舉不第、
羈旅長安時作。詩的前八句都在說詩人長安生活的困苦。因爲到處奔
波，所以頭髮上積滿了飛塵。過去三十天以來，有酒可飲的次數只有
九次，所食都爲粗劣的食物。俯仰天地間，所有的事物都正符合時序，
受到自然秩序的幫助而得發展自我，只有我孟郊不曾蒙受眷顧。現實
是很殘酷的，人際間的感情建立與互動，往往是取決於個人名位成就
的有無。因此，詩人被迫認知到一件事，那就是在什麼環境中就要採
取順應其勢的處世態度。所以，如果身處弱肉強食的競爭戰場中，就
千萬不要當一個君子，不然，就只能等著被淘汰、犧牲。詩人最後以
四句詩表達了心願，與其在這競技場中做自己不願做的事，還不如遠
歸山林來的自由與眞實。詩從詩人外在形象與飲食帶出窮促寒苦的感
受，再將範圍擴大到自我的失意所引發的逆向思考，表達出心靈上的
憤懣與窮絕，因此說「寒」。

　　鄭燮友曾評論孟郊詩說：「孟詩多寫自己的生活感受，詩句不蹈
襲陳言，多白描手法而自所開創，不用典故，不雕章繪句，詩語出自
肺腑，平易而不素淡，自然而不藻飾。但詩的內容，卻由於生活的困
頓，而冥思苦吟，務求奇險。……孟郊在詩中喜用『苦』、『寒』、『飢』、
『貧』、『老骨』、『老恨』等詞，頗多苦語，故蘇軾有『郊寒島瘦』之
評，後世遂以『苦吟詩人』稱之。」〔註102〕孟郊的這種藝術風格可
說開中唐奇險怪誕詩風之先。他的〈列女操〉就表達了這種不加藻飾
而直截近刻的藝術風格，詩云：

　　　　梧桐相待老，鴛鴦會雙死。貞婦貴殉夫，捨生亦如此。
波瀾誓不起，妾心古井水。（卷四，頁86）

詩人先以「梧桐」、「鴛鴦」題點出「貞」的內容，而三、四句則明示

─────────────

〔註102〕參見《孟郊詩集校注》序，（邱燮友、李建崑校注，臺北市：新文豐，
　　　　1997），頁6。

了人如何保有、實踐「貞」的方法。末兩句再以「古井水」強調貞女所應具有的心理情感反應。詩中使用了「死」、「殉」、「捨生」、「古井水」等的詞語，流露出一股決絕、枯冷、無生氣的氛圍。在詩句的表現方式上，則使用了幾乎直述的方式，不用典故，不雕章繪句，也不加藻飾。因為這種直截的陳述方式，詩意完全由詞義表達出來，讓讀者在閱讀時幾乎沒有轉圜的空間。故沈德潛評曰：「寫貞心下語嶄絕。」（同上）這種氛圍的創造與步步進逼、不加藻飾的直截寫作方式，也是「寒」的內容之一。以上這兩首詩，前者從內容上展現了孟郊發自肺腑的「寒」，而後者則從語言藝術上呈現出高潔、貞絕的「寒」的特質。孟郊之「寒」從「眞性情」流出乃在此。

　　總結以上，沈德潛在重訂《唐詩別裁集》中再次思考了「性情」的意義，並且從中指出了「精神面目」與「性情之眞」，「精神面目」著重的是作品所呈現出作者獨特的情感、思想、個性，而「性情之眞」著重的則是情感與表現手法上的自然流露和眞實反映。以上兩點就是他對於「性情」的最終定論。

第四節　小結

　　「性情」概念從沈德潛初編《唐詩別裁集》之時，就已出現。他在其他文章中也曾提到「性情」作爲詩的基礎的重要性。在初編《唐詩別裁集》中，沈德潛對於「性情」從兩個方面來觀察。第一是從讀者閱讀作品一路，說明讀者應平心靜氣，以己之「性情」與作品相接，得到最貼近作品的意義。第二是從對於詩歌作品本身內容的評論處言之。這時沈德潛之「性情」意義仍不固定，且使用頻率也少，證明「性情」並不是初編《唐詩別裁集》關注的重點所在。在《古詩源》中，沈德潛提出了「性情之正」，他從「性」爲正的古代哲學思想中，爲「性情之正」取得了立論基礎，強調了「性情」中關於道德與善的覺知與趨向能力，可以視爲對「性情」觀的補充。到了《說詩晬語》，

沈德潛除了將「性情」觀與文學藝術表現風格連接，產生了「性情面目」的說法外，更把「性情」與「法」、「議論」等詩學議題合併討論，可以視爲沈德潛對「性情」概念的一次總檢視。「性情」概念在《說詩晬語》中可以說已經得到了很好的建立，但是在後來的《明詩別裁集》中，沈德潛並沒有大量使用這個詞彙，反而是特別突出了「性情」中的「情」的成分。特別是他提出「至情」與「深情」，並且說明這種強烈的情感仍然必須以微婉的方式表現之。提出「情」的一個重點所在，是爲了替那些不甚合於沈德潛詩歌選擇標準的作品解套。以上是沈德潛在入仕以前的詩歌選評中的「性情」觀的發展。乾隆四年入仕以及乾隆十四年致仕後，沈德潛的社會政治地位大幅的改變了。他於在朝時，編選了《杜詩偶評》，作爲自己對於長久以來讀杜詩的一次審查與彙整，並且也爲有意學杜者指引一條明路。在書中，沈德潛透過作品，具體的從社會國家、友情、親情三個面向呈現杜甫的「性情面目」，也可以說是建立起了沈德潛心目中的杜甫。致仕以後，沈德潛編選了《清詩別裁集》，書中提出了「性情之眞」的重要，並且將「性情」與人倫日用做了強力的連結，指出只有出自日常生活的詩歌，才爲符合「眞」的審美理想。沈德潛於乾隆二十八年重訂《唐詩別裁集》，作爲這一系列以時代爲分野所作的詩歌評選的終結與總結，而這次的重訂代表了他在詩學主張上的最終呈現。「性情」觀就是其一。在書中，沈德潛重新整理了「性情」的內容，並將之歸於兩點：一是「精神面目」，二是「性情之眞」。這樣的歸納代表了沈德潛在理解「性情」的內涵時，最終是以個人獨特、眞誠的情感、個性與思想所交會出的個人形象來定義的。這也是他對於「性情」的最後定論。

第三章　沈德潛「詩教」觀對於個人生命的關注面向與內容

　　《詩》在孔子的手上，開始發揮了教育的作用。從「興觀群怨」到「事父事君」，孔子「《詩》教」展現了個人生命與社會現實兩個層面的關注，也深深影響了後來「詩教」所指涉的面向與內容。彭維杰在〈孔子與朱子的詩教思想比較——兼及對現代詩歌教育的啓示〉文中，將孔子的詩教主張分爲四個方面：「生活上培養對外界事物的接應能力，德性上陶鑄諸般情志，人倫上鍛鍊綱常舉止，理想上塑造『溫柔敦厚』的人格範型。」﹝註1﹞他並且認爲「就孔子詩教的原貌而言，詩教的終極任務即是培養具有『溫柔敦厚』之人格特質的君子。」﹝註2﹞也就是說，「詩教」的目的在於個人生命的提升、轉化；個人道德的涵養、化成。因此，不論後世如何偏重「詩教」中關於政治社會的反映與作用性，從理論上來看，「詩教」本身當以對個人生命的關注爲出發點。因此本章將先對這個部分進行討論，下一章再進行「詩教」在詩歌學習與政治社會方面的內容的探討。

﹝註1﹞　彭維杰〈孔子與朱子的詩教思想比較——兼及對現代詩歌教育的啓示〉，〔參見《國文學誌》第六期，彰化師範大學國文系，2002 年 12 月〕，頁 55。

﹝註2﹞　彭維杰〈孔子與朱子的詩教思想比較——兼及對現代詩歌教育的啓示〉，頁 61。

第一節 以「溫柔敦厚」爲核心的「詩教」傳統

談到「詩教」就一定會談到「溫柔敦厚」，這兩個詞彙幾乎都是相伴出現的。它們首次出現是在《禮記‧經解篇》：

> 孔子曰：「入其國，其教可知也。其爲人也溫柔敦厚，《詩》教也。疏通知遠，《書》教也。廣博易良，《樂》教也。絜淨精微，《易》教也。恭儉莊敬，《禮》教也。屬辭比事，《春秋》教也。故《詩》之失，愚；《書》之失，誣；《樂》之失，奢；《易》之失，賊；《禮》之失，煩；《春秋》之失，亂。其爲人也：溫柔敦厚而不愚，則深於《詩》者也；疏通知遠而不誣，則深於《書》者也；廣博易良而不奢，則深於《樂》者也；絜靜精微而不賊，則深於《易》者也；恭儉莊敬而不煩，則深於《禮》者也；屬辭比事而不亂，則深於《春秋》者也。」〔註3〕

《禮記》的這段話被後來研究「詩教」的學者大量的引用，以作爲「詩教」一詞來源的依據。事實上，這段話是否眞的出自孔子所言，仍有待商榷，〔註4〕但是對照《論語》中孔子以《詩》、《禮》、《樂》爲教的敘述可知，《禮記》之言就算不是孔子親口所說，但仍能體現孔子對於教育的某些基本觀點。在這一段話中有兩個重點值得關注：第一是「《詩》教」一詞的定名與地位性描述。第二是「溫柔敦厚」的提出。

首先，從詞彙的定名來看，《禮記》所討論的是「《詩》教」，與後來的「詩教」仍有所區隔，但是，「《詩》教」與「詩教」並非毫無相干的兩個詞彙。從「《詩》教」到「詩教」反映的是詩學史發展的結果，所以「詩教」一詞實源出於「《詩》教」。而從地位性來看，這段話不是只有討論「《詩》教」，還包含了其他五種，其主要論述的是

〔註3〕 《禮記‧經解篇》，（參見阮元《十三經注疏》，台北：藝文，1989年1月，11版），頁845。

〔註4〕 朱自清先生在《詩言志辨》書中就曾經對這段話提出懷疑，他說：「《禮記》大概是漢儒的述作，其中稱引孔子，只是儒家的傳說，未必眞是孔子的話。而這兩節尤其顯然。」（台北：頂淵，2001年，初版），頁99。

六藝〔註5〕之教，而詩教雖然居首，但也只是其中之一而已，其角色與地位都與後來不同。《禮記‧經解篇》闡發的是六藝之教在政治社會中的重要地位，其根本架構是漢代儒生所整理，用以契合漢代政治社會需求之用，反映出六藝之教與漢代社會政治的密切關係。

　　其次，在論述六藝之教時，漢儒以「溫柔敦厚」指稱《詩》的教育功能，李凱在《儒家元典與中國詩學》中對《禮記‧經解篇》中的「溫柔敦厚」有這樣的說法，他說：「『溫柔敦厚』的意思有兩層：（1）溫柔敦厚是以《詩》教化的結果。（2）真正以《詩》教化的目的是『溫柔敦厚而不愚』。因此，《詩》教的正確意思是『以《詩》而教』，這是從《詩》的接受效果立論的。而不是對詩歌創作的規定。」〔註6〕李凱的說法是從《禮記‧經解篇》的字義上去做解讀，說明至少在《禮記》的時代，「溫柔敦厚」作為《詩經》教化的接受成果，與後來主要成為文藝創作的指導綱領是不同的。而且《詩》教要能達到「溫柔敦厚而不愚」，才是教育的理想與期待。蔡英俊說：「儘管『經解篇』所強調的是六經的教育功效，也就是六經對於受教者所具有的感化力與人格的模塑作用；不論是『溫柔敦厚』還是『廣博易良』，『經解篇』推重的是受教者表現出來的人格特質——當然這種人格特質是理想的設定與期許，而教育的意義也就展現在這分理想的設定與期許。」〔註7〕漢人倡「《詩》教」，期望在《詩》的教化之下，達到「溫柔敦厚而不愚」的境界，這是漢儒教化觀下的產物。《禮記》說的不只是「《詩》教」對於受教者的影響，我們亦可將「溫柔敦厚」視為漢代儒家知識份子面對所處政治環境時所衍生的對策之一。自先秦士人興起而為社會的新階層之後，他們對於當時社會政治產生了一種批判、省思與改

〔註5〕　「六藝」原來指的是「禮、樂、射、御、書、數」，到了漢人才用來指經籍。

〔註6〕　李凱《儒家元典與中國詩學》，（中國社會科學出版社，2002年8月，第一版），頁86。

〔註7〕　蔡英俊《比興、物色與情景交融》，（台北：大安，1986年5月，初版），頁105。

善的責任感。到了漢代，儒生在社會結構中，往往處於政治、文化的領導階層。雖然處於領導階層，但是並不意味著他們具有決定性的權力。在中央集權統治之下，儒家知識份子必須面對比先秦諸侯更為強大的統治力量，而這個力量是不容挑戰的。這時，儒家知識份子所要負擔的使命有兩方面：一個是文化的使命，另一個是政治的使命。如何兼顧這兩者，便是漢念儒家知識份子思考的重點。於是「《詩》教」中的「溫柔敦厚」為他們提供了一種政治話語的使用方式。在先秦儒家以「溫柔敦厚」為人格養成基礎之上，再加上「溫柔敦厚」的政治話語與溝通模式的搭配，提供了漢代知識份子一個安全的活動空間。

「溫柔敦厚」是《詩經》教化下的人格特質，唐‧孔穎達解釋「溫柔敦厚」說：「溫謂顏色溫潤，柔謂性情和柔。詩依違諷諫，不指切事情，故云：溫柔敦厚，詩教也。」〔註8〕孔穎達從「顏色溫潤」、「情性和柔」與「依違諷諫，不指切事情」三方面來說明「溫柔敦厚」，傳達出幾個訊息：以「顏色溫潤」說「溫」，從字面上來看主要是對個體外在的描述。然而不可諱言，外在表情容貌的展示與內在情感理智的和諧與否有著極大的關連，故「顏色溫潤」的背後應該暗示了個體內在的和諧一面。以「情性和柔」說「柔」，在儒家「中和」之外又加上了「柔」的特質，許慎《說文解字》釋「柔」曰：「柔，木曲直也。」並引《尚書‧洪範》進一步解釋說：「凡木曲者可直，直者對曲，曰柔。」引伸為「軟弱之稱，撫安之稱」〔註9〕簡單來說就是能伸能屈，具有彈性調整的空間。所以「情性和柔」就是以「中和」為理想，並且能夠隨著環境做出最適當的調整。孔穎達並未對「敦厚」做出解釋，陳良運在《中國詩學體系論》中補足了這一部份，他說：「『敦』，實指樸實、本色。《老子》云：『敦兮其若樸』，可見「敦」是指『顏色溫潤，情性質樸』還需是人樸實、本色的表現，不可作偽。

〔註8〕 參見孔穎達、李學勤主編《禮記正義》，（台北：台灣古籍，2001 年 10 月，初版），頁 1598。

〔註9〕 許慎《說文解字》，（台北：藝文，1989 年 2 月，六版），頁 254。

『厚』，即是『忠厚』之意，謂人需有品德之厚，有深厚的倫理道德修養。」〔註 10〕故「溫柔敦厚而不愚」是由外而內、由貌而心，對人的精神、情感狀態的考察。

朱自清先生曾對它的內容有過這樣的闡述，他說：「『溫柔敦厚』是『和』，是『親』，是『敬』，也是『適』，是『中』。這代表殷周以來的傳統思想。儒家重中道，就是繼承這種傳統思想。」〔註 11〕而蔡英俊則認為「透過美感教育所完成的『溫柔敦厚』的人格特質，正是傳統儒家所崇信的『至善』的理想人格的一部份。」〔註 12〕朱自清主要從「中庸」來說明「溫柔敦厚」，而蔡英俊則以「溫柔敦厚」為「至善」人格的一部分。兩者看似不同，然事實上卻是互通的。儒家的「至善」其實也就是孔子「仁」之生命的達成，而朱自清所說的「和」、「親」、「敬」、「適」、「中」等價值也正是「仁」的顯現。梁葆莉在〈試論「溫柔敦厚」之詩教〉中說：「『溫柔敦厚』所包的和、親、敬、適、中等觀念正是儒家『克己復禮』的『仁』學說的體現。」〔註 13〕正是對於「溫柔敦厚」與「仁」的關係的敘述。

孔穎達在解釋「溫柔敦厚」為個人內在修養、生命的指導方針時，同時也提出了「溫柔敦厚」作為一種文學藝術的呈現方式。孔穎達以「依違諷諫，不指切事情」說明「溫柔敦厚」，其實就是漢人說「主文譎諫」，以期達到「言之者無罪，聞之者戒」的另一種說法。不論是〈詩大序〉的作者，還是孔穎達，都認為詩要達到它的教育目的，則情感的表露方式應該是溫潤婉轉，不指切事情。這深深地影響了後代論詩者關於情感應該如何表露於文學中，才能使作品具有感人效果的看法。宋・黃庭堅就要求詩情必須含蓄委婉的表達，他在〈書王知載朐山雜詠後〉中說：

〔註 10〕參見陳良運《中國詩學體系論》，（北京：中國社會科學出版社，1992年 7 月，第一版），頁 140、141。
〔註 11〕參見朱自清《詩言志辨》，（台北：頂淵，2001 年，初版），頁 123。
〔註 12〕蔡英俊《比興、物色與情景交融》，頁 106。
〔註 13〕梁葆莉〈試論「溫柔敦厚」之詩教〉，（參見《零陵學院學報》，第一卷第二期，2003 年 5 月），頁 55。

　　詩者，人之情性也，非強諫諍于庭，怒忿詬于道，怒鄰
罵座之爲也。其人忠信篤敬，抱道而居，與時乖逢，遇物悲
喜……情之所不能堪，因發于呻吟調笑之聲，胸次釋然，而
聞者亦有所勸勉，比律呂而可歌，列干羽而可舞，是詩之美
也。其發爲訕謗侵陵，引頸以承戈，披襟而受矢，以快一朝
之忿者，人皆以爲詩之禍，是失詩之旨，非詩之過也。〔註14〕

黃庭堅指出，詩旨應該不是「強諫諍于庭，怒忿詬于道，怒鄰罵座」，
這種當下強烈情緒的直截表露，並不是詩的原意。顯然，黃山谷以爲
詩歌疏導個人「胸次」，使之「釋然」於懷的心理功能，是在「中和」
的狀態下完成的，這是一種理性的化解，而非情緒的迸發。明·陸時
雍也說：「夫溫厚俳惻，詩教者也。惂悱以悅之，婉娈以入之，故詩
之道行。」，〔註15〕他並且力斥左思、潘岳之詩風云：「左思抗色厲聲，
則令人畏；潘岳浮詞浪語，則令人厭，其入人也難哉。」〔註16〕以上
從讀者感受的角度，要求詩情的表露應該溫婉柔厚，反對直斥浮泛的
詩風，再次聲明了「溫柔敦厚」作爲詩情表露的重要性。

　　然而，從藝術表現方式上來看，「溫柔敦厚」是否就眞的只能是
含蓄委婉的風格呢？事實上，就連《詩經》中也並非都是溫厚的作品，
例如〈相鼠〉、〈野有死麕〉，後者甚至被列爲「淫詩」。〔註17〕這類表

〔註14〕參見宋、羅從彥撰《豫章文集》卷二十六，（收於《四部叢刊初編》，
　　　　台北：商務，1973），頁 7。
〔註15〕參見陸時雍〈詩鏡總論〉，（收自《古詩鏡》，台北：台灣商務，1976），
　　　　頁 6。
〔註16〕參見陸時雍〈詩鏡總論〉，頁 6。
〔註17〕朱熹的「淫詩說」濫觴於孔子的「鄭聲淫」一語。孔子「鄭聲淫」
　　　　的「淫」字到底是何意義，經學史上關於這個問題的爭論，大致分
　　　　爲兩個意見：一則以爲「淫」即「淫奔」、「淫佚」，指男女之間不循
　　　　禮數的不正當關係；一則以爲「淫」即「過渡」，指音節過其常度。
　　　　朱熹對於「淫」的意見是偏向前者的。朱熹並且認爲，古者詩樂爲
　　　　一，因此他對所謂「鄭聲淫」進行了這樣的解釋，他說：「聖人言『鄭
　　　　聲淫』者，蓋鄭人之詩，多是言當時風俗男女淫奔，故有此等語。」
　　　　（參見黎靖德編《朱子語類》，第六冊，卷八十一，台北：華世，1987
　　　　年 1 月，台一版），頁 2109。

面上不合「溫柔敦厚」的詩，明、清學者給予了他們一種不同的解讀方式。黃宗羲〈萬貞一詩序〉說：

> 彼以為溫柔敦厚為詩教，必委蛇頹墮，有懷而不吐，將相趨於厭厭無氣而後已。若是則四時之發斂寒暑，必發斂乃為溫柔敦厚，寒暑則非矣；人之喜怒哀樂，必喜樂為溫柔敦厚，哀怒則非矣。其人之為詩者，亦必閒散放蕩，巖居川觀，無所事事而後可；亦必茗椀薰鑪，法書名畫，位置雅潔，入其室蕭然如睹雲林海岳之風而後可。然吾觀夫子所刪，非無考槃丘中之什厝乎其閒，而諷之令人低佪而不忍去者，必於變風變雅歸焉。蓋其疾惡思古，指事陳情，不異薰風之南來、履冰之中骨，怒則掣電流虹，哀則淒楚蘊結，激揚以抵和平，謂之溫柔敦厚也。〔註18〕

黃宗羲這番話說明了兩件事：第一、所謂「溫柔敦厚」不是一種扭捏作態的表達方式，而且也不應該拘泥於某種藝術風格。第二、他為《詩經》中那些表面上不合於「溫柔敦厚」，但是孔子卻將之保存下來的作品，找到了解釋的空間。他為這些「變風變雅」的作品雖然情感表達方式直接，但是它們也不失為另一種的「溫柔敦厚」。清·葉燮則以「體用」關係說明了這一點，他在《原詩》中曾對溫柔敦厚提出他的看法，他說：

> 或曰：「『溫柔敦厚，詩教也。』漢、魏去古未遠，此意猶存，後此者不及也。」不知「溫柔敦厚」，其意也，所以為體也，措之於用，則不同；辭者，其文也，所以為用也，返之於體，則不異。漢、魏之辭，有漢魏之「溫柔敦厚」，唐、宋、元之辭，有唐、宋、元之「溫柔敦厚」。……且「溫柔敦厚」之旨，亦在作者神而明之；如必執而泥之，則巷伯「投畀」之章，亦難合於斯言矣。〔註19〕

他論詩主「變」，強調詩歌發展應該是相成相承，不該被斷然的割裂。

〔註18〕參見黃宗羲《南雷文定》，（第四冊，卷一，清同治七年刻本），頁16、17。

〔註19〕葉燮《原詩》，（北京：人民文學，1979年9月，北京第一版），頁7。

也因此，他對各流派、各風格的詩歌都採取了相對寬容的態度。從他
對「溫柔敦厚」的看法中可以知道，他認為「溫柔敦厚」應該是一種
作詩的主旨，是體的作用，而不該變成一種制式化的語調風格。所以
後代詩歌固然在語詞風格上不同於〈三百篇〉，但是不能因為這樣就
否定其為「溫柔敦厚」的可能性。也就是說，葉燮肯定不同語詞風格
的詩作，只要其主旨為「溫柔敦厚」，那麼都可以將之納入「溫柔敦
厚」的範圍。這種從主旨處來說立意的「溫柔敦厚」，降低文辭風格
對「溫柔敦厚」的限制的說法，在整個「詩教」傳統中是很特別的。

　　隨著明、清詩論家對於「溫柔敦厚」在藝術表現風格上的開拓，
使得「溫柔敦厚」不再強烈侷限於某種特定的風格當中。楊松年在〈溫
柔敦厚，詩教也──試論詩情的本質與表達〉一文中對這一點說的更
清楚了，他說：「詩是濃縮的文學藝術，它的動人的地方除由於情感
真摯與含意深遠之外，亦在於意境的虛遠，形象生動與所用的文辭含
蓄而有彈性。詩情的表達過於直露，將使詩作沒有餘味，而不能感染
讀者。……然而，所謂溫柔敦厚，絕不應該只是做扭怩之態的表達，
而完全排斥豪邁詩風。詩風豪邁而有它的蘊藉的內涵，也應該視為溫
柔敦厚。」〔註20〕楊氏此言從「詩」作為一種文學藝術的特質來說明
「溫柔敦厚」有其文藝上的必須與基礎，然後再將藝術風格與內涵分
為二，從內涵處肯定藝術風格不同的詩作也有「溫柔敦厚」的可能。
他只說了「豪邁」一種，然筆者以為，沈德潛所重視，以杜、韓為代
表的那種「鯨魚碧海」與「巨刃摩天」的壯闊風格，也是同理可證的。

　　總結以上可知，「溫柔敦厚」原本是由「詩教」而來的理想人格
呈現，他所伴隨的是一種文學藝術上的表現風格，或是內涵上的蘊
蓄。然而，不管是表現風格還是內涵上的蘊蓄，都必須建基在作者的
人格涵養一層，因此我們可說，「溫柔敦厚」既是一種理想人格的具
體內涵，也是這種人格在詩歌上的展現。

_____

〔註20〕楊松年〈溫柔敦厚，詩教也──試論詩情的本質與表達〉，（參見《中
　　　　外文學》，1983 年 3 月），頁 14。

　　由此可知，「溫柔敦厚」是由內而外的，也就是由個人道德、人格，乃至於個人生命的涵養，發而呈顯於作品之中，凡此兩者都可見其「溫柔敦厚」，然從根本處來看，個人內在與人格的涵養仍是重點所在。既然「溫柔敦厚」是「詩教」的理想，那麼重「詩教」的沈德潛如何理解、從哪些方面認知「溫柔敦厚」，就是以下筆者所要討論的重點。在論述上，筆者仍將分入仕前與入仕、致仕後兩區段來進行，藉以看出其間的同異與發展，以下即先進行入仕前的部分。

第二節　「溫柔敦厚」所映現的理想人格──入仕前與考察

　　後人研究沈德潛詩論時，多以「溫柔敦厚」為沈德潛詩教之重心所在。例如：鄔國平、王鎮遠《清代文學批評史》云：「葉燮注重『溫柔敦厚』的論詩原則，而沈德潛更以此為論詩之綱領。」〔註21〕胡幼峰也認為沈德潛有時為了顧全詩教，將明顯諷刺當政者的作品，以「溫柔敦厚」強為解說，因此不免「失之愚」。〔註22〕沈德潛論詩確實主張「溫柔敦厚」，但是在目前所分析出來的初編《唐詩別裁集》中，無法彰顯沈德潛對「溫柔敦厚」的重視程度，以此評詩之處屈指可數。這並不表示沈德潛不主張「溫柔敦厚」，而是他以「溫柔敦厚」中各種不同的特質，來呈現「溫柔敦厚」的樣貌。經檢閱後發現，初編《唐詩別裁集》中所呈現的「溫柔敦厚」，由三種途徑呈現：

第一、不直斥、不直露

　　沈德潛以「溫厚」來評論這類作品。例如他選李白〈子夜吳歌〉云：

　　　　長安一片月，萬戶擣衣聲。春風吹不盡，總是玉關情。

〔註21〕鄔國平、王鎮遠《清代文學批評史》，（上海古籍出版社，1995 年 11月，第一版），頁 433。

〔註22〕參見胡幼峰《沈德潛詩論探研》，（台北：學海，1986 年 3 月，初版），頁 41、42。

何時平胡虜，良人罷遠征。（卷二，頁 69）

「擣衣聲」代表的家中將有人遠行征戍，長安城裡幾乎家家戶戶都可以聽到擣衣聲，暗喻了戰爭正在如火如荼的進行著，故需要大量的兵員，因此長安城裡的壯丁即時遠赴前線。儘管分離，但對遠方的家人或愛人的思念，卻不會因爲距離而消散。詩的末兩句以一個妻子的口吻道出心中盼望，盼望的是早日平定胡虜，丈夫能平安回到身邊。沈德潛評曰：「不言朝家之黷武，而言胡虜之未平，立言溫厚。」（同上）唐玄宗多次用兵關外，所掀起的戰爭對於人民的影響在杜甫等詩人的作品中都曾記載。面對這種非必要的戰爭，詩人選擇了不同的方式表達，從一個婦人的角度，以妻子對丈夫的情感及思念，委婉的呈現了這場非必要的戰聲使得人民承受分離的痛苦，藉以表達詩人對此戰役的不滿。因詩人不滿的情感並不直露，而是以一種委婉甚至是反話的方式寫作，因此沈德潛說這篇作品「溫厚」，上在於它的不直斥。同書又選陸龜蒙〈美人〉詩云：

美人抱瑤瑟，哀怨彈別鶴。雌雄南北飛，一旦異棲託。諒非金石性，安得宛如昨。生爲並蒂花，亦有先後落。秋林對斜日，光景自相薄。猶欲悟君心，朝朝佩蘭若。（卷四，頁 87、88）

整首詩以一個被離棄的美人的心理世界爲主。既是美人，必擁有沈魚落雁的容貌，然而她的美並不能保證對方的忠誠與愛情的永恆。美人知道對方並沒有金石般堅毅不改的性質，一旦分離，又怎能企求一切不變如前？即便是並蒂之花，雖生處同處，但掉落亦有先後。自然如此，何況人事？雖然這是自然之理，但每思及此仍叫人難過不已。末兩句詩傳達出了美人性格中高貴的品質。既使對方選擇離棄自己，但是，她仍然替對方著想，希望對方能有所感悟，與芳草爲伍。詩至此就結束了，但是詩人沒說的是希望對方要潔身自愛，多親近芳草，不要與穢物同流。沈德潛評曰：「結語溫厚。」（同上）筆者以爲，結語之溫厚在於美人寬容之心胸，語雖有哀愁幽怨，卻不直斥，甚至以自

然規律爲之寬解，這就是溫厚的所在。其他如常理〈古別離〉：「爲傳兒女意，不必遠封侯。」（卷十七，頁 158）詩，沈德潛評曰：「比『悔教夫婿覓封侯』溫厚，比薛道衡『空梁落燕泥』之作，似又過之。」（同上）從沈德潛的評語中可以比較出來，「悔教夫婿覓封侯」是情緒情感的直接流露，並且，這種情感是純粹男女間的愛慕思念之情。而常理詩「爲傳兒女意，不必遠封侯」則是由親情來召喚遠征的家人，說明功成名就不如全家平安團聚，因此只希望父親平安歸來。雖然仍是由思婦出發，但是末了將情感擴充到了親情，所有情感蘊於「不必遠封侯」一句，但卻沒有情緒性的字眼，故比前句溫厚。

　　所謂「不直斥」、「不直露」還會牽涉到寫作手法的部分，筆者將在後文中討論之，故此先行略過。

第二、怨而不怒

　　沈德潛選劉駕〈棄婦〉詩云：

　　　　回車在門前，欲上心更悲。路旁見花發，似妾初嫁時。
養蠶已成繭，織素猶在機。新人應笑此，何如畫蛾眉。（卷四，頁 87）

詩人並不直說棄婦之怨，而從路旁的花帶出昨是今非的感受，再由養蠶與織素兩事，說明棄婦被棄的突然，與不得不離開的無奈，最後由新人之笑，點出棄婦全心付出卻仍被休棄的遭遇，是多麼令人不甘。全詩雖有怨，但是無一字一句流露憤怒之態。故沈德潛評曰：「見婦之不當棄也，怨而不怒，高於顧況之作。」（同上）沈德潛認爲這首〈棄婦〉詩，高於顧況的〈棄婦詞〉，主要在於「怨而不怒」這一點上。而「怨而不怒」正是「溫柔敦厚」的表現之一。顧況〈棄婦詞〉有云：「記得初嫁君，小姑始扶床。今日君棄妾，小姑如妾長。回頭語小姑，莫嫁如兄夫。」〔註23〕全詩不只表達出了棄婦的怨，尤其詩的最後兩句更展現了這名女子的不滿。從引文來看，沈德潛並非認爲棄婦不能有憤怒的情緒，只是，當發而爲詩，這種強烈的情緒就必須

〔註23〕參見寒泉網站，全唐詩全文檢索資料庫 http://210.69.170.100/S25/

得到調適與沈澱，因此最後流露於作品中的，就是在創作過程中，經過洗鍊後而得到的委婉而深沈的情感，這也就是「怨而不怒」的價值所在。書中又選李白〈長相思〉之二云：

> 日色欲盡花含煙，月明欲素愁不眠。趙瑟初停鳳凰柱，蜀琴欲奏鴛鴦弦。此曲有意無人傳，願隨春風寄燕然，憶君迢迢隔青天。昔日橫波目，今成流淚泉。不信妾腸斷，歸來看取明鏡前。（卷六，頁95）

日色將盡，花木含煙，境界一片朦朧。月亮升起，明亮得有如白色的生絹，有個女子無法成眠，只能將精神浸淫在彈琴鼓瑟之中。詩中「琴瑟」、「鳳凰」、「鴛鴦」都象徵著愛情，〔註24〕但是這充滿愛情意蘊的曲子無人能夠傳達，想拜託春風把它吹到情人所在的塞北燕然山，然而，那卻是千里迢迢，遠隔青天，於是使這位女子感到無可奈何的悲傷。昔日那雙秋波流動的雙眼，今日已變成了淚泉。如果你不相信我肝腸寸斷的痛苦，那麼就回來看看在明鏡前的我的模樣吧！沈德潛評曰：「怨而不怒。」（同上）女子的思念，以及對於愛情不得完滿、戀人不得相守的怨是那樣的強烈，已經到了夜不能寐、肝腸寸斷的地步了。女主角的怨雖然強烈，但仍沒引發對愛人的責備，反而讓讀者同情她那份愛情不得圓滿，有情卻要分離的悲哀。

孔子曰：「詩可以怨」，「怨」是一種人類普遍的情感，《說文解字》云：「怨，恚也。」又說：「恚，恨也。」〔註25〕從許慎的說法看來，「怨」其實就是「恚」。但只要考察我們個人的情感經驗就會知道，「怨」與「恚」其實還是有差異性的。錢鍾書先生曾經發表過一篇以「詩可

〔註24〕據《樂府詩集》卷六十，司馬相如〈琴歌〉解題引〈琴集〉曰：「司馬相如客臨邛，富人卓王孫有女文君新寡，竊於壁間見之。相如以琴心挑之，爲〈琴歌〉二章。首章爲：「鳳兮鳳兮歸故鄉，遨遊四海求其凰。時未遇兮無所將，何悟今夕升斯堂。有豔淑女在閨房，室邇人遐毒我腸。何緣交頸爲鴛鴦。胡頡頏兮共翱翔。」（郭茂倩主編，台北：里仁，1984年9月），頁881。這裡的「琴」、「鳳凰」與「鴛鴦」都有著男女之間愛情的意蘊。

〔註25〕許慎《說文解字》十卷下，（中華書局，1963），頁221。

以怨」為名的文章，〔註26〕他以詩歌的創作動機來切入討論「詩可以怨」的意義，並且對照中外文學資料，進行了精彩的論述。錢先生主要將「詩可以怨」與「詩窮而後工」關連起來，對且提出了「詩可以怨」的心理與社會背景的問題。張淑香在〈論「詩可以怨」〉文中對「詩可以怨」的「怨」作了以下的說明：「『詩可以怨』的『怨』，在句中同時具有動詞與名詞的屬性。即謂詩中所表現的『怨』足以引起人之『怨嘆』從而亦使其個人心中之『怨』得以散發出來。」〔註27〕張淑香認為「詩可以怨」是同時針對作者、作品與讀者來說的，其意義則有不同。就讀者而言，讀者是透過閱讀與欣賞引起怨嘆而使心中之怨得以散發出來的。〔註28〕他並且分析了何種「怨」才可以成為詩中的怨。他認為，作品中所表現之怨必須是一種同時能涵蓋超越作者與讀者的不同的個別性之怨的普遍性之怨。從這個基礎來看，他說：

> 「怨」就是一種普遍的生命的悲劇性的覺知。……這種「怨」，實非針對任何特定對象而發的小我之憤懣，也不是現實感情的悲哀；而是潛入人生極底深奧後之觀照與體味所生發湧出的一種無可奈何的哀感，憂生憂世的悲情，是一種普遍性的人生憂患意識，從自我的不幸與痛苦出發而達致對於整個人類的悲劇性的命運與生存情境的認識，體悟到普遍存在於宇宙的痛苦與殘缺，透視到生命最後的悲劇與人生最深的黑暗。〔註29〕

張淑香的說法可以解釋為何作者個人經驗之怨可以透過作品引起讀

〔註26〕錢鍾書〈詩可以怨〉原為 1980 年 11 月 20 日在日本早稻田大學文學教授懇談會上的講稿。後《文學評論》1981 年 1 期、《1981 中國文學研究年鑑》都刊登過。1990 年廣州花城出版社出版了《錢鍾書論學文選》則收錄了此篇文章的改定稿。（參見舒展選編《錢鍾書論學文選》第六卷，頁 148～166。）

〔註27〕張淑香〈論「詩可以怨」〉，（參見張淑香著《抒情傳統的省思與探索》，台北：大安，1992 年 3 月，第一版），頁 5。

〔註28〕參見張淑香著《抒情傳統的省思與探索》，頁 5。

〔註29〕參見張淑香著《抒情傳統的省思與探索》，頁 9、10。

者的迴響,這是因爲這種「怨」的起頭或許是個人性的,但是其最終卻是訴諸一種共同的情感與覺知,所以可超越時空的限制與個別的差異,使得讀者可以經由閱讀這種作品,達到抒發自我之怨的理想。然而,誠如《說文解字》對於「怨」與「怒」採取相同的解釋一般,這兩種情感情緒的差別,往往只有一線之隔,從另一方面來看,甚至只是程度上的問題而已。早在《國語‧周語》就注意到了這一點,因此提出「怨而不怒」作爲侍奉君王的態度。〔註30〕了到了朱熹才將「怨而不怒」與詩學結合起來。〔註31〕李凱在〈「詩可以怨」及「怨而不怒」的再解讀〉中說:「就『怨而不怒』所蘊含的詩學精神而言,早在孔子時代即已出現,其背後是儒家一貫倡導的『中和』精神。」〔註32〕《論語‧八佾》有云:「子曰:『〈關雎〉樂而不淫,哀而不傷。』」〔註33〕正是這種「中和」精神的具體展現。而「中和」精神又是「溫柔敦厚」的特質之一,因此可知,「怨而不怒」與「溫柔敦厚」是具有密切關係的。肯定人之有「怨」,藉著詩而可以抒發「怨」,但是強調「怨」與「怒」的不同,並且藉著「怨而不怒」肯定情感的中和與調節的重要性,這正是「溫柔敦厚」人格的理想。

第三、通達和平

　　沈德潛選柳宗元〈掩役夫張進骸〉詩云:

〔註30〕《國語‧周語》卷一,周語上:「厲之亂,宣王在邵公之宮,國人圍之。邵公曰『昔吾驟諫王,王不從,是以及此難。今殺王子,王其以我爲懟而怒乎!夫事君險而不懟,怨而不怒,況事王乎?』」(台北:九思,1978年11月,台一版),頁14。從語源上來說,這是「怨而不怒」的首次提出。

〔註31〕朱熹在《論語章句集注》中「詩可以怨」下注「怨而不怒」,蔣凡在談到「怨而不怒」的來源時採用了這個說法。從與詩學的關連上來說,以朱熹之說爲「怨而不怒」之源是可以成立的。(參見傅璇琮《中國詩學大辭典》,杭州市:浙江教育,1999),頁88。

〔註32〕李凱〈「詩可以怨」及「怨而不怒」的再解讀〉,(參見《文史哲》,2004年第一期),頁122。

〔註33〕《論語‧八佾》,(參見阮元主編《十三經注疏》,台北:藝文,1989年1月,第一版,頁30。

生死悠悠爾，一氣聚散之。偶來紛喜怒，奄忽已復辭。
為役孰賤辱，為貴非神奇。一期攢息定，枯巧無妍媸。生
平勤皂櫪，剗秣不告疲。既死給棺槥，葬之東山基。奈何
值崩湍，蕩析臨路垂。髐然暴百骸，散亂不復支。從者幸
告余，睠之潸然悲。貓虎獲迎祭，犬馬有蓋帷。佇立唁爾
魂，豈復識此為。畚鍤載埋瘞，溝瀆護其危。我心得所安，
不謂爾有知。掩骼著春令，茲焉適其時。及物非吾輩，聊
且顧爾私。（卷四，頁85）

生與死不過是氣的聚散，忽焉聚而為生，忽焉散而為死，生命其實短
暫而平凡。勞役者並不代表其低賤，為貴族亦不代表其高尚，人世中
一切的名號、身份與階級，都只是過眼雲煙，在生命的面前，眾生平
等。這位役夫活著的時候努力盡自己的本分，死後以一口薄棺葬於東
山的山腳下。無奈遇天災，屍骨暴露荒野，凌亂無人聞問。柳宗元聽
到消息後，感到十分同情。因為即便是貓虎為禽，都有人祭祀照料，
身為人卻只得骨骸零落。於是詩人決定收拾役夫之骨，重新加以安
葬，這並非希望得到什麼報償，而是出於同為人類的同體惻隱之感。
沈德潛評曰：「『一朝攢息定』二語，見貴賤賢愚，古今同盡，此達人
之言也。『我心得所安』二語，見求安惻隱，非以示恩，此仁人之言
也。」（同上）能夠體悟出生命的平凡與平等，這是對世事通達的觀
照；擁有對眾生的惻隱之心，則是仁心具體的展現。通達來自於對生
命的「敬」，惻隱來自對眾生的「親」，根據朱自清先生的歸納，「敬」
與「親」都是「溫柔敦厚」的具體內容之一，因此都是「溫柔敦厚」
的展現。

初編《唐詩別裁集》又選高蟾〈下第後上永崇高侍郎〉詩云：
天上碧桃和露種，日邊紅杏倚雲栽。芙蓉生在秋江上，
不向東風怨未開。（卷二十，頁179）

不同之物各有其必須的生存環境，也只有在那樣的環境中，他們才能
展現自己最美好的一面。芙蓉生於秋江，未能受東風眷顧，並非東風
之不願顧芙蓉，實是芙蓉所生非處，故不怨東風之未及己。沈德潛評

曰：「存得此心，化悲憤爲和平矣。」（同上）能夠「怨而不怒」甚至於調整自我以至「和」的境界，正是「溫柔敦厚」的人格化成的理想。

在《古詩源》的部分，呂光華在〈沈德潛《古詩源》論評〉中，曾歸納沈德潛《古詩源》的選詩標準有四：第一、倡詩教、斥浮豔；第二、貴含蓄、忌直露；第三、本性情、反模擬；第四、尚自然、反雕鏤。〔註34〕在「倡詩教，斥浮豔」部分，乃以「溫柔敦厚」及強調詩歌政治社會的教化作用兩者言之。事實上，在《古詩源》中，「溫柔敦厚」這個詞彙的完整出現可說是少之又少，只有在評論梁朝之詩時感嘆「溫柔敦厚」詩風的失落。他說：「詩至蕭梁，君臣上下，惟以豔情爲娛，失溫柔敦厚之旨。」（卷十二，頁46）若從引文判讀，沈德潛所謂「失溫柔敦厚之旨」是對於梁朝詩歌的豔情內容有所批評，同時也是對詩歌淪爲一種取樂工具的不滿。從這裡可以再次證明，「溫柔敦厚」在沈德潛眼中是具有嚴肅的、教化的、理想的意義。如果「溫柔敦厚」是沈德潛編選《古詩源》的標準之一，但是在實際評論中又鮮少引用，可見沈德潛採取的是將「溫柔敦厚」的內容特質以個別呈現的方式進行詩歌品評。在檢視過《古詩源》後，發現沈德潛的《古詩源》評語中的確常出現「溫厚」、「忠厚」之詞，例如選〈古詩十九首〉之〈冉冉孤生竹〉：

> 冉冉孤生竹，結根泰山阿。與君爲新婦，菟絲附女蘿。菟絲生有時，夫婦會有宜。千里遠結婚，悠悠隔山陂。思君令人老，軒車來何遲。傷彼蕙蘭花，含英揚光輝。過時而不采，將隨秋草萎。君亮執高節，賤妾亦何爲。（卷四，頁15）

這首詩說的是一個等待夫君的女子的心情。自古以來，女人的命運就好像菟絲一般，沒有獨立與決定自我的能力，總是必須倚靠丈夫。於是，男人就成了女人命運的決定者。遇到一個懂得珍愛自己的男人，

〔註34〕呂光華〈沈德潛《古詩源》論評〉，（參見《第三屆中國詩學會議論文集》，國立彰化師範大學國文學系出版，1996年5月），頁429～435。

那麼便是一輩子的幸福。若沒有這麼幸運，那麼悲哀、痛苦便是必然
的結果。詩中的女主角原本以為找到了自己的幸福，但是後來卻發現
並非如此。她是孤竹、是蕙蘭花，她自許、自重、自賞又自傲。這樣
的女人值得愛情與幸福。無奈，她期待的幸福並未來到。在男人的心
中，總有許多價值更勝於愛情，因此女主角不禁為自己發聲，希望對
方也能理解自己的心情，讓彼此相遇在最美的時刻。沈德潛評此詩
曰：「起四句，比中用比。悠悠隔山陂，情已離矣，而望之無已。不
敢作決絕怨恨語，溫厚之至也。」（同上）（悠悠隔山陂）代表男子的
心已經遠去，不再以愛情為首要關注，因此女主角的「望」也就沒有
了著落。青春與愛情對於女人總是有著不同於男人的意義，這種價值
觀的不同所產生的衝突，往往決定了女性悲劇的命運。詩中女主角是
那樣特別的女性，對於自己的重視必定使得她在面對此一事件時，產
生更深的悲哀。即便如此，她卻不曾對於男主角選擇轉向另一價值做
出批評或攻擊，而是在怨、傷自己的遭遇的同時，對男主角的決定更
展現了一份尊重，這便是「溫厚」最極致的表現。同樣是愛情、婚姻
的題材，沈德潛選了〈古詩為焦仲卿妻作〉（又名〈孔雀東南飛〉），
詩中有云：「卻與小姑別，淚落連珠子。新婦初來時，小姑始扶床。
今日被驅遣，小姑如我長。勤心養公姥，好自相扶將。初七及下九，
嬉戲莫相忘。」（卷四，頁14）詩說的是焦仲卿妻劉氏為焦母所逼，
不得不與仲卿分離的事。這一段是劉氏被休將出時，與小姑道別的情
景。沈德潛評曰：「別小姑一段，悲愴之中，復極溫厚風人之旨，固
應爾耳。唐人作〈棄婦篇〉，直用其語，云：『亦我初來時，小姑始扶
床。今別小姑去，小姑如我長。』下忽接二語云：『回頭語小姑，莫
嫁如兄夫。』輕薄無餘味矣。故君子立言有則。」（同上）「溫厚」並
及「風人」，除了表示劉氏人格之外，同時也提示了「主文譎諫」這
種不直斥的風的手法。沈德潛並且比較了此詩與唐人之作的不同。認
為唐人所做直盡其詞其情，故輕薄無餘味，故可知沈德潛這裡所主張
的「溫厚風人」較偏重於詩歌中委婉蘊蓄的表達方式，以及其對於讀

者的影響能力。

再來，沈德潛選陶潛〈與殷晉安別〉，詩云：

> 遊好非久長，一遇盡殷勤。信宿酬清話，亦復知爲親。
> 去歲家南在，薄作少時鄰。負杖肆遊從，淹留忘宵晨。語默
> 自殊勢，亦知當乖分。未謂事已及，興言在茲春。飄飄西來
> 風，悠悠東去雲。山川千里外，言笑難爲因。才華不隱世，
> 江湖多賤貧。脫有經過便，念來存故人。（卷八，頁 32）

這是陶淵明送給他的一位姓殷的好友的詩。這位好朋友原本作的是晉
臣，與陶淵明同時，後來作了宋臣，與陶淵明殊調。沈德潛評曰：「參
軍已爲宋臣矣，題仍以前朝官名之，題目便不苟且。才華不隱世，何
等周旋。別云故者，無失其爲故也，即此見古人忠厚。」（同上）在
沈德潛看來，陶淵明的忠厚在於他並不因爲朋友的志趣與自己不同，
就否定這段友誼，仍然像從前那樣對待他，並希望朋友也能瞭解自己
對他的情誼，有空經過的時候，可以順便來探訪一下故人。吳菘曰：
「良才不隱世，並不以殷之出爲非。江湖多貧賤，亦不以己之處爲是。
各行其志，眞所謂肆志無污隆也。」﹝註35﹞沈德潛說忠厚，正是這種
「無失其爲故也」的胸懷。沈德潛言「溫厚」、「忠厚」的對象雖然不
同，但其實都有一個共通點，就是厚道。怎樣才是厚道？人與人間的
關係有很多種，例如：夫婦、朋友、君臣、親子等等，不同的關係背
後有著不同的情感基礎，如愛情、友情、親情……。當我們能夠在這
些以情感爲基礎所建立的人際關係中，眞誠的對待他人與自我，不輕
易受到其他因素影響或改變，並且能適當的展現於外時，這就是厚道
的表現。譬如〈與殷晉安別〉說的是朋友間的友情，在這世上，友情
常因爲某些原因而變質，甚至消失。前後貧富差距、政治主場不同正
是影響友情最大的原因之二。陶淵明的友情最珍貴的地方就是不因爲
這兩者而有所改變。陶潛謹記當初之所以爲友的原因，不因爲朋友的
富貴與政治出處與他不同便放棄這段友情。他所展現的是對這段友情

﹝註35﹞ 參見《靖節先生集》卷二，（陶潛撰、陶澍注，台北：華正，1993 年，
10 月版），頁 26。

的忠誠，以及對於作爲一個人基本的尊重他人的胸襟，所以說「忠厚」。「溫厚」與「忠厚」的不同在於前者強調的是溫婉，而後者強調的是眞誠，然這兩者其實都是儒家「溫柔敦厚」的「詩教」理想。蔡英俊曾討論過「溫柔敦厚」的意義，他認爲儘管後世許多批評家對「溫柔敦厚」產生了誤讀，但是「溫柔敦厚」一詞所蘊含的原始理念應該是：美感教育足以造就優雅和平、寬容體貼的情性。〔註36〕因此，沈德潛是透過選詩，擇取出「溫柔敦厚」在不同關係中所應展現的面貌，藉著閱讀與學習，使人在無形中養成優雅和平、寬容體貼之性情，此即「溫柔敦厚」之「詩教」。

　　從初編《唐詩別裁集》到《古詩源》，沈德潛「溫柔敦厚」的意義逐漸向個人人格與道德涵養方面靠攏。並且，藉著「溫柔敦厚」與不同詞彙的結合使用，帶出了「溫柔敦厚」的具體特質。《說詩晬語》則更顯現了「溫柔敦厚」作爲人格描述與涵養的意義。《說詩晬語》有云：

> 州吁之亂，莊公致之，而〈燕燕〉一詩猶念先君之思；
> 七子之母，不安於室，非七子之不令，而〈凱風〉之詩猶
> 云莫慰母心。溫柔敦厚，斯為極則。（卷上，頁4）

根據毛亨的注，〈燕燕〉是莊姜寫給戴媯的送行之詩。州吁之亂後，戴媯擬歸陳，莊姜遠送之，作〈燕燕〉以見己志。詩的最後兩句中戴媯爲莊姜言當思念衛莊公，並以此相勉。然考之於史，戴媯之所以歸陳乃因公子州吁弒衛桓公而自立，州吁之可以作亂，又是因爲衛莊公的放縱所致。〔註37〕所以，莊公可說是導致戴媯與莊姜今日之別的罪

〔註36〕參見蔡英俊《比興物色與情景交融》，（台北：大安，1986 年 5 月，初版），頁 106、107。

〔註37〕原文如下，《左傳》三、四年：「衛莊公娶于齊東宮得臣之妹，曰莊姜，美而無子，衛人所爲賦〈碩人〉也。又娶于陳，曰厲媯，生孝伯，早死。其娣戴媯，生桓公，莊姜以爲己子。公子州吁，嬖人之子也。有寵而好兵，公弗禁。莊姜惡之。石碏諫曰：『臣聞愛子，教之以義方，弗納於邪。驕、奢、淫、泆，所自邪也。四者之來，寵祿過也。將立州吁，乃定之矣；若猶未也，階之爲禍。夫寵而不驕，驕而能降，降而不憾，憾而能眕者，鮮矣。且夫賤妨貴，少陵長，遠間親，新間舊，小加大，淫破義，所謂六逆也；君義，臣行，父

魁禍首。但是在〈燕燕〉詩中，不論莊姜或戴嬀，無一言指責莊公，所以沈德潛舉其例以爲「溫柔敦厚」。再來，毛亨對〈凱風〉的解釋「美孝子也。」但是，其後卻說：「衛之淫風流行，雖有七子之母，猶不安於室，故美七子能盡其孝道，以慰其母心而成其志也。」〔註38〕對於這樣的解釋，後來的研究者已經做出了異議。〔註39〕沈德潛之所以秉毛傳以言〈凱風〉，將它視爲「溫柔敦厚」的極致，其實有他的根據。沈德潛對於這兩首詩的看法都是根據詩大小序來的，他在〈詩大小序或問〉中說：「或問：詩序可廢乎？曰：是惡可廢。……吾謂朱子之改正，大有功於詩也。……後之言詩者，以大小序爲主，其有牴牾不可信者，於朱子之說求之。」（《歸愚文鈔》卷五，頁1）再考察朱子對這兩詩的解釋，〔註40〕就可以看出沈德潛意見乃承自朱子與毛傳，並非自立意見。這裡的「溫柔敦厚」代表的是一種寬容的胸懷，莊公與七子之母在行爲上都有所缺失，但是莊姜與七子並未指責他們，反而是以自省的方式展現了對於他們的寬容，因此爲「溫柔

慈，子孝，兄愛，弟敬，所謂六順也。去順效逆，所以速禍也。君人者，將禍是務去，而速之，無乃不可乎？』弗聽。其子厚與州吁游，禁之，不可。恒公立，乃老。戊申，衛州吁弒其君完。」（清‧阮元纂《十三經注疏》，板橋：藝文，1976年，六版），頁53～55。

〔註38〕參見《毛詩》卷一，（孔子文化大全編輯部編輯，山東：友誼書社，1990年9月，第一版），頁81。

〔註39〕例如李思樂曾整理何善周先生對其師聞一多先生理解〈凱風〉之誤的意見，作成〈聞一多先生的《七子之歌》與《詩經‧邶風‧凱風》〉一文，文中引述何善周的意見，認爲毛傳說其母「不安於室」，孩子們勸說作「凱風」一詩，是不確的。細研此詩，是母親撫育這班孩子克盡辛苦，而父親卻冷酷無情，不能善待母親，兒子們爲了安慰母親，歌頌母親的辛苦與聖德而作此詩。（參見《古籍整理研究學刊》，2004年1月，第一期），頁20。

〔註40〕朱熹《詩集傳》對〈燕燕〉的解釋是：「州吁之暴，恒公之死，戴嬀之去，皆夫人失位，不見答於先君所致也。而戴嬀猶以先君之思勉其夫人，眞可謂溫且惠矣。」（台北：台灣中華，1969年，台二版），頁68。而對〈凱風〉的解釋則是：「風以淫風流行不能自守，而諸子自責但以不能事母，使母勞苦爲詞。婉詞幾諫，不顯其親之惡，可謂孝矣。」（同上），頁77。

敦厚」的極致。除此之外，《說詩晬語》又說：

〈巷伯〉惡惡，至欲投畀豺虎、投畀有北，何嘗留一
餘地？然想其用意，正欲激發其羞惡之本心，使之同歸於
善，則仍是溫厚和平之旨也。（卷上，頁7）

面對《詩經》中某些被認為與「溫柔敦厚」之「詩教」背道而馳的作
品，沈德潛從本心用意處來切入，認為這些作品仍是溫厚和平之旨。
胡幼峰認為沈德潛自始至終都不遺餘力的強調詩歌的教化作用，這種
過份強調詩歌政教作用的態度，使他在編選、賞析詩歌時，不免失之
主觀。他對〈巷伯〉篇的解釋就是最好的例子。〔註41〕筆者以為，若
考察沈氏對其他詩歌作品的態度可以發現，沈德潛並不以為所有的作
品都應該以絕對的政教作用的眼光來看待。例如初編《唐詩別裁集》
與《說詩晬語》都曾引到一段話：「朱子云：『楚辭不皆是怨君，被後
人多說成怨君。』此言最中病痛。如唐人中，少陵故多忠愛之詞，義
山間作風刺之語。然必動輒牽入，即偶爾賦物，隨境寫懷，亦必殘主
某事、刺某人，水月鏡花，多成粘皮帶骨，亦何取耶？」（《說詩晬語》
卷下，頁8）可見沈德潛對於那種動輒牽強附會的解釋也不贊同。然
而沈德潛在此對於〈巷伯〉篇的解釋，卻讓人有強以為解的懷疑。筆
者認為這是因為在沈德潛眼中，《詩經》是「詩教」的根據，既然「詩
教」教人「溫柔敦厚」，教人中正和平、主文譎諫，那麼《詩經》本
身必然具備了這些特質。但是我們知道，《詩經》並非全部都符合後
人定義中的「溫柔敦厚」，〈巷伯〉篇就是最好的例子。沈德潛當然也
看得出來，〈巷伯〉篇的詞語的確與溫柔敦厚有很大的落差。只是，〈巷
伯〉的內容乃諷刺以正得失，故其詞雖然激烈，仍屬「詩教」的範圍。
並且《禮記·經解》在提出「溫柔敦厚」之時，同時留下了廣大的解
釋空間，故沈德潛得以從本心立意處來詮解之。沈德潛的說法雖然沒
有直接的證據支持，但是可以看出沈德潛在遭遇藝術風格與詩教本旨
相衝突時，所採取的應變措施以及他對於「溫柔敦厚」意義的發展。

〔註41〕參見胡幼峰《沈德潛詩論探研》，頁40、41。

到了《明詩別裁集》,「溫柔敦厚」依舊是沈德潛所關注的重點,與前三書相同的是,沈德潛仍然較少使用「溫柔敦厚」這個完整詞彙,而以與其他概念相結合的詞彙代替「溫柔敦厚」。例如評鄭明選〈恭聞冊立皇太子喜而賦詩〉曰:「神廟爲鄭妃故,屢次欲建立福王,迫於公議而止。作者歸本九重獨斷,立言之體,故應溫厚也。」(卷九,頁347)神宗原本欲立鄭貴妃子常洵爲太子,後因公議止之,〔註42〕此詩作者不言神宗迫於公議之事,而言立太子爲其獨斷而行,將神宗破壞宗法的嫌疑隱藏,給予他賢明的外貌。作爲一個臣下,能夠爲上司找到一個下台階,所以沈德潛說這首詩「溫厚」。與前三書不同的是,在《明詩別裁集》中,沈德潛提出了除「忠厚」、「溫厚」外在其他價值,如:「忠愛」、「忠孝」、「忠義」或「孝」,「忠愛」來說,沈德潛選張溥〈孟門行〉詩云:

> 雙絲繫玉環,宛轉生光澤。本以結同心,何知反棄擲?
> 君家美酒琥珀光,紅顏少年空滿堂,酒酣意氣不可當。君
> 家玉堂盛孟門,孟門深谷無朝昏,中有美人嘯且歌。仁義
> 結客客自多,相與醉君金巨羅。黃雀銜環報舊主,畏君彈
> 射遠飛去,夜深孤棲城北樹。(卷十,頁351)

玉環原本是盟誓與承諾的象徵,未料曾經是知己的人,而今卻拋棄自己。我也曾是堂上賓客,在美酒玉堂中意氣風發。自古以來,以仁義相交者才能收人心,也才能久長。今非昔比,現在的我即便想再回到你的身邊,卻像害怕被彈弓驅趕的黃雀一樣,只能遠遠地、孤獨地棲息在城北的樹上望著一切。沈德潛評曰:「夜深孤棲,餘情不盡。忠愛之心,故應如是。」(同上)夜深孤棲是因爲不忍離去,也是因爲

〔註42〕根據《明史・卷一百二十・列傳第八・諸王五・神宗諸子》記載:「福恭王常洵,神宗第三子。初,王皇后無子,王妃生長子,是爲光宗。常洵次之,母鄭貴妃最幸。帝久不立太子,中外疑貴妃謀立己子,交章言其事,竄謫相踵,而言者不止。帝深厭苦之。二十九年始立光宗爲太子,而封常洵福王,婚費至三十萬,營洛陽邸第至二十八萬,十倍常制。」(清・張廷玉等撰,藩樨章考異,台北:新文豐,1975年4月,初版),頁1381。

餘情不盡。曾經相知相惜，儘管已經改變，但是所存有的那一份眷戀，是對彼此關係發自內心的忠誠與愛惜，這就是「忠愛」。沈德潛選評徐禎卿〈長陵西望泰陵〉說：「忠愛之意，溢於言表。」（卷六，頁327）；評其〈送盛斯徵赴長沙〉云：「送人每以忠愛勉之，此立言之體。」（同上）亦是例證。

另外，像王越小傳說：「威寧詩性情流露，不須雕飾……然於雅音則未至也。至劉原博云：孤臣自恨無容也，逆膚猶存不共天。但取其忠義可也。」（卷三，頁 315）沈德潛認為王越的詩沒有到達雅音的標準，但他性情自然流露，其忠義是可取的。周瑛〈履霜操〉描述一個被父母拋棄的孩子，雖然飢寒交迫，幾至送命，但是他不指責父母的不是，反而以為定是自己有過錯，才導致今日局面。沈德潛評曰：「此方是怨而不怒，與昌黎〈拘幽操〉，一忠一孝，並有千古。」（卷四，頁316）。李攀龍〈輓王中丞〉有云：「屬鏤不是君王意，莫做胥江萬里濤。」王中丞為王世貞之父，被嚴嵩所害，李攀龍以伍子胥與文種的典故為喻，〔註43〕一方面視王中丞為忠直之士，另一方面又說王中丞之死並非君王之意，故沈德潛評曰：「為王中丞吐氣，而忠厚之意宛然。」（卷八，頁 339）沈德潛自當知道伍子胥與文種的故事，也當知道他們的死實乃君王之咎，正如王中丞之死雖為嚴嵩主導，但

〔註43〕《韓非子》人主第五十二云：「子胥忠直夫差而誅於屬鏤。」（參見劉寶楠等編《諸子集成》五，台北：世界，1974），頁 363。而《吳越春秋·卷十·句踐伐吳外傳》則記載了文種的一則傳說：「越王復召相國，謂曰：『子有陰謀兵法，傾敵取國九術之策，今用三已破彊吳，其六尚在子，所願幸以餘術，為孤前王於地下謀吳之前人。於是種仰天歎曰：『嗟乎！吾聞大恩不報，大功不還，其謂斯乎？吾悔不隨范蠡之謀，乃為越王所戮。吾不食善言，故哺以人惡。』越王遂賜文種屬盧之劍，種得劍又歎曰：『南陽之宰而為越王之擒！』自笑曰：『後百世之末，忠臣必以吾為喻矣。』遂伏劍而死。越王葬種於國之西山，樓船之卒三千餘人，造鼎足之羨，或入三峰之下。葬七年，伍子胥從海上穿山脅而持種去，與之俱浮於海。故前潮水潘候者，伍子胥也，後重水者，大夫種也。』（漢·趙曄撰，南京：江蘇古籍，1999 年 8 月，第一版），頁 174。

是若非君王寵信嚴嵩，不能辨別是非，嚴嵩何能一手遮天？王中丞又如何會死？但不論是站在政治還是人情的角度，面對已成事實的不平，心存憤恨、口出惡言絕非最好的處理方式，而是應該以寬容、厚道的態度，放下自我的怨恨，也給予犯錯者一個彌補自新的機會，這就是「忠厚」。

《明詩別裁集》除了「忠厚」、「溫厚」之外，還加入了「忠愛」、「忠義」、「忠孝」等特質，擴大了「溫柔敦厚」的內容，也提示了「溫柔敦厚」作爲理想人格建立的具體實踐面向。除此之外，《明詩別裁集》與初編《唐詩別裁集》、《古詩源》、《說詩晬語》的不同之處，在於《明詩別裁集》已逐漸將「忠」固定爲「溫柔敦厚」的一個重要特質。可以看出，對沈德潛來說，代表「眞誠」與「忠實」的「忠」，不論是在人格修養、人際關係或是政治領域中，都具有一定的重要性。

初編《唐詩別裁集》中，沈德潛對於「溫柔敦厚」主要以「不眞斥、不直露」、「怨而不怒」與「通達和平」三方面來說。到了《古詩源》則提出「溫厚」、「忠厚」以含括前三者，並且提出了「忠」作爲「眞誠」的意義。至於《說詩晬語》則提出了「寬容」作爲「溫柔敦厚」的展現，並且在面對前人所謂不合乎「溫柔敦厚」的作品時，從本心立意處說其「溫柔敦厚」，擴大了「溫柔敦厚」所涵攝的藝術風格。《明詩別裁集》中，沈德潛維持了他對於「溫柔敦厚」的一貫詮釋方式，也就是將內涵特質個別提出，藉以具體說明「溫柔敦厚」，同時加入了「忠愛」、「忠孝」、「忠義」等等新內容，並且建立了以「忠」與其他特質相搭配的表述模式，由此可看出沈德潛對於「忠」的重視。總括來說，「忠」、「溫」、「厚」、「愛」、「孝」、「義」都是儒家人格道德涵養的理想價值，擁有這些理想價值的人格，必定具備了眞誠、忠實、厚道、仁愛、孝順、爲所當爲等等特質，可說是儒家「至善」人格的具體呈現。沈德潛以這些價值來說明「溫柔敦厚」，足以見「溫柔敦厚」作爲理想人格建立的目標的意義。

第三節　入仕與致仕後對理想人格的調整

　　上文中我們歸納出沈德潛從初編《唐詩別裁集》到《明詩別裁集》，其理想人格表現在「溫柔敦厚」之意義與面向的發展，得到一個結論：沈德潛對「溫柔敦厚」的展現方式基本上採取凸顯其中個別特質以具體說明，並且逐漸形成以「忠」為主軸，描配其他特質（例如：愛、孝、義、厚）的表述方式。入仕後，在《杜詩偶評》中，沈德潛藉著評價杜甫的人格形象，再次進行了他對「溫柔敦厚」的說明。沈德潛選杜甫〈奉贈韋左丞丈二十二韻〉詩云：

> 紈袴不餓死，儒冠多誤身。丈人試靜聽，賤子請具陳。甫昔少年日，早充觀國賓。讀書破萬卷，下筆如有神。賦料揚雄敵，詩看子建親。李邕求識面，王翰願卜鄰。自謂頗挺出，立登要路津。致君堯舜上，再使風俗淳。此意竟蕭條，行歌非隱淪。騎驢三十載，旅食京華春。朝扣富兒門，暮隨肥馬塵。殘杯與冷炙，到處潛悲辛。主上頃見徵，欻然欲求伸。青冥卻垂翅，蹭蹬無縱鱗。甚愧丈人厚，甚知丈人真。每於百僚上，猥誦佳句新。竊效貢公喜，難甘原憲貧。焉能心怏怏，祇是走踆踆。今欲東入海，即將西去秦。尚憐終南山，回首清渭濱。常擬報一飯，況懷辭大臣。白鷗沒浩蕩，萬里誰能馴？（卷一，頁21）

根據繫年，此詩約作於玄宗天寶七年（748），時杜甫三十七歲，正居於長安。杜甫於詩中自述年輕時的志向與今日有志難伸的困境，並且流露出心中的失望與不甘，及終於決定離開的心情。沈德潛評曰：「抱負如此，終遭阻抑。然其去也，無怨懟之詞，有遲遲我行之意，可謂溫柔敦厚矣。」（同上）鄭家倫在《沈德潛唐詩別裁集之詩觀研究》中表示了他對於沈德潛的這段評論的看法，他說：「沈氏主要在稱讚杜甫面對懷才不遇之況時，因其具有宏闊的心胸，所以並未憤恨不平，反而遲遲我行，並潔身自好。」〔註44〕這樣的情志表現，值得沈

〔註44〕參見鄭家倫《沈德潛唐詩別裁集之詩觀研究》，（中央大學中文研究所，1999年碩論），頁101。

德潛稱許，並且強調這就是「溫柔敦厚」。鄭家倫認爲沈德潛所言「溫柔敦厚」當從心胸處解釋，對於這一點，筆者是同意的。值得深究的是，杜甫的這種心胸的內涵爲何？爲何可以說是「溫柔敦厚」？莫礪鋒、童強在《杜甫傳——仁者在苦難中的追求》中說：「詩人以往的獻詩大多是上半部分稱頌，下半部分自述並表達自己的請求，可是這首詩是個例外，竟然沒有讚揚的話。詩人濃郁的幽憤實在太強烈了，不如此不足以表達內心憤懣之深。」〔註45〕詩人就像一面鏡子，他用詩篇眞切的寫出了一個恪守儒術、眞誠樸實、仁慈善良的人，在這個被權勢、金錢、慾望扭曲的社會中所遭受的不幸。一個具有遠大抱負理想的人，面對這樣的現實，不可能沒有怨憤。只是，杜甫的怨憤已經不是停留在個人境遇的層面，而提升到了知識份子對於現世的共同責任的層面，在這一轉化之後，個人不幸之境遇所引發的憤懣就成爲了對人世的悲憐。正因爲這種悲憐，才能讓「萬里誰能訓」的杜甫寧願繼續身處其中，並且不斷的嘗試實現淑世的理想，也才能「遲遲我行」。這種不忍人之心，就是「仁」的展現，亦是「溫柔敦厚」的胸懷的意蘊。

除了這種仁者的胸懷之外，沈德潛也以「忠愛」、「忠孝」來論杜甫的「溫柔敦厚」人格。《杜詩偶評》選評〈北征〉詩云：「漢魏以來，未有此體，少陵特爲開出，是詩家第一篇大文。公之忠愛謀略，亦於此見。」（卷一，頁45）至德二年（756），詩人時任左拾遺之職，由於疏救房琯，與上意相忤，特詔返家探視。他雖然相信皇帝能夠精勵圖治，中興唐室，但是仍對當時的情形心急如焚。好不容易懷著不安的心情踏上了他的北征的路，詩人敘述了他一路的所見所聞，以及到家之後見到親人的情景，最後回顧安史之亂爆發之後唐王朝的經歷，讚美忠臣除奸之義舉，並且希望唐室從此走向中興。詩人的「忠愛」在於他對國家的忠誠與認同，以及他對受苦人民的同體共感。在「忠孝」的部分，沈德

〔註45〕莫礪鋒、童強《杜甫傳——仁者在苦難中的追求》，（天津：天津人民出版社，2000年1月，第一版），頁59。

潛則是將之分爲兩個部分來說。他選杜甫〈垂老別〉詩云：

　　　　四郊未寧靜，垂老不得安。子孫陣亡盡，焉用身獨完。
投杖出門去，同行爲辛酸。幸有牙齒存，所悲骨髓乾。男
兒既介冑，長揖別上官。老妻臥路啼，歲暮衣裳單。孰知
是死別，且復傷其寒。此去必不歸，還聞勸加餐。土門壁
甚堅，杏園度亦難。勢異鄴城下，縱死時猶寬。人生有離
合，豈擇衰老端。憶昔少壯日，遲回竟長歎。萬國盡征戍，
烽火被岡巒。積屍草木腥，流血川原丹。何鄉爲樂土，安
敢尚盤桓。棄絕蓬室居，塌然摧肺肝。（卷一，頁55、56）

〈垂老別〉以老翁的話構成。老翁已經爲了國家獻出親人，他的兒孫
都已陣亡，而今他又以垂暮之年被徵召入伍，他連走路都需要枴杖，
可是現在居然要投杖從軍，這一次與妻子之別，無疑是死別了。他強
自振作，寬慰老妻說自己不會馬上遇到危險，並且現在正是滿地烽
火，自己又豈能置身事外？詩人在詩中傾注著對老翁的同情與敬佩，
所謂「國家興亡，匹夫有責」，老翁置個人生死與度外的勇氣與精神，
正是沈德潛所謂的「忠」。其選〈無家別〉詩云：

　　　　寂寞天寶後，園廬但蒿藜。我里百餘家，世亂各東西。
存者無消息，死者爲塵泥。賤子因陣敗，歸來尋舊蹊。人
行見空巷，日瘦氣慘悽。但對狐與狸，豎毛怒我啼。四鄰
何所有，一二老寡妻。宿鳥戀本枝，安辭且窮棲。方春獨
荷鋤，日暮還灌畦。縣吏知我至，召令習鼓鞞。雖從本州
役，內顧無所攜。近行止一身，遠去終轉迷。家鄉既盪盡，
遠近理亦齊。永痛長病母，五年委溝谿。生我不得力，終
身兩酸嘶。人生無家別，何以爲蒸黎。（卷一，頁56、57）

〈無家別〉中的主人翁很早就上了戰場，回到家鄉之後發現人事全
非，家鄉已經殘破不堪、人煙稀少了。爲了活下去，他重新開始了辛
勤的耕作。但是縣吏很快的知道他回鄉的消息，又徵召他去當兵，但
這次他居然連一個告別的對象都沒有！他已經到了一個無家可別的
地步了，正因爲無家可別，所以世上的任何一個地方對他而言都沒有

什麼差別了。他想要長年生病的母親委骨溝壑已經五年，生不得養，死不得葬，於是他悲憤的說道：「人生無家別，何以爲蒸黎？」表達了千萬百姓的憤怒、責問與控訴。沈德潛在此評曰：「上章（垂老別）以忠結，此章（無家別）以孝結，可以續三百篇矣。」以「忠」、「孝」分屬二詩，有不能兩全意。以此續三百篇，賦予「溫柔敦厚」之「詩教」更多討論空間。

《杜詩偶評》大致上仍延續了入仕以前對「溫柔敦厚」的闡述方式，然而「忠孝」分論的方式，不只提升了「孝」的地位，使之與「忠」能相提並論，也影響了後來《清詩別裁集》中「忠孝」或「孝」的大量提出。

《清詩別裁集》論「溫柔敦厚」的特色是以「忠孝」或「孝」爲重點，經檢閱之後發現，這兩個詞彙取代了前朝「忠義」、「忠厚」、「忠愛」等，成爲了論述「溫柔敦厚」的主要內容。沈德潛選吳苑〈到家〉詩云：

> 蒼竹猗猗垂，山桂亭亭覆。入門拜慈親，白髮顏微瘦。
> 薄宦十餘年，懼愛類樨幼。欵欵問中朝，不私及堂構。嬌
> 兒髮垂額，及歸盡婚媾。闔門孫暗虧，茲客曾未觀。憶昔
> 少年時，老屋塤篪奏。樹下共嬉遊，兄先弟隨後。樹今已
> 成圍，山石還如舊。擬採南陔蘭，相偕餂容臭。匪敢賦閒
> 居，獻母南山壽。（卷十三，頁 466）

作者在外遊宦多年，再回到家鄉，看到母親與家人都已與從前不同。回想起少年時的生活，一切仍彷彿昨日，而今我只願能侍奉高堂，並祈求母親能壽比南山。沈德潛評曰：「讀者忠孝之心油然興起。」（同上）沈德潛對於「忠孝」的重視，還可以從金志章〈鈐山行〉詩看出來，詩有云：「文章不掩孔雀毒，膝下豺虎兼夔貐。讀書不識忠孝字，廿年辛苦何爲耶？」（卷二十六，頁 574）沈德潛評曰：「『文章不掩孔雀毒』，姦佞之人雖有才華，莫能蓋也。『讀書不識忠孝字』令閱者悚然。」（同上）讀書若不能明瞭「忠孝」，那麼就算擁有再多的知識、

再華麗的文采也是枉然。因為「忠孝」是立身為人的根本，由此可見沈德潛對「忠孝」的重視。

以「忠」來說，書中選陳景元〈古北雜詩〉云：

> 昔者楊無敵，英明代朔聞。我來北平右，人指令公墳。
>
> 尚勇兒童拜，酬神酒肉分。邊庭重死節，不祀李將軍。（卷三十，頁604）

這首詩說的是楊家將中的靈魂人物楊業。宋太平興國五年（公元980），遼國派十萬大軍向雁門關進攻，代州刺史楊業接到戰報後，帶領數百輕騎，從雁門以北的遼兵背後殺出，擊退敵人，從此遼兵聞楊業之名而喪膽，稱之為「楊無敵」。楊業後來兵敗，絕食三日，自刎殉國。相較於楊業的殉國，李陵在遭遇到同樣戰敗之時，沒有選擇殉國，而被匈奴俘虜。詩中最後兩句點出了楊、李最大的不同，以及對兩人的評價。沈德潛評曰：「可以教忠。」（同上）從狹義上來說，「忠」可以解釋為忠於某一特定政權。然若將此處之「忠」解釋為忠於國家，毋寧更為貼切。許汝霖〈送張侍御歸里〉有言：「孤忠原不問升沉，正氣稜稜自古今……一鳴終落憑城膽，三黜寧忘報國心。從此歸田把鋤耒，塗泥終荷主深恩。」（卷十三，頁464）沈德潛評曰：「此章勸忠，立言自應爾爾。」（同上）此詩起首兩句說的是一個儒家教化薰陶之下，一個具有責任感、使命感的知識份子所應有的態度。知識份子出來從政，不是以自我的出處利益為考量，而是為了報國、為了淑世。他們忠於自己的國家，忠於忠己所肩負的責任，就算遭遇挫折也不改變。末句說不忘深荷主恩，從保守的主場來看，我們當然可以將之視為忠君的表現。誠然，我們不能完全否定此一部份的存在，但我們或許可以改變觀察這一現象的切入點。臣子對君主的感懷不見得是一種愚忠，而是一種由對於國家、土地的認同，連帶著對擁有政權的君王表達忠誠與尊重，是維繫國家安定所必需的。如果只將對君主的感謝視為「忠」的唯一意義，而不見其忠於國家、忠於文化責任之處，只會將「忠」的意義扁平化。

在「孝」的部分，書中選盛錦〈履霜操〉云：

> 霜皚皚兮瀘之滸，兒弗履兮畏我父母。兒身載寒兮，兒心載苦。兒心兮父心，兒身兮母身。寒兮苦兮，實傷我親。兒罪兮莫逭，親心兮可轉。俟日出而回光兮，履霜亦暖。（卷三十，頁 610）

沈德潛評曰：「與臣罪當誅，天王聖明，同一悱惻。可以教孝。」（同上）「臣罪當誅，天王聖明」是韓愈〈拘幽操〉裡的名句，許多人都以此爲一種愚忠的、絕對君權的表現。但是，在沈德潛看來卻是「悱惻」不已。有些學者認爲韓愈此言是說反話的行爲，筆者則以爲沈德潛的看法應作如是觀：一位具有強大內在思想主張，同時也有積極實踐理想的慾望與能力的人，在努力與環境奮鬥之後，發現他所遭遇的是一個不可更改的事實，對此所發出的深沈的感觸與抗議。當他遭受不公平的對待之時，他本可選擇痛陳直斥，但是他卻選擇自己背負這莫須有的罪名，從某一方面來看，這不啻是一種最「溫柔敦厚」的作法。從另一方面來看，這也是爲他所熱愛的國家，表達最深沈的赤誠與奉獻。這首詩中的孩子或許受到父母的指示，必須在冰天雪地中工作或行走。他不願意服從，並不是因爲他害怕寒冷，而是因爲身體髮膚受之父母，讓自己受寒受苦，就是間接的傷害父母，從另一個角度來看，其實更是爲了不肯陷父母於不仁。在沈德潛看來，這種態度正是「孝」。其選周士彬〈營巢燕〉有云：

> 雙燕銜泥葺巢壘，飛去飛來掠煙水。巢成抱卵意苦辛，忍飢終日伏巢裡。哺養新雛四五子，衝風冒雨尋魚蟻。燕雛羽弱飛難起，母燕呢喃翔復止。一朝相引向天飛，子去母歸誰顧視？獨有前林慈乳烏，銜恩反哺情無巳。（卷十八，頁 504）

母燕辛苦的撫育雛燕，築巢、餵養、忍受飢餓，還要教導雛燕自立更生的本事。然而雛燕一旦羽翼豐成，一朝離去就不再回來了。鳥中只有慈烏懂得反哺雙親的恩情，相較之下，慈烏的孝心就更顯珍貴了。沈德潛評曰：「此等詩可以教孝。」（同上）除此之外，書中選徐善建

〈觀鳥哺兒有感〉詩，沈德潛評曰：「性情淺者，只感觸己之哺兒，今上念父母哺己之恩，愀然藹然，可以教孝。」（同上）也是沈德潛對「孝」的重視的例證。

　　重訂《唐詩別裁集》也延續了對於「孝」的重視，例如集中選張籍〈離怨〉詩：

> 切切重切切，秋風桂枝折。人當少年嫁，我當少年別。
> 念君非征行，年年長遠途。妾身甘獨歿，高堂有舅姑。山
> 川豈遙遠，行人自不返。（卷四，頁 87）

這原本是一首閨怨的作品，但是沈德潛卻評曰：「責以高堂有老姑，怨之正也。與泛作閨房之言有別。」（同上）沈德潛從「孝」的觀點切入這篇作品，認爲此婦之怨非獨閨情之怨，而是當以「父母在，不遠遊」的孝道相責，所以得怨之正。又如選白居易〈慈烏夜啼〉詩云：

> 慈烏失其母，啞啞吐哀音。晝夜不飛去，經年守故林。
> 夜夜夜半啼，聞者爲霑襟。聲中如告訴，未盡反哺心。百
> 鳥豈無母，爾獨哀怨深。應是母慈重，使爾悲不任。昔有
> 吳起者，母歿喪不臨。嗟哉斯徒輩，其心不如禽。慈烏復
> 慈烏，鳥中之曾參。（卷三，頁 81、82）

整首詩描寫失去母親的慈烏所流露出的悲戚，牠整夜啼哭，似乎是在向人傾訴牠未盡反哺的悔恨。母恩之重讓慈烏無法承受失去母親的痛楚，相較之下，昔日秦國吳起爲了自己的功業，母親過世居然不親臨治喪，像這樣的人眞是連禽獸都不如！而慈烏的行爲眞可謂是鳥中的孝子。沈德潛評曰：「仁孝之人，其言藹然。」（同上）此外，「忠愛」也被突出成爲繼「孝」之後的另一個重點。沈德潛在杜甫五言古詩小傳中說：

> 聖人言詩，自興觀群怨，歸本於事父事君。少陵身際
> 亂離，負薪拾橡，而忠愛之意，惓惓不忘，得聖人之旨矣。
> （卷二，頁 70）

在杜甫七言古詩小傳中，沈德潛則將「事父事君」的聖人之旨歸於「忠

孝」：

> 一飯未嘗忘君，其忠孝與夫子事父事君之旨有合，不
> 可以尋常詩人例之。（卷六，頁98）

觀察這兩則引文，同樣以「事父事君」的聖人能旨來稱許杜甫，但是
卻將其分別歸入「忠愛」與「忠孝」兩個語彙，顯然已經將「忠孝」
與「忠愛」劃上等號了。並且將「忠孝」與「忠愛」的內容限定在君
主與國家民族上。沈德潛在白居易的詩人小傳中的意見，更能證明這
一點。沈德潛在白居易五言古詩小傳中說：

> 樂天忠君愛國，遇事托諷，與少陵同。特以平易近人，
> 變少陵之沉雄渾厚。不襲其貌，而得其神也。（卷三，頁80）

在第二章中，筆者已經說明過，沈德潛在初編《唐詩別裁集》中並未
選取白居易諷諭詩，此類詩是在重訂本時才加入的，這是因爲對白居
易諷諭詩之藝術風格有不同評價所致。《說詩晬語》中，沈德潛以「言
者無罪，聞者足戒」的「風人遺意」來評價白居易諷諭詩，到了重訂
《唐詩別裁集》中，則變成以「忠君愛國」所以「遇事託諷」來評價
白居易，可見沈德潛詩歌價值觀的改變。沈德潛之所以會有這樣的改
變，筆者認爲可以從「君父」觀念來解讀。「忠」所對應的是「五倫」
中「君臣」一倫，而「孝」則對應到「父子」一倫。「五倫」原本是
儒家對於人際關係的歸納，「五倫」中的每一倫的身份都是互相尊重
且互相影響的。但自董仲舒確立「三綱」之說後，君、父與臣、子間
就成爲絕對服從關係，是以有「君爲臣綱，父爲子綱」之說，於是「忠」、
「孝」成爲臣、子對待君、父時被期待應有的態度，並作爲評論的標
準。「君臣」亦可說是「父子」的擴大，古時「視君如父」的「君父」
觀念是普遍存在的，故「忠」、「孝」的價值觀在某方面來說就相互滲
透了。沈德潛《年譜》中曾記載了一件事：乾隆二十四年，沈德潛曾
經進〈蕩平西域雅詩〉十四章，頌揚乾隆皇帝只用了不到五年的時間
就完成了世祖雍正未竟之功。二十五年，乾隆批閱以後將「緣、謅、
認、準、夷」改爲「榮、陵、總、台、吉」，說：「沈德潛爲南方老成

之士，不應錯誤，特諭正之。」沈德潛言：「君之於臣，如父師之教
其弟子矣。」（參見附表一）從這裡可以發現，沈德潛此時展現出了
一種「視君如父」的「君父」觀念。如果我們從「君父」觀念來解釋
沈德潛對白居易〈賀雨詩〉的評價，應該可以得到一個較合理的解釋。
詩云：

> 皇帝嗣寶曆，元和三年冬。自冬及春暮，不雨旱爐爐。
> 上心念下民，懼歲成災凶。遂下罪己詔，殷勤告萬邦。帝
> 曰予一人，繼天承祖宗。憂勤不遑寧，夙夜心忡忡。元年
> 誅劉闢，一舉靖巴邛。二年戮李錡。不戰安江東。顧惟眇
> 眇德，遽有巍巍功。或者天降沴，無乃儆予躬。上思答天
> 戒，下思致時邕。莫如率其身，慈和與儉恭。乃命罷進獻，
> 乃命賑饑窮。宥死降五刑，責己寬三農。宮女出宣徽，廄
> 馬減飛龍。庶政靡不舉，皆出自宸衷。奔騰道路人，傴僂
> 田野翁。歡呼相告報，感泣涕霑胸。順人人心悅，先天天
> 意從。詔下纔七日，和氣生沖融。凝爲油油雲，散作習習
> 風。晝夜三日雨，淒淒復濛濛。萬心春熙熙，百穀青芃芃。
> 人變愁爲喜，歲易儉爲豐。乃知王者心，憂樂與眾同。皇
> 天與后土，所感無不通。冠珮何鏘鏘，將相及王公。蹈舞
> 呼萬歲，列賀明庭中。小臣誠愚陋，職忝金鑾宮。稽首再
> 三拜，一言獻天聰。君以明爲聖，臣以直爲忠。敢賀有其
> 始，亦願有其終。（卷三，頁 80）

白居易藉著這首詩記載了元和三年的一場天災。當時除了旱災之外還
有蝗災，皇帝念及人民的痛苦，因此下了罪己詔，祈求上天不要將自
己的罪過讓人民來承擔。果然，就在罪己詔頒下後的七日，天降大雨，
解除了這次的危機。白居易除了肯定皇帝體恤人民的心之外，更希望
皇帝能始終如此聖明，臣子能始終那樣正直。沈德潛評曰：「先敘遇
災修省，次寫天人感應，而以規箴保治作結，忠愛之意，油然藹然。」
（同上）讀此詩會有一種憲宗下詔罪己後天下太平的錯覺，事實上，
這全部都是一場鬧劇。百姓們並沒有受到任何的恩賜與救濟，免除租

稅的詔書到最後也成了一紙空文。〔註46〕那麼沈德潛說的「忠愛」要如何解釋呢？如果我們從「君父」的觀念出發，重新詮釋沈德潛這裡所說的「忠愛」，應該可以找到一個情感與心理上的依據。白居易詩中對憲宗的作爲表示肯定，並且希望憲宗能從此保持這樣聖明的態度，而不直接指出人民未受其利、卻蒙其害的部分，從「君父」觀念來看，這種陳述方式便是可以解釋的了。因爲「視君如父」所以不忍直指其非，所以採用從正面給予鼓勵，並予以期盼的方式來表達，從情感上流露出了眞誠與慈愛，這就是沈德潛所理解的「忠愛」。

綜合以上，我們可以發現，沈德潛在入仕與致仕後論「溫柔敦厚」，其內容逐漸調整爲「忠」、「孝」並重，並且因加入了「君父」的觀念，使得他以「忠孝」等同於「忠愛」。故這個階段中，他對「忠」的重視除了保持眞誠、忠實的意義外，更加入了對國君的忠心的意義，這種「忠」並非愚忠，而是一種家庭倫理的擴大，也就是將對「父」的情感轉移到對「君」身上，因此連帶的「孝」與「愛」的行爲也會發生在臣子對國君的關係中。若比較前一時期中沈德潛對「忠孝」、「忠愛」的看法，可以發現其對象與內容都有所改變了。

從初編《唐詩別裁集》開始到重訂止，沈德潛秉持著一貫重視「溫柔敦厚」的「詩教」的態度進行詩歌的評選。他採取的論述方式是排列許多不同的儒家思想中的價值，以具體的方式呈現「溫柔敦厚」的內在意義。一開始，「溫柔敦厚」的所著重的面向並不確定，有人格涵養的部分，也有藝術表現的部分，但從《古詩源》開始便逐漸固定

〔註46〕關於這點可從白居易其他的詩作中證明。例如〈杜陵叟〉：「杜陵叟，杜陵居，歲種薄田一頃餘。三月無雨旱風起，麥苗不秀多黃死。九月降霜秋早寒，禾穗未熟皆青乾。長吏明知不申破，急斂暴徵求考課。典桑賣地納官租，明年衣食將何如。剝我身上帛，奪我口中粟。虐人害物即豺狼，何必鉤爪鋸牙食人肉。不知何人奏皇帝，帝心惻隱知人弊。白麻紙上書德音，京畿盡放今年稅。昨日里胥方到門，手持尺牒牓鄉村。十家租稅九家畢，虛受吾君蠲免恩。」（參見全唐詩全文檢索，http://210.69.170.100/S25/）

於人格涵養的內容了。在人格涵養的部分，「溫柔敦厚」的「詩教」主要目的在養成一理想人格，而這理想人格所應具備的特質，在沈德潛看來就是「忠」、「愛」、「義」、「孝」等等。而其中「忠」又佔了最重要的部分。沈德潛往往以「忠」和其他價值組構成另一個新特質的詞彙，例如「忠愛」、「忠孝」……。隨著時間的不同，「忠」的意義也擴大了。原本是「真誠」的意思，對象也不限定，到了入仕與致仕後，逐漸加入了「忠心」的意思，對象也轉向了國君。此外，「孝」與「愛」兩者間也因為「忠」而互相涉入，在入仕與致仕後「君父」觀念的影響下，形成了密不可分的關係。從這一個歷程可以發現，沈德潛在入仕前所著重的人格養成的部分是以自然的、獨立的人為前提，不太考慮他是否存在於政治環境中。因此他對於「溫柔敦厚」的理想人格的看法可以說就是儒家「至善」、「內聖」的達成。但是到了入仕與致仕後，政治的影響力逐漸浮出檯面，使得沈德潛必須做一些適切的調整，將這理想人格的建立置於政治架構下來審視。筆者認為，這並非沈德潛向政治低頭或妥協，而是一種在面對現實之後，所尋求的自我理解與成就的區塊。

第四節　由「詩教」論個人對進退出處的衡量

　　上節談的是「詩教」對於內在人格修養的部分，本節要討論的則是「詩教」對於個人與社會群體的關係。近人杜維明曾歸納儒家思想興起所提出的特定問題為三：一曰「道」、二曰「學」、三曰「政」。〔註47〕這三者成為後世儒家知識份子的特色所在，也是其終身思索、面對與處理的問題。這三個問題中，以「道」與「政」之間存在著一

〔註47〕杜維明說：「儒家思想是對周代文明衰亡的回應，它的興起提出了特定的問題，後來成了儒學的明顯特徵。儒家《論語》的三個核心觀念標明了這些問題：道、學、政。」（參見〈古典儒學中的道、學、政〉，引自杜維明《道、學、政──論儒家知識份子》，上海：人民，2000 年 10 月，第一版），頁 1。

股相斥卻又互需的矛盾關係。杜維明說：「儒家知識份子是行動主義者，講求實效的考慮使其正視現實政治的世界，並且從內部著手改變他。」〔註48〕從一方面來說，儒家知識份子因爲有著一股淑世的使命感，使得他們大多積極入世。早從孔子開始，儒者們就知道要淑世除了需要熱誠與信念，掌握權力不啻是一個方便法門。因此，儒家知識份子大多積極地企圖進入或取得政治的地位與權力。這種積極心態不是出自個人的名利欲求，而是企圖站在最有效的位置產生最大的影響。從另一方面來說，統治核心往往也需要儒家知識份子所代表的道德系統的背書，結合了道德、文化的政權，比建築在武力、刑賞上的政權來得穩固的多。就在這互相利用的過程中，儒者所堅守的「道」往往就與現實的「政」發生衝突。不論是在權力的取得過程中，還是進入政治系統之後，這種衝突一直存在。面對這種衝突時，如何選擇？如何應對？就成了每個儒家知識份子不可避免的問題，沈德潛也不例外。從十九歲開始參加科舉考試，一直到六十七歲才中進士，前後共經歷了十七次的挫折，〔註49〕可見他在選詩教學外，並沒有放棄入仕的努力。以下，筆者就將針對沈德潛在不同時期的詩歌評選中所反映出的看法，做一個整合性的討論，觀察在遭遇這種衝突時，「道」與「政」在「詩教」中起著何種作用，又發生了什麼效果。

一、初編《唐詩別裁集》及《古詩源》中對「道」與「政」的價值判斷

筆者之所以將初編《唐詩別裁集》與《古詩源》放在一起討論，除了因爲這兩書的時間接近之外，也是因爲這兩書中所呈現關於「道」與「政」的思想內容相近所致。沈德潛首先對於「道」的價值提出了他的看法，初編《唐詩別裁集》選張九齡〈敘懷〉詩云：

〔註48〕杜維明《道、學、政——論儒家知識份子》，頁11。
〔註49〕參見自製沈德潛《年譜》：「乾隆三年，八月省試，九月榜發，中第三名，至是共踏省門十七回。」

> 弱歲讀群史，抗節追古人。披褐有懷玉，佩印從負薪。
> 志合豈兄弟，道行無賤貧。孤根亦何賴，感激此為鄰。（卷
> 一，頁63）

沈德潛評曰：「言志同，不妨道路各異；道行，貧賤亦樂也。」（同上）他說明了「道」的價值是超越於世俗之上的。世人以功成名就、富貴榮華論斷個人成就，但是在沈德潛眼中，如果能持「道」而行，則雖貧賤亦可為樂。因此可見，「道」是超越於世俗價值觀之上的，並且是個內在力量的真正來源。同樣的，《古詩源》選陶淵明〈擬古〉詩云：

> 東方有一士，被服常不完。三旬九遇食，十年著一冠。
> 辛苦無此比，常有好容顏。我欲觀其人，晨去越河關。青
> 松夾路生，白雲宿簷端。知我故來意，取琴為我彈。上弦
> 驚別鶴，下弦操孤鸞。願留就君住，從今至歲寒。（卷九，
> 頁33）

東方的那位高士，物質生活是那樣的困苦，但是卻常有愉悅的容顏。到了高士所居住的地方一探究竟後才發現，雖然物質生活困乏，雖然獨身一人，但是高士所懷抱的「道」使得他超越了物質的貧困與形體的孤獨，達到了自我內在的充實與自得。沈德潛評曰：「辛苦而有好容，所謂身困道亨也。」（同上）正說明了「道」作為個人內在支持力量的來源，而這股力量可以讓人在面對現實環境的挫折時，有樂觀以對的態度與勇氣。

對於「道」，沈德潛是樂觀的，因此他認為懷抱道德理想的人，最終一定會得到應有的發展。《古詩源》選曹植〈贈徐幹〉：

> 驚風飄白日，忽然歸西山。圓景光未滿，眾星粲以繁。
> 志士營世業，小人亦不閒。聊且夜行遊，遊彼雙闕間。文
> 昌鬱雲興，迎風高中天。春鳩鳴飛棟，流猋激欞軒。顧念
> 蓬室士，貧賤誠足憐。薇藿弗充虛，皮褐猶不全。慷慨有
> 悲心，興文自成篇。寶棄怨何人？和氏有其愆。彈冠俟知
> 己，知己誰不然？良田無晚歲，膏澤多豐年。亮懷璵璠美，
> 積久德愈宣。親交義在敦，申章復何言。（卷五，頁20）

詩的前半部大量的寫景，以時間的短暫點出建功立業的急迫，並且描述徐幹生活的艱難。後段中說「慷慨有悲心」，是因爲徐幹雖然貧賤，但仍給自己立下宏志，因有高才，卻地處卑微，所以有悲心，所以發悲己之意而成文。曹植雖然爲徐幹不平，但他自己的處境其實也跟徐幹沒什麼兩樣。因此，他以「良田無晚歲，膏澤多豐年」來自勵、勉人，期許自己與徐幹，雖然處境艱難，也要彼此勉勵向上。沈德潛評曰：「良田二句，喻有德者必榮也。」（同上）曹植相信，以自己和徐幹的才能、德行，必有見用的一日，沈德潛也深以爲然。然而，「有德者必有榮」其實是一種理想的狀態，實事上往往不是如此。許多有才德、有能力的人常常在入世的過程中遭遇到挫折與磨難，證明了有「道」並不能保證現實生活的順利。雖然如此，沈德潛仍然認爲讀書人不該因爲一時的不第而怨天尤人，喪失理想與信念。如《唐詩別裁集》初編選王維〈送綦毋潛落第還鄉〉詩，就從科舉一事表達了這個觀點，詩云：

> 聖代無隱者，英靈盡來歸。遂令東山客，不得顧採薇。
> 既至君門遠，孰云吾道非。江淮渡寒食，京洛縫春衣。置
> 酒長安道，同心與我違。行當浮桂棹，未幾拂荊扉。遠樹
> 帶行客，孤城當落暉。吾謀適不用，勿謂知音稀。（五言古
> 詩，卷一，頁 63）

這是一個光明的時代，也是我們應該積極投入的時代，所以，身爲知識份子，選擇投入科舉以便進入政治體系，爲理想與信念努力是無庸置疑的正確選擇。而今雖然偶然不偶，並不代表沒有懂得賞識的人，而只是剛巧沒有遇到罷了。沈德潛評曰：「反覆曲折，使落第人絕無怨尤。」（同上）試想，十年寒窗卻落第，原本心中該是多麼的怨憤，但是這首詩消解了這種怨憤。表面上是安慰落第者，這個時代仍然具有知音，仍然值得他努力。背後所展現的乃是懷道的價值遠高於政治的地位的價值判斷。所以，就算無法順利取得政治權力，仍應以自我所懷抱的「道」爲榮、爲樂。一旦樂道，那麼落第的怨憤也就不再是怨憤了。

　　然而，「道」的價值雖高於一切，但並不代表沈德潛不入世，不關心「政」的部分。誠如杜維明先生所說，「政」是每個儒家知識份子都關心且必會涉入的領域。因此，沈德潛並不贊成隱士這條路，他認為這不是一個儒家知識份子所應該選擇的處世態度。所以，在面對挫折時，往往引起知識份子更強烈想要進入政治的慾望。初編《唐詩別裁集》選張九齡〈雜詩〉：

> 良辰不可遇，心賞更蹉跎。終日塊然坐，有時勞者歌。
> 庭前攬芳蕙，江上託微波。路遠無能達，憂情空復多。（五
> 言古詩，卷一，頁 62）

同書又選錢起〈東皋早春寄郎四校書〉：

> 祿微賴學稼，歲起歸衡茅。窮達戀明主，耕桑亦近郊。
> 夜來霽山雪，陽氣動林梢。萌蕙暖初吐，春鳩鳴欲巢。蓬
> 萊時入夢，知子憶貧交。（五言古詩，卷三，頁 77）

沈德潛評張九齡詩：「欲以精誠達君，而無路可通也。」評錢起詩：「耕桑近於窮矣，而亦近郊，見心中不忘君也。」前者表達出知識份子用世的急切，對於自己不得其門而入感到憂心與著急；後者曾經進入政治運作體系，後因事被排除於外，展現了一種希望再度回到表演舞台的心願。兩者雖然背景不同，但是都提示了一個重點：知識份子對於君主作為一個政治權力的代表的態度。在古代皇權統治的政治制度下，君主成為了一個政治權利的代表。他是權力的擁有者、賦予者與裁決者。任何人希望藉由政治制度進行自我理想的實現，都必須取得皇權的認可，因此想要接近皇權是可以理解的心態。這樣的心態往往與「忠君」劃上等號，但其實仍具有討論的空間。以沈德潛上述兩評來看，沈德潛並未直言忠君，只說「欲以精誠達君」及「不忘君」，客觀來說，只能解釋為將「君」視為一種理想實踐的保證與必經之途，因此，站在以淑世為己任的立場，當然希望自己的意見、理想能「上達天聽」，所以筆者以為「不忘君」正是這種想法的外在顯現。我們可以說，沈德潛此時的想法仍是以臣子為重點的考量，「君」是被動的存在，而臣子（或知識份子）具有主動性的特質，也應擔負起責任。

初編《唐詩別裁集》選李白〈梁父吟〉:「……杞國無事憂天傾,猰貐磨牙競人肉。騶虞不折生草莖,手接飛猱搏彫虎。側足焦原未言苦,智者可卷愚者豪。世人見我輕鴻毛……」(七言古詩,卷六,頁96)沈德潛評曰:「見君子小人並列,而人主不知,我欲起而除去邪惡,猶接飛猱、搏彫虎,不自言苦也,以愚自謂。」(同上)沈德潛的評語顯示,君對於君子小人並沒有分辨去取的能力,在這種情況下,臣下應該要主動負起去除邪惡的責任,讓政歸於正、道顯於世。基本上,沈德潛認爲君主應該具有明辨去取的能力,但是現實上並非如此。沈德潛體認到這一點,因此退而求其次,當君主無法明辨去取的時候,爲了達到淑世的理想,臣子或知識份子就應當主動擔負起明辨去取的責任。順著這種想法就不得不逼出一個問題:臣下縱然能代替君主行明辨的工作,但是去取的權力退是在於君主本身,因此君主縱然一時間無法分辨賢與不肖,但最終是否能接受臣下的建議,就是淑世是否能達成的關鍵所在了。如果可以則佳,如果不行,那麼臣下又該如何應對?沈德潛這樣認爲:「然欲以忠言寤主,而權奸當道,言路壅塞,非不願翦除之,而人主不聽,恐爲匪人戕害也,究之論其常理,終當以賢輔國,惟安命以伏有爲而已。」(同上)當君主不願意接受,或不願意賦予臣子進言的機會時,作爲一個賢臣應該要衡量情勢,不貿然躁進。「以賢輔國」說明了儒家知識份子在政治中所扮演的角色及其條件需求;「安命以俟有爲」則說明了儒家知識份子對於客觀現實環境所採取的應對態度。作爲一個儒家知識份子,面對統治者時的態度是站在輔導、輔佐的立場。然而,並不是所有知識份子都能夠扮演這個角色,只有具備並能發揮「賢」的特質的人,才能稱職的演出。趙宗正主編之《儒學大辭典》以「才德兼備」與「尊重」兩方面來解釋「賢」的意義,〔註50〕基於此,「以賢輔國」可以有兩種解釋:其一是指輔國者當爲才德兼備之人;其二是凡輔國者,除自我本身必須

〔註50〕趙宗正主編《儒學大辭典》,(山東友誼出版社,1995年12月,第一版),頁699。

才德兼備外，也必須懂得尊重他人，具有容人的雅量與識人的眼光，如此方能吸納更多才德兼備之士，共同輔國。「以賢輔國」是知識份子面對政治現實許可之時的積極態度與行動，然而在面對政治現實不許可之時，知識份子也有其對應的態度與方式，那就是「安命以俟有為」。「安命」是對命運的坦然接受，但這並不是消極的逃避，而是一種盡人事之後的無怨無悔。從另一方面來說，「安命」也是一個休養生息的機會，由此可等待機會的來臨，以最佳的狀態施展身手。因此，「安命以俟有為」乃是一種積極的、變通的應對方式，而「以賢輔國，安命以俟有為」正展現了儒家知識份子的責任感、使命感，以及他們面對現實環境所發展出來的彈性、積極的應對態度與方式。關於時機的問題，沈德潛在對陳子昂〈感遇〉詩的評論中說的得清楚，初編《唐詩別裁集》選陳子昂〈感遇〉詩：

> 吾愛鬼谷子，青溪無垢氛。囊括經世道，遺身在白雲。
> 七雄方龍鬥，天下亂無君。浮榮不足貴，遵養晦時文。舒
> 之彌宇宙，卷之不盈分。豈徒山木壽，空與麋鹿群。（五言
> 古詩，卷一，頁61）

鬼谷子所處的時代正是戰國七雄兼併天下的時代，他雖然身懷經世之道，但是卻不貪慕富貴，寧可選擇遺身白雲，與麋鹿同遊。這不是因為他好慕隱士的生活，而是身在亂世，有所不能為，故抱道而隱居。沈德潛評曰：「言隱居而抱經世之道，以世亂不可為，故卷而懷之，非與麋鹿同群者等也。」（同上）隱居是因為知亂世不可為，卷道而懷之，以俟有為之時的到來，這種隱居與放棄天下的隱居是不同的。從這裡可知，沈德潛認為知識份子要有判斷出處時機的能力。居盛世則當積極入世；居亂世則當抱道隱居。由此可見，沈德潛對於現實政治環境與個人出處有著彈性的考量。沈德潛在〈范文正公祠堂記〉中說的更清楚，他說：「人當窮居時，必有固窮之節與兼善天下之志，而不可以富貴貧賤榮辱得喪一毫蒂芥於心。夫然後可以處，可以出，可以歷顛跌頓踣之境，而建不世出之大功。即至沒世以後，俎豆尸祝於名行，而其名不敝於天壤。無他，所守者堅，所操者有本也。」（參

見《歸愚文鈔》卷六）這裡所謂的「本」正是「道」，有了「道」才能處窮處達，無入而不自得。儘管處窮，知識份子仍然不能放棄兼善天下的志業，以「道」自持自守，至個人榮辱富貴於其外，等待可以淑世的機會，然後出而立其功業，唯有守「道」，並存兼濟天下之志，才能無入而不自得。

　　對時勢的應對是先秦儒家就已經存有的概念。孟子曾論述了他心目中儒家知識份子所應有態度：「居天下之廣居，立天下之正位，行天下之大道。得志，與民由之；不得志，獨行其道。富貴不能淫，貧賤不能移，威武不能屈，此所謂大丈夫。」〔註51〕所謂的「廣居」、「正位」、「大道」都「道」的表現，〔註52〕所以一個真正的大丈夫的一切言行、出處都應該以「道」為基準，並能展現「富貴不淫，貧賤不移，威武不屈」的堅定正直人格，充分展現了儒家「道」先於「政」的價值觀，這也是沈德潛在初編《唐詩別裁集》與《古詩源》中所展現的價值觀。

二、《明詩別裁集》對仕宦生涯的討論

　　從《古詩源》選完至《明詩別裁集》之評選，中間又經過了五年的時間。沈德潛又因為失寫年號而再度與金榜題名擦身而過，〔註53〕

〔註51〕　《孟子‧滕文公章句下》，（參見清‧阮元《十三經注疏》，台北：藝文，1989年1月，十一版），頁108。
〔註52〕　孟子曾以「仁」為「人之安宅」；以「義」為「人之正路」，茲引原文如下：《孟子‧離婁上》：「仁，人之安宅也；義，人之正路也。曠安宅而弗居，舍正路而不由，哀哉！」（同上註書），頁132。而「仁」、「義」正是「道」的展現。
〔註53〕　雍正二年，沈德潛因失寫年號而不得終場。楊紹旦《清代考選制度》說：「試卷如有違式，經受卷所、謄錄所、對讀所迭次查出，即用藍色或紫色筆將姓名列榜貼出，謂之『藍榜』或『紫榜』，或曰『貼出來了』。凡貼出者，即予以除名，次場不能再考。」（台北：考選部，1991年9月，初版），頁110。黃光亮《清代科舉制度之研究》說：「舉子卷內，直書廟諱、御名戈先師孔子諱及失格違禁，後場違式、真草不全，五策誤寫各題，照不閒禁例例，罰停會試三科。」（嘉新水泥公司文化基金會研究論文第三一一種），頁253。沈德潛失寫年號，照例應被列入藍榜，並且罰停會試三科，所以說不得終場。

開始編選《明詩別裁集》時，沈德潛已經五十三歲了，這時的他卻仍然在科舉之途中努力，相較於初編《唐詩別裁集》與《古詩源》時期，《明詩別裁集》對於個人出處的看法有了些許轉變。在《明詩別裁集》中，沈德潛改變了觀察的角度，如果說《古詩源》以前，沈德潛是站在以「道」淑世立場，關切知識份子在進入政治體制過程中所發生的問題，並且藉著分別「道」與「政」的價值，強化知識份子內在精神道德力量，提供現實生活中遭遇困境時的解決方法，那麼《明詩別裁集》就是從歷史經驗中，進行身處政治體制後的反思，故《明詩別裁集》中呈現的是對於仕宦生涯的觀察。沈德潛選莊昶〈端午食賜粽有感〉詩：

> 蓬萊宮中懸艾虎，舟滿龍池競簫鼓。千官曉綴紫宸班，拜向彤墀賀重午。大官角黍菰蒲香，綵繩萬縷雲霞光。天恩敕賜下丹陛，瓊筵侑以黃金觴。東南米價高如玉，江淮餓莩千家哭。官河戍卒十萬艘，總向天廚挽飛粟。君門大嚼心豈安，誰能持此回彤殘。小臣自愧悠悠者，無術救時真素餐。（卷四，頁316）

詩的前半段描述了宮廷中慶祝端午的熱鬧與奢華，天子賜宴大臣，吃的用的都是極盡華麗之能事。然而，就在天子與眾臣歡宴慶端午的同時，人民正過著苦不堪言的日子。端午食粽應用米，而東南的米價卻高如玉，以致於餓莩千里，不只東南人民如此，就連戍守的官卒也面臨無糧可吃的窘境。這些與宴的臣子口裡吃著材料精緻豐美的御賜粽子，有誰心裡想到那些餓著肚子的人民。試問，在場的大臣們，又有多少人真正關心人民的生活？自己雖然同情人民，無奈官小，起不了作用，對於這種尸位素餐的官職生活，作者感到無比慚愧。這首詩很清楚的描述出了一個有心照顧人民的官吏的心情。做官從政，無非是希望能改善社會與政治，但是進入現實官場之後發現，有心為民的人往往因為官職不大，起不了影響，而導致有志難伸的遺憾。處其位卻又不能盡其力，使得小官心中充滿尸位素餐的慚愧與無力感，這種感

覺與淑世的理想在心中不斷的拉扯，正是現實政治中有志為民的小官的寫照。沈德潛又選姚汝循〈郡齋詠懷〉詩云：

> 巴江清且駛，日有東歸舟。凜凜歲復暮，而我何淹留？
> 才不瘳民瘼，位固忝邦侯。負擔過所任，踽踽增煩憂。南
> 山有薄田，猶堪具膳羞。棄捐久不理，稂莠將盈疇。至道
> 貴兼濟，豈固為身謀。十羊方九牧，雅志悵悠悠。安能逐
> 時態，坐取素餐尤。（卷七，頁337）

身為政府官員，最重要的是為民服務、解民之憂。詩中主人翁雖有兼濟志，但是卻面臨理想與現實的差距。他的負擔超過他所能擔負的範圍，以致於讓他認為自己並沒能解決人民的問題與痛苦。他是一個懷抱兼濟理想的人，對於自己這種無力改善社會卻又居其位、享其俸的處境感到痛苦，因而意欲放棄。他當然也能選擇像他人一樣，對這其中的落差視而不見，但正因為不願尸位素餐，又無法發揮實質的作用，所以讓他的仕宦生涯充滿無力與挫折。理想無法實踐固然是痛苦的原因之一，然為官者有時必須做一些違背自己良心、理想的事，更是痛苦的由來。沈德潛選翁大立〈吳謳〉詩：

> 舊徵未云已，府帖重徵新。昨朝銀花布，今日金花銀。
> 侵晨趨城府，薄暮遍鄉鄰。一身應重役，奔走無定晨。父
> 母生我時，胡不百我身。殘軀被箠楚，苦切難具陳。寧為
> 乞市兒，莫做當官人。（卷七，頁336）

政策的決定權在中央，而執行者則是地方官吏，他們夾在中央與人民之間，處境實為艱難。這些地方官吏位卑權輕，對於政策，不管合理與否，都只有聽命行事的份。然而在執行政策的過程中，地方官吏們站在第一線，感受到不合理的政策帶給人民的苦難。雖然知道人民已然不堪負荷，但是自己仍然必須繼續昧著良心執行政策。當政策的執行成果無法達到上級的標準時，他們的身體將受到責罰，而心理亦受到良心的譴責。當初求仕是為了淑世、為了光耀門楣，而今兩者俱不成，還要做朝廷打手，不只如此，身受的來自於朝廷壓力更令他們無所循逃。這樣的情境讓作者發出了「寧為乞市兒，莫做當官人」的哀

嘆。乞兒與官員是天與地的差別，表面上看來，身爲乞兒是悲哀的，但與這些地方官吏相較，乞兒起碼擁有自由，可以不必陷入這種爲難的情境。而官人雖然在物質上比乞兒豐碩的多，但是卻像籠中鳥一般，沒有選擇的餘地，究竟孰爲可悲，顯而易見。在這樣的政治現實下，使得知識份子不得不重新思考「仕宦」這條路的價值所在，沈德潛選李攀龍〈歲杪放歌〉詩：

> 終年著書一字無，中歲學道仍狂夫。勸君高枕且自愛，勸君濁醪且自沽。何人不說宦遊樂，如君棄官復不惡。何處不說有炎涼，如君杜門復不妨。縱然疎拙非時調，便是悠悠亦所長。（卷八，頁338）

這首詩是李攀龍從陝西回家那年的歲末寫的，雖然注者說：「自怨自艾，自慰自嘆，曠達之中隱含著酸苦，這就是李攀龍歸家之初心境的眞實寫照。」〔註54〕姑且不論詩人心境如何，但是可以看出詩人開始思索「仕宦」這條路的價值，以及其他生命出處形式的可能性。這種被動的重新思考是儒者在面對宦途失意時的選擇之一，陳子龍〈雜詩〉亦云：

> 墓門有惡木，鴟鴞巢其巔。同茲雨露潤，不與百卉妍。性質固自殊，大造安能遷。我行適見之，中心懷憂悁。利斧雖在手，斬伐無此權。去去保芳潔，願言藝蘅荃。（卷十，頁352）

雖然惡木、芳草性質迥異，但是卻同沾同露。詩人身懷利斧，希望斬去惡木。但是詩人自認沒有決定誰留誰去的權力，即便是大造本身也不能有條件的選擇去取。沈德潛評曰：「手無斧柯，奈龜山何」（同上）沈德潛引用的是古琴操的歌詞，〔註55〕相傳是孔子諫季桓子勿接受齊國的女樂不成所作。龜山擋在我的眼前，無奈我的手上沒有可剷除龜山的斧柯，對於龜山的存在也只能莫可奈何。將沈德潛的評語與詩相

〔註54〕見李伯齊、宋尚齋、石玲著《李攀龍詩文選》，（濟南出版社，1993年12月，第一版），頁85。

〔註55〕原文曰：「予欲望魯兮，龜山蔽之。手無斧柯，奈龜山何。」

對照可知，詩中的「利斧」應爲才能，而沈德潛所言之「斧柯」，當
爲詩中所言「斬伐之權」。也就是說，行人雖有去惡木之能，但是卻
沒有去取的權力。相較於李攀龍詩中被動的處境，陳子龍詩中選擇離
開是因爲不願接受現實政治中存在著「惡木」、「鴟梟」，而自己卻無
法驅逐他的困境。當詩人瞭解到自己的有心無力之後，選擇離開以保
芳潔，同時也判定了「仕」的意義在個人道德生命中的地位並不如想
像中的重要。然不論何者，以上的舉例都展示了一個事實，那就是從
歷史中可知，欲藉由從政以實踐淑世理想，具有很大的不確定性與不
必然性，因此，「仕」的價值在這裡被提出來重新思索。

　　雖然點出了許多仕宦的黑暗面，但沈德潛同時也提示了身爲一個
臣子應有的態度。他選楊一清〈甘涼道中書事感懷〉云：

> 弧矢威天下，雷霆震域中。大兵方出塞，小醜自相攻。
> 繼絕君王義，宣威將帥功。從今宵旰慮，不復在西戎。（卷
> 四，頁 317）

沈德潛評曰：「不復在西戎，言所憂者正多也，大臣心事，昭然如揭。」
（同上）大臣當以天下爲計，西戎已定，不復憂慮，然當轉思他事，
不得因西戎之定而鬆懈。因此，一個盡責的臣子應當無時無刻關心天
下事，不得稍有懈怠。

　　沈德潛又選李夢陽〈漢京篇〉云：

> ……去日千官遮馬踐，歸來天子降階迎。朱弓尚抱流
> 沙月，寶鋏常飛瀚海星。不分燕然先勒石，直教麟閣後標
> 名。豈知盛滿多仇忌，可惜繁華如夢寐。地宅田園奪與人，
> 丹書鐵卷成何事。霍氏門前狐夜號，魏其池館長蓬蒿。三
> 千食客今誰在，十二珠樓空復高。後車不戒前車覆，又破
> 黃金買金谷。……（卷四，頁 318）

這首詩主要藉由漢代歷史上霍光一族的盛衰始末，提示了「功高震主」
以及「功高自滿」兩個爲臣的大忌。沈德潛評曰：「功高自滿，千古
同病，漢博陸侯其炯戒也。」（同上）漢代霍光雖然位極人臣、權傾
一時，但是終因功高震主復自滿，又不知韜光養晦，導致了悲慘的下

場。做爲臣子，功愈大則愈需謙卑，不只是爲臣之道，也是全身之法。
要求謙卑不自滿，不是要臣子做一個沒有個性沒有堅持的人，王廷陳
〈矯志篇〉有云：「寧直見伐，無爲曲全。寧渴而死，不飲盜泉。」
（卷六，頁 330）就展現了一個士應有的節操氣骨，不論身處何種領
域，知識份子都應該保有士的氣節。

　　綜合來看，沈德潛在《明詩別裁集》中，從歷史的經驗裡，由現
實的角度思考了「仕」的價值，他雖然點出了現實與理想的差距，說
明了身處其中的艱難，但同時也不忘提示爲臣之道。要努力不懈，要
有節操有氣骨，不要功高自滿。《明詩別裁集》中對於「仕宦」生涯
的看法，可以說是兼顧了現實與理想性的意見。

三、入仕與致仕後對「仕」的再思考

　　入仕以前，沈德潛像所有受儒家思想薰陶的知識份子一樣，對於
「道」與「政」的價值與取捨，有著理想的期待。他所關心的是個人
是否能秉「道」而行，對於出處、功名與富貴，沈德潛將之視爲一個
有「道」的知識份子最不需煩惱的事情。他相信，有才有德的人終究
有出頭的一天，因此。即便是此時身處困窮，也不須自哀自憐，反而
可以從「道」中找到內在精神的支持力量。對於「道」的重視並不代
表沈德潛排斥「政」儒家知識份子的修養之一，就是要能秉道淑世，
不只追求個人道德人格的完善，更要爲所處的現實環境盡一份心力。
然而，現實生活中長時間的挫折讓沈德潛開始思考參與政治的必要
性。於是，《明詩別裁集》中出現了大量從「已仕」的角度來觀察「仕」
本身所面臨的問題與困境的作品。儘管他仍然堅持爲官者必須克盡職
責，爲民謀福，但是仍可嗅出一絲對「仕」的疏離。在以時間爲觀察
主軸的論述策略下，下文將進行的是沈德潛在入仕與致仕後對「仕」
的看法的討論。

　　儒家思想賦予的知識份子一份淑世的責任，而想要淑世最直接的
方式就是入仕。然而，理想與現實總是存在著太大的差距，直道而行

者往往不適合在官場中生存。於是，沈德潛開始思考，到底持「道」而行的淑世精神，以及這樣的人格特質對現實仕途有沒有幫助？《杜詩偶評》選杜甫〈醉時歌〉，詩云：

> 諸公衮衮登臺省，廣文先生官獨冷。甲第紛紛厭梁肉。廣文先生飯不足。先生有道出義皇，先生有才過屈宋。德尊一代常轗軻，名垂萬古知何用。杜陵野客人更嗤，被褐短窄鬢如絲。日糴太倉五升米，時赴鄭老同襟期。得錢即相覓，沽酒不復疑。忘形到爾汝，痛飲眞吾師。清夜沈沈動春酌，燈前細雨簷花落。但覺高歌有鬼神，焉知餓死塡溝壑。相如逸才親滌器，子雲識字終投閣。先生早賦歸去來，石田茅屋荒蒼苔。儒術於我何有哉，孔丘盜跖俱塵埃。不須聞此意慘愴，生前相遇且銜杯。（卷二，頁99、100）

這首詩是天寶十三年（754）的作品，當時杜甫人在長安，但是過著不得志的生活，正巧，此時的鄭虔也是一樣。唐玄宗愛鄭虔之才，任命他擔任廣文館博士。但是鄭虔的生活並沒有因此得到改善。兩個有才的人卻窮困潦倒，於是杜甫爲兩人發出了不平之嘆。在對現實不滿的情況下，杜甫以「名垂千古知何用」、「儒術於我何有哉」兩語，發出了對自我以及對整個士大夫傳統的質疑。抱才守道，還不如沽酒一醉，反正不論是賢是愚，千古以後終究同歸塵埃。沈德潛評曰：「見賢愚同盡，不如託之飲酒也。」（同上書，頁 100）雖然杜甫此詩並不意味著他眞的放棄自己對於社會的責任，但是他的確展現了一國有志的知識份子，在面對現實的困境時，心中的探扎與矛盾。杜甫之所以會遭遇到這些困境，其實跟他的人格特質有很大關係。他在〈暇日小園散病將種秋菜督勤耕牛兼書觸目〉詩中說明了這一點，他說：「不愛入州府，畏人嫌我眞。」（卷一，頁81）就是這種「眞」的人格特質，所以讓他在官場上跌跌撞撞，不得展翅高飛。事實上不只杜甫，官場上的爾虞我詐，讓許多「眞」性情的知識份子吃了很大的虧。沈德潛瞭解這一點，但他並未因此否定「眞」，否定他所肩負的使命。《清詩別裁集》中選盛楓〈盆花〉詩云：

木性本條荅，山翁乃多事。三春截附枝，屈作迴盤勢。
婉蜓蛟龍形，扶疏嚴墼意。小萼試嫣紅，清陰播蒼翠。攜
出白雲來，朱門特珍異。售之以兼金，閒庭巧位置。疊石
增磊砢，鋪苔蔚鱗次。嘉招來上客，讌賞共嬉戲。詎知荄
幹薄，未久倏憔悴。始信矯揉力，托根非其地。供人耳目
玩，終慚棟梁器。芸生各因依，長養視所寄。賦質諒亦齊，
豈乏千霄志。遭逢既錯誤，培覆從其類。試看千尋松，直
幹無柔媚。（卷十二，頁 461）

生於野外的木原本應該是不受拘束，順著其原本的木性發展。但是被
移作盆花之後，就必須依照賞玩之人的喜好來改變自己的形狀。野外
的木在改變原有形狀之法，雖然獲得了達官貴人的賞識與珍愛，擁有
了好的物質環境及位置，但是終究只是一個失去自性的玩賞之物罷
了。木離開了原有的土地，以及自己原有的樣貌後，開始急速的憔悴。
作者最後指出，作為一個棟樑之材是不應該放棄自己原有的「直」的
特質。企圖改變自己以迎合他人，不是一個棟樑才所應為的事。沈德
潛評曰：「屈折求媚，豈棟樑之材乎？通幅比體，使人言外思之，主
意在一結。」（同上）可見，雖然「真」與「直」的特質有時會與政
治現實相衝突，但是沈德潛仍然寧可保有他們。重訂《唐詩別裁集》
選白居易〈寄唐生〉詩，從詩人作詩的立場再次聲明了這一點，詩有
云：「惟歌生民病，願得天子知。未得天子知，甘受時人嗤。藥良氣
味苦，琴淡音聲稀。不懼權豪怒，亦任親朋譏。」（卷三，頁 80）詩
人作詩是為了將人民的苦痛傳達給國君知道，就算國君不能接受，我
也不會因為這樣就停止我的作為。這種「雖千萬人吾往矣」的精神，
正是沈德潛在思考「仕」的困境時，所發出的堅持。

　　基於這種堅持，沈德潛再次強調並肯定了淑世的精神與責任，《杜
詩偶評》選杜甫〈江上〉詩云：

江上日多雨，蕭蕭荊楚秋。高風下木葉，永夜攬貂裘。
勳業頻看鏡，行藏獨倚樓。時危思報主，衰謝不能休。（卷
三，頁 196）

沈德潛評曰：「欲建勳業，而鏡中之髮已白。或行或藏，倚樓時不勝
躊躇顧慮也。一作轉語，雖哀謝而猶有報主之心，此杜老以天下爲己
任處。」（同上）雖然年華以老，但仍不能阻止杜甫報國之心，體現
了杜甫以天下爲己任的淑世精神，以及老驥伏櫪的壯心。雖然沈德潛
如此肯定入仕以淑世，但是他並不汲汲營營於「仕」的得失。《清詩
別裁集》選吳雯〈詠懷〉詩云：

> 曲徑非不捷，由之轉窮途。欲速嗟無成，寒步愧亨衢。
> 徘徊望舣稜，我思鬱以紆。致身有本末，朱黹難苟圖。突
> 梯性不適，那敢輕賤軀。夢鹿忘覆蕉，伺兔笑守株。得失
> 良偶然，豈必巧有餘？（卷二十九，頁 596）

詩人在此提示了幾個重要的原則。首先，做人做事應該要直道而行，
不要走捷徑妄想一步登天，正所謂「欲速則不達」。再來，立身處世
要知本末，重點是要明白得失只是偶然之間，不要爲了一時的欲求而
失去自己的原則。沈德潛評曰：「立身做官，可云不苟。」（同上）在
這樣的心理基礎上，沈德潛也表達發他對於爲官者的期許，《清詩別
裁集》選孔傳蓮〈寄夫子宜川〉詩云：

> 斯立只哦松，君今意氣雄。官爲七品佐，身落萬山中。
> 羽檄馳荒徼，徵求感大東。莫嫌勞瘁劇，黽勉救疲癃。（卷
> 三十一，頁 618）

七品官是官階中最低的，不但必須負擔執行政策的責任，又必須處理
別人不想做的事情。不論是生理或心理都是勞苦不已。但儘管如此，
總算是踏出了淑世的第一步，既然爲官，就必須忘記自己的辛苦，努
力爲百姓服務。沈德潛評曰：「此通家生侍御馮浩母也，於羽書旁午
財粟殫亡之日，望夫子盡瘁救時，是何等胸次。」（同上）藉著這位
母親之口，沈德潛也說出了自己對於爲官者的期待。

　　入仕之後，沈德潛進入了官場的現實中，更加瞭解了理想與現實
的差異。但是他並沒有因此放棄自己的原則，反而從對「仕」的深刻
認知中，更加堅定了自己對於「道」的堅持，並且肯定了知識份子淑

世的精神與責任。不在官位的人要堅守自己的理想，在官位的人則要
拋棄對官職富貴的迷思與執著，秉持著當初淑世的精神，努力的在自
己的崗位上發光發熱，這是沈德潛在經過在「仕」的懷疑與思考後，
對於「道」的價值與「政」的理想的再確定。

第五節　小結

　　「詩教」必須具有現實的意義，而現實意義表現在兩部分：一是
對於社會政治的反映與批評：一是對於個人內在的修養。在這兩者
中，後者又為前者的基礎。因此，本章所呈現的正是沈德潛「詩教」
中關於個人內在修養的部分。既然說修養，其目的就在於建立一個理
想的人格。在這方面，沈德潛以「溫柔敦厚」為目標，藉著對「忠厚」、
「忠孝」、「溫厚」、「忠義」等等價值的個別論述，具體呈現「溫柔敦
厚」人格所應具備的特質。在入仕前，沈德潛對於作為構成主體的
「忠」，主要是從「真誠」一面來理解，搭配上「孝」、「義」、「愛」
等等特觀念的影響，使得沈德潛將「忠孝」與「忠愛」視為一體，並
且大大的提升「孝」在這理想人格中的份量。除此之外，「忠」的對
象也加入了君王，而成為了「忠君」的「忠」了。總體來說，入仕以
前可以的做是沈德潛對於知識份子普遍之人格陶冶的看法，而入仕與
致仕後則加入了個人與政治的互動。以這個觀念為基礎，筆者進行了
對沈德潛有關知識份子出處的選擇的討論。不論是在入仕前後，沈德
潛對於「道」與「政」的看法都是前者高於後者的。但同時，他也對
現實的「仕」的相關問題進行了觀察。早先，他認為只要持「道」而
行，就算窮居荒野，也能自樂。因為，個人兼濟天下的志願雖然一時
無法達成，但是只要有「道」，一定會有出頭的一天。但是後來他逐
漸發現理想與現實的差距，即便他還沒有進入政治領域，他也開始觀
察到了許多「仕」的困境與悲哀。於與他在《明詩別裁集》中大量的
呈現了這一點，甚至藉著所選詩作發出了「寧為乞市兒，莫作當官人」

的聲音。這對於有志兼濟的沈德潛來說是很不尋常的。我們可以說，
這時候的沈德潛對於「仕」有著一種冷眼觀察的感覺。到了入仕之後，
沈德潛真正進入了政治運作中，也再次見識了理想與現實的落差，但
是這時的他卻更加堅定了自己的原則，並且再度肯定了淑世的精神與
理想，我們可以說這是沈德潛重新確認「仕」的價值，以及「道」在
其中扮演的關鍵地位。